Cupido tiene las alas de cartón

RAPHAËLLE GIORDANO

CUPIDO TIENE LAS ALAS DE CARTÓN

Traducción de
Marta Cabanillas

Papel certificado por el Forest Stewardship Council®

Título original: *Cupidon a des ailes en carton*
Primera edición: enero de 2020

© 2019, Éditions Eyrolles, París, Francia
© 2019, Éditions Plon, una división de Place des Éditeurs, París, Francia
© 2020, Penguin Random House Grupo Editorial, S. A. U.
Travessera de Gràcia, 47-49. 08021 Barcelona
© 2020, Marta Cabanillas Resino, por la traducción

La traducción del poema «La constelación» perteneciente al poemario *Los ojos de Elsa* de Louis
Aragon y que aparece en la página 9 es de Raquel Lanseros.
© Visor Editorial, Madrid, 2015

Printed in Spain – Impreso en España

ISBN: 978-84-253-5819-7
Depósito legal: B-22.388-2019

Compuesto en Fotoletra, S. A.

Impreso en Rodesa
Villatuerta (Navarra)

GR 5 8 1 9 7

Penguin
Random House
Grupo Editorial

¿Y si el secreto del gran amor
fuera saber mostrar al otro
lo más hermoso de uno mismo?

El verbo «amar» es difícil de conjugar:
su pasado no es simple,
su presente solo es indicativo
y su futuro siempre es condicional.

JEAN COCTEAU

No hay palabra demasiado grande demasiado
*   intensa si es para ella*
Yo le sueño un vestido de nubes hiladas
Haré que los ángeles tengan celos de sus alas
Y las golondrinas de sus joyas
En la tierra las flores se creerán exiliadas

LOUIS ARAGON,
«La constelación», *Los ojos de Elsa*

París

Escena 1

Meredith

De aspecto sofisticado, papel satinado de color perla y tipografía elegante. Una invitación de lujo. El nombre de Antoine figura en letras cursivas doradas. El mío ni siquiera aparece. Los que nos acoplamos no tenemos existencia propia. Antoine se vuelve hacia mí y me sonríe, ajeno a los pensamientos que me asaltan. Desde que nos metimos en esta berlina negra de cristales tintados no nos hemos dirigido ni media palabra. Sin embargo, su mano no ha soltado la mía y este gesto cariñoso me anima lo suficiente como para afrontar la velada.

El chófer abre la portezuela y Antoine me ofrece el brazo con caballerosidad. Sacar el primer pie es todo un arte cuando se lleva un vestido largo, una estola que cae hacia delante y unos zapatos de tacón peligrosamente inestables. Los invitados van llegando. Cada cual se presenta a las azafatas, que comprueban los nombres autorizados a adentrarse en la glamurosa guarida.

La azafata muestra una sonrisa de dientes blanquísimos a Antoine (¿cómo es posible tener tantos dientes?) y luego se vuelve hacia mí con una mirada inquisitiva que aviva de inmediato mi síndrome de la impostora.

—Y usted es la señora...

Antoine zanja la cuestión de un plumazo.

13

—La señora viene conmigo.

—Adelante, entonces.

Nos deja entrar y me desea una feliz velada con esa cortesía un tanto forzada que tiene la virtud de ponerme de los nervios.

Es una gala benéfica. La enésima cena para salvaguardar el patrimonio cultural y artístico. La flor y nata está ahí. Invitados heteróclitos de mundos asombrosamente distintos. Estrellas de la tele, políticos, gente de la alta sociedad, herederos, jefes de empresas que cotizan en bolsa, intelectuales, artistas... Y yo, y yo, y yo... que no soy más que yo.

Llevamos media hora de pie disfrutando del cóctel de bienvenida entre la muchedumbre de celebridades, con una copa de champán en la mano. Miramos de reojo para saludar pero, sobre todo, para detectar e identificar a posibles conocidos. Antoine está como pez en el agua. La costumbre. No dejan de saludarle debido a su empleo, un puesto muy codiciado en una de las principales radios francesas.

—¿Estás bien, cariño? —me pregunta con un susurro.

No tengo valor para desengañarle. Era muy importante para él que le acompañase. Parece orgulloso de presentarme. Una pareja se nos acerca: reconozco a la presentadora de un popular programa de televisión y, de su brazo, a un reputado deportista.

—¡Antoine!

Mil saludos efusivos que apenas suenan intentan aparentar una falsa intimidad. Al final acaban percatándose de mi presencia y me lanzan una mirada inquisitiva: «¿Y esta quién es?».

—Os presento a mi pareja, Meredith —anuncia Antoine.

La presentadora me examina de arriba abajo. Busca en el disco duro de su memoria si estoy relacionada con alguien conocido. Sin resultado.

—¿A qué te dedicas, Meredith?

—Soy actriz...

Finjo ignorar el sarcasmo de los «Ah, qué bien...» que le siguen. Entorna los ojos antes de clavarme la banderilla.

—¿Y dónde has actuado?

Tocada y hundida.

Los cinco últimos años sin trabajar se me suben a las mejillas y las encienden de súbito. La mujer retuerce un ratito más el cuchillo en mis complejos, lo cual parece proporcionarle un malicioso placer. ¿Por qué no aprovechar esta oportuna diversión para matar el aburrimiento tan típico de estos eventos? Apuro de un trago la copa de champán.

Finalmente anuncian la cena. No me han puesto junto a Antoine, por supuesto. Me lanza una mirada pesarosa por encima del centro de mesa floral que se yergue como una frontera entre las filas de comensales y nos priva de cualquier posibilidad de conversar. Solo puedo socializar con mis vecinos a derecha e izquierda. A un lado, una figura nobiliaria decidida desde el principio a darme la espalda me ofrece como única alternativa charlar con su moño. Me queda el otro vecino, un señor de edad avanzada que se siente con derecho a tomarse ciertas familiaridades.

Aguanto un rato sus asaltos libidinosos hasta que no puedo más y me levanto de la mesa para buscar refugio en el lavabo. Y allí me encierro a cal y canto. Quedarme ahí. No salir jamás. Entran dos mujeres. Hablan sin orden ni concierto mientras se retocan el maquillaje. Reconozco la voz de la presentadora. Aprovecha esa breve pausa, parece, para dar un buen repaso a los invitados y todos se llevan algún comentario punzante, como si fuese la escena de una película. Antoine y yo no somos una excepción. Sobre todo yo. Y no se corta: una chica mona, pero solo es una actriz de segunda que ha sabido jugar sus cartas pescando un buen partido.

Estoy a punto de vomitar. Tras unos segundos que se me hacen eternos, por fin se van. Se equivocan: cuando me reúno con Antoine, sonrío y vuelvo a interpretar mi papel a la perfección. Él no se da cuenta de nada.

Escena 2

Meredith

Empujo las puertas del centro de estética. Está escondido en una callejuela de mi barrio, en pleno Distrito XIX de París. Llevo días pensando que necesito un masaje cada vez que paso por delante. Me salieron unas contracturas en la espalda después de la gala; ya se sabe, el cuerpo no perdona. La velada removió cosas que hubiera preferido que siguieran ocultas. Ahora han salido a la superficie y no doy pie con bola.

El centro de estética es minúsculo, pero está decorado con gusto y elegancia; es una joyita consagrada al bienestar. Una tal Lamai se va a ocupar de mí. La joven me conduce hasta la cabina. Una cabeza de Buda, velas, música ambiental y luz tenue. Mi mente aprovecha esta invitación al viaje para darse un respiro. Me desnudo deprisa. Lamai llama a la puerta. La dulzura de su voz, de sus ojos y de su tacto me calma al instante. Me indica que me tumbe con una sonrisa. El olor de los aceites esenciales me transporta y sus manos se ponen en marcha.

Mientras Lamai deshace hábilmente mis contracturas, me va tirando de la lengua con la misma sutileza.

—Estoy hecha un lío —me oigo decirle—. Estoy pasando por una época complicada.

Al principio, las palabras fluyen con dificultad. Después, adormecida por la sensación de bienestar, comienzo a soltarme.

—Amo a un hombre, pero... Es extraño. A pesar de todo, no consigo estar a gusto conmigo misma. Sin embargo, él también me quiere. Un amor correspondido es algo poco común, ¿no te parece?

Lamai asiente en silencio, no quiere interrumpir mi confesión con palabras vanas. Debe de estar acostumbrada a escuchar quebraderos de cabeza de desconocidas. Así que me dejo llevar por su benévola escucha.

—¿Sabes? No tengo motivos para estar orgullosa de mí. Tengo la sensación de que no soy nadie...

—¿Cómo que «nadie»? —replica Lamai.

—Bueno, él ya se ha hecho un hueco, ha triunfado en lo suyo. Y yo estoy dando los primeros pasos en mi carrera. A saber si algún día saldré del montón.

—Perdona que te diga, pero ya eres alguien.

Lanzo un suspiro, rota por dentro.

—Sí, pero no la que me gustaría ser. Tengo la sensación de ser un borrador, un boceto de mí misma, ¿me entiendes?

En la penumbra, me parece entrever una sonrisa de la masajista convertida en psicóloga.

—En Asia apreciamos el encanto de lo incompleto...

Suena más bonito de lo que es. ¡No quiero existir solo a través de sus ojos! ¡Y no me apetece en absoluto depender de él para sentirme viva!

—Hasta que uno no se encuentra a sí mismo, es difícil amar a otro.

Las palabras de Lamai se quedan flotando en el aire unos segundos y llegan a mí con un eco particular. Cuando termina la sesión, desaparece y me deja sola en la acogedora cabina. Me tomo un momento para despejar mi mente y pienso en algunos hombres anteriores a Antoine, en historias de amor frustradas, saboteadas más o menos de manera consciente por mis temores, con dudas y complejos ocultos que las fueron minando hasta desanimarlos. ¿Iba a dejar que mi historia de amor con Antoine corriera la misma suerte?

Sondeo mi alma un momento. No. Le quiero demasiado como para eso. Tengo que encontrar la forma de existir por mí misma. Pero ¿cómo?

Mientras me visto, una idea, descabellada, atrevida, arriesgada, se va abriendo paso en mi cabeza...

Escena 3

Antoine

Me había dicho: «Tengo que hablar contigo». Que tu pareja te diga eso no suele ser buena señal. Pero no le presté atención. Porque yo también tenía que hablar con ella. Estaba tan contento por la sorpresa que iba a darle que no vi venir la tormenta. Eso fue hace seis horas. En otra vida. La de antes del «anuncio».

Ahora Meredith y yo estamos sentados ante una mesa que ha perdido de golpe todo su esplendor. Las burbujas del champán, el salmón, las velas... La bonita puesta en escena en mi casa, que pronto debería haberse convertido en nuestra casa, de repente es irrelevante. He estado a punto de darle una copia de las llaves para que se instalase aquí, un gesto de que mi compromiso con ella iba en serio. El compromiso. Tal vez ese sea el quid de la cuestión.

Meredith no está preparada. Es lo que intenta explicarme de todas las maneras de las que es capaz, pero no consigue pulir las aristas de mi dolor.

Quiere tomarse un tiempo para encontrarse, hacer su camino, para volver conmigo siendo mejor. Su idea: aprovechar su próxima gira para empezar una especie de *Love Tour*, una gira de mí, una gira de nosotros, una gira del amor. Como si se le pudiera dar vueltas al tema...

Yo me quedo con que eso significa alejarse de mí. Y es lo que no entiendo. Incrédulo, veo cómo sus labios se mueven y hablan del amor que siente por mí. Que por eso precisamente. Que no quiere estropearlo. Las palabras brotan de ella como un grito del corazón. También parece afectada. Entonces ¿por qué se obliga?

Al hablar parece hipnotizada por su propio discurso. Que quiere estar a la altura de nuestra historia de amor. Que, para ella, una historia de amor con mayúsculas hay que merecérsela, ha de prepararse... Si se compara conmigo, tiene la sensación de ser un borrador, un esbozo de lo que podría ser, y no soporta esa idea. Quiero gritar que se equivoca, pero ¿cómo luchar contra unas ideas tan ancladas? Está convencida de que esa falta de orgullo gangrenará sus sentimientos y de que su falta de autoestima acabará lastrando nuestra relación y destruyéndola. Argumenta: «Tú ya lo tienes todo». El respeto. El reconocimiento. Un productor de programas de radio que ya ha conquistado a su corte. Rememora el dichoso sarao del otro día, vuelve a hablarme del malestar que la invade cuando la presento, le enfada que le pregunten dónde ha actuado, no soporta las sonrisas incómodas o burlonas que, según ella, le dirigen. No le deja vivir el maldito complejo de inferioridad que arrastra como una losa desde hace años, desde que su burguesa familia de provincias le hiciera el vacío cuando anunció que quería ser actriz. Por más que le diga que yo creo en ella aunque aún no haya «florecido», no sirve de nada. Quiere ser alguien antes de embarcarse en la aventura de una vida con otro que, por fin, sería *The One*. Ese otro soy yo. Y no cree en lo de 1 + 1 = 3. Me gustaría decirle que me da absolutamente igual su falta de madurez afectiva, que la acepto encantado. Es verdad que cuesta echarle treinta y dos años por sus antojos infantiles, que intenta disimular bajo una apariencia de adulta como si fueran unas pecas rebeldes, por su genio de mil demonios, sus caprichos de princesita, sus prontos, que me gusta provocar haciéndome el gallito para que se ría, sí, su risa, que colorea y nutre mis días, y todavía más mis noches, y su piel de terciopelo, que estaría acariciando hasta la noche de los tiempos como un loco Barjavel...

Loco, eso es. Loco.

La vena que me atraviesa la frente da cuenta de mi angustia.

Me quedo mirando a esta tonta, esta boba, esta saltimbanqui, este amor. Qué guapa está cuando desvaría.

He esperado treinta y siete tacos hasta encontrarla. Las historias anteriores se volvieron traslúcidas en mi cabeza desde que ella lo eclipsó todo con una mirada, con una sonrisa. Y ahora que por fin he encontrado mi perla, ¿quiere marcharse, abandonarme? La vida no tiene sentido.

Meredith hilvana su razonamiento con puntadas absurdas.

—¡Quiero hacerlo porque te quiero! —grita finalmente—. Tengo que arriesgarme a perderte para encontrarme, y después reencontrarte siendo mejor, ¿lo entiendes?

En mi vida he escuchado algo tan alocado. Debo decir que, para ser una actriz en ciernes, ya posee un notable sentido del drama.

—¡Mantendremos el contacto de todas formas! —trata de tranquilizarme.

—¡Ah, estupendo! —le digo con amargura—. Hasta voy a tener derecho a algún mensaje...

—¡Antoine! Será mucho más que eso, te lo prometo. ¡Nuestra comunicación, por teléfono, correo electrónico, mensaje o como sea, se prolongará como un hilo de Ariadna, ya verás! El hecho de no vernos durante un tiempo no es el fin del deseo, más bien al contrario. Podríamos incluso apreciar la ausencia...

Con un último estallido de esperanza, intento hacerla entrar en razón sacudiéndola suavemente por los hombros.

—¡Eh, eh! ¡Meredith! ¡Esto no es una obra de teatro! ¡Estás desvariando! Me dices como si tal cosa que me dejas plantado para irte a explorar no sé qué cuestiones existenciales sobre ti, sobre mí, sobre la vida, el amor y no sé qué más.

—No lo entiendes...

—¡Ah, claro! ¡Perdón por no entenderte!

—Antoine, no te estoy dejando tirado. Lo hago precisamente porque tú eres la esencia de mis planes de futuro, porque te amo con locura y porque quiero darle una oportunidad a lo nuestro para que funcione.

—Y yo, ¿crees que no te amo con locura? ¿Tienes idea de lo que le estás haciendo a mis sentimientos? ¡Mírame!

Le agarro el mentón con firmeza para obligarla a mirarme a la cara. Intenta zafarse de mí. Una lágrima traicionera le baja por la mejilla. Algo se afloja en mi pecho. No podía ni imaginarme lo que siente por mí.

De pronto, mi rechazo flaquea, mi reticencia se desvanece. Mi voz se convierte en una caricia, le beso los labios con ternura. Le susurro en el cuello unos mil «te quiero» hasta hacerla temblar. Qué sensible es mi Meredith. Un Stradivarius de sensibilidad.

Meredith

Un «te quiero» más y pierdo los papeles. Aprieto los dientes para reprimir los sollozos. Tiene que dejar de soltar esas palabras lacrimógenas.

—¡Cállate!

—Nunca.

¡Antoine! Si le dejara KO diez veces, él se levantaría a la undécima. Me gusta su tenacidad. Mi mirada se pierde en sus ojos marrones con destellos ámbar y, sin darme cuenta, deslizo la mano por su denso y sedoso pelo castaño, que tiene el don de ponerme el vello de punta.

Nuestros labios se unen. Mi cuerpo se pega al suyo como un barco que llega a puerto. ¿Cómo zarpar?

Sin embargo, por mi mente empapada de azúcar vuelve a rondar mi peor pesadilla: me veo dentro de cinco años inmersa en una rutina burguesa, la «señora de», esa a la que sonreímos cuando habla de su carrera, que es la viva imagen de la palabra «interrumpida», pues ya no es una trayectoria lineal, sino que tiene tantos huecos que se parece más bien a un queso gruyer en el que un ratón no encontraría algo que llevarse a la boca. Y por una buena razón. La encantadora esposa tiene dos hijos del hombre al que ama. Él trabaja mucho, claro. Y uno de los dos debe estar más pendiente de la organización familiar. Lleva un vestido sin pedrería ni lentejuelas, sino con cercos de papilla y algún reguero de regurgitación. Unas uñas muy cortas donde el esmalte ya no tiene cabida. Más práctico. Y la mirada de su amado, día tras día, se va apagando cuando la mira... ¡Imposible! ¡Su amor no puede acabar así! El suyo, no. ¡Ellos no!

Por eso tengo que buscar una solución. Claro, ahora no lo entiende. Pero tengo que ser fuerte por los dos.

Suelto las amarras de sus brazos.

—Me voy, Antoine —digo con toda la firmeza posible—. Me voy, pero volveré. ¡Te lo juro!

—¿Cuándo?

—No lo sé... Yo...

—Eso es muy vago, Meredith, no lo aguanto. Lo que me impones ya está en el límite de lo soportable. Te quiero, pero no podré esperarte eternamente. Duele demasiado...

Se sirve otra copa de champán. La apura de un trago apretando la mandíbula y se pone a dar vueltas por la habitación como si intentara librarse de su angustia. Le miro nerviosa mientras busco una idea a toda prisa.

—¡Un año y un día! —exclamo de pronto—. ¡Como con los objetos perdidos! ¡Un año y un día, y luego seré tuya para siempre!

—¿Me estás proponiendo una cuenta atrás, Meredith? Definitivamente, tienes instinto teatral...

A pesar del enfado, diría que se piensa mi propuesta aunque no parezca gustarle. Se apoya en la ventana dándome la espalda y, de pronto, se da la vuelta.

—Meredith, sé realista. Es muchísimo. No aguantaré tanto tiempo.

En mi fuero interno, estoy de acuerdo con él. Entonces, Antoine me propone otra idea.

—¿Y por qué no ochenta días, como Phileas Fogg en la novela de Jules Verne?

Veo en sus ojos un hilo de esperanza. Calculo rápidamente, menos de tres meses. Le miro con gesto triste.

—Me parece muy poco, mi amor...

Le decepciona.

—¿Cuánto tiempo necesitas entonces? —profiere.

Siento un nudo en el estómago al verle en semejante estado. Con la boca pequeña, le propongo seis meses. Agacha la cabeza para calcular lo que eso significa en términos de separación, pero también para que no vea su mirada cuando capitula ante mi demanda. Se toma unos segundos antes de contestarme con una honda inspiración.

—Vale, Meredith. Vale. Te doy seis meses para que hagas tus averiguaciones y vuelvas conmigo. Eso sí, te aviso: ¡no aguantaré ni UN día más!

Me encanta cuando se hace el duro. Me acerco y le abrazo haciendo caso omiso de su cara enfurruñada.

—Una cosa más —añade.

—Dime...

—Quiero verte al menos una vez durante todo ese tiempo.

—Te lo prometo.

Lanza un suspiro que me parte el alma.

—¿Estás segura de que esto es lo que quieres, Meredith?

Siento que el calor de su cuerpo se expande peligrosamente por mi piel y temo que mi determinación flaquee. Le aparto con dulzura.

—Estoy segura.

Simulo no ver el halo de tristeza que nubla sus pestañas.

—¿Has podido entender por qué hago todo esto?

Me mira con una ternura infinita.

—Sí.

Sé cuánto le cuesta darme esta especie de bendición. Es un regalo que me hace para que pueda irme tranquila. En este momento le quiero aún más.

Rápido. He de marcharme antes de que cambie de idea.

Me estrecha entre sus brazos una última vez y, mientras me doy la vuelta para alejarme, nuestras manos siguen unidas. Desgarro.

Me tambaleo mientras cojo el abrigo y cruzo la habitación en tres zancadas. Me giro en el umbral para lanzarle una última mirada. Mala idea. Salgo corriendo.

En la calle, mis tacones resuenan en la acera y el repiqueteo acompaña los hirientes pensamientos que me martillean las sienes. «Estás loca. Como una cabra.»

En un último arrebato, levanto la vista hacia el segundo piso. Ahí está, medio oculto por la cortina. Juraría haber visto brotar una lágrima por la comisura de su ojo. Una rata me devora las entrañas. Me alejo como una ladrona. Me llevo un extraño botín: una historia de amor inacabada que dentro de seis meses valdrá mucho más... ¡o nada!

Llueve. No, yo soy la llovizna.

Algo me vibra en el bolsillo. Un mensaje. Es él. Respiro por primera vez en los últimos quince minutos. Ante mis ojos surgen cuatro palabras:

Vete, vive y vuelve

Se le dan bien las fórmulas. ¡Ojalá fuera su única virtud! Como en la película de Radu Mihaileanu, *Vete y vive*, yo también me voy al exilio. Pero en este caso me lo he buscado yo sola.

«El pan amargo del exilio.» ¡Gracias, Shakespeare! No esperaba este sabor metálico en la boca. Y este regusto a óxido... ¡no creo que hagan un chicle de este sabor! Me he metido yo sola en el temporal, pero ahora mismo no lo soporto. En mi balsa tambaleante solo me viene un nombre a la cabeza: Rose.

Cojo el teléfono. Al oír mi voz llena de mocos, no necesita saber más.

—¡Vente! —ordena.

Dicho y hecho. Me meto en un taxi sin hacerme de rogar para ver a mi reparadora de corazón roto.

Escena 4

Rose

Cuando la veo llegar, Meredith parece derrotada. Abro completamente los brazos antes de estrecharla con fuerza contra mi pecho. Dos airbags de cariño.

—¡Pero, bueno, querida, qué pinta tienes! Pasa, pasa, estás helada.

—Gracias, Rose. Eres un cie...

—¡Chis! ¡Habla bajito! Késia está durmiendo aquí al lado.

Que no despierte a mi princesita. Han hecho falta tres cuentos y dos canciones para que se durmiera.

Meredith entra sin reparos, se quita despacio los tacones para ponerse cómoda y se acurruca en el sofá con toda naturalidad. Conoce la casa.

—¿Porrr qué llorrras?

—¡Calla, Roméo! ¡Cierra el pico!

Roméo es mi loro. Una magnífica cacatúa rosada que me regalaron el día que cumplí quince años. Veinte años de amor cómplice. Roméo, el otro pequeño rey de la casa. Me tiene loquita. Además, no es un loro cualquiera. Al parecer, sus aptitudes cognitivas están muy por encima de la media, hasta el punto de que un equipo de científicos le hace un seguimiento y todo tipo de pruebas... Les dejo hacer, ya que parece que le divierte. Como es muy sensible a los estados de ánimo, se da cuenta al instante de que a mi amiga le pasa algo y, con tres aleteos, vuela hasta ella.

—¿Estás bien, carrriño?

Meredith le dirige una sonrisa triste al pájaro rosa de alas grises. Él, coqueto, despliega su cresta de color rosa chuche, como dice mi hija. Ella le acaricia despacio el plumaje con una mano mientras con la otra intenta quitarse los ríos de rímel que caen de sus ojos.

Lanzo un suspiro medio compasiva medio molesta porque, a pesar del inmenso cariño que siento por Meredith, no la entiendo: es ella quien ha tenido la absurda idea de dejar a Antoine para vivir ese extraño paréntesis. No se lo he dicho por no hacerle daño, pero soy escéptica. ¡Si todo el mundo esperase a estar preparado para el amor verdadero antes de dar el paso, no quedarían muchas parejas en el planeta! En fin... Lo que yo creo es que se ha achantado. Se veía a la legua que él iba en serio. Incluso puede que estuviera a punto de pedirle que se casara con él. Meredith aún no es lo bastante madura como para dar el gran salto a la vida conyugal, no.

Nos tiramos horas hablando de esta historia, ¡hasta volvernos tarumbas! Mi sentido común me impide entender por qué no se limita a disfrutar de ese amor sin comerse el tarro. Un tipo como él no aparece todos los días. ¡Cuando pienso que los presenté yo...!

He intentado hacerla entrar en razón, advertirla del riesgo. Nada que hacer. Meredith está convencida de lo bien fundamentado que está su absurdo plan. Al contrario: cree que solo el *Love Tour* y esa gran búsqueda le permitirán conocer los secretos de una historia de amor duradera, como en los cuentos o en las películas de Hollywood con final feliz. En fin, yo sigo pensando que se parece más bien a una huida hacia delante.

Sea como fuere, al verla así, hecha un ovillo en el sofá con un afligido mutismo, siento pena por ella. Voy a esperar un poco antes de preguntarle qué ha pasado...

—¿Qué quieres tomar, guapa? ¿Un café? ¿Una tisana? ¿Un chupito de ron?

Todo es más llevadero con un poco de humor. Mi abuelo Victorin, de Martinica, siempre me lo decía.

—¡Venga, una tisana con ron!

Bien. No ha perdido el norte del todo. Hay esperanza.

Voy a la cocina a preparar unos brebajes reconfortantes y transgresores.

Conozco a Meredith desde hace cinco años. Más que una amiga, se ha convertido en una hermana. Y ahora, en mi pareja escénica. Prácticamente no nos separamos. Cuando la vi llegar a la clase de teatro de la rue Frochot tenía pinta de estar muy perdida, pero emanaba algo que cautivaba a todo el mundo. Sobre todo a los hombres. Creo que todos los de la clase se fueron enamorando de ella. A mí, como a todos, me parecía arrebatadora. No solo porque fuera guapa, sino porque tenía una belleza entrañable. «Una guapa que no sabe lo guapa que es.» El pelo castaño con reflejos dorados le caía por los hombros con un corte irregular de efecto despeinado, su boca parecía dibujada por el buril de Rodin, una naricilla pícara salpicada de pecas y los ojos verde claro... Por suerte, el escaso pecho y las uñas comidas la libraban de tener una belleza indecente. En ese momento yo tenía dos opciones: odiarla o hacerme su mejor amiga. Elegí lo segundo.

El hervidor pita y oigo el agua borbotar con fuerza. Cojo dos bolsitas de infusión y echo un buen chorro de ron en cada taza. ¡Como para resucitar a un muerto!

Meredith se apoya en el marco de la puerta.

—¿Te ayudo?

—No, quédate calentita bajo la manta, ya voy.

La veo alejarse y sonrío para mis adentros. ¿Quién mejor que yo conoce los extraños contrastes de esta mujercita? A veces gata, a veces pantera. Tierna y violenta. Tímida y extrovertida. Todo y su contrario. Una mezcla de estilos que no deja a nadie indiferente. Lo más curioso son los resquicios de una educación burguesa que intentan convivir con un carácter contestatario y un fuerte genio plagado de complejos imaginarios.

Recuerdo las primeras veces que se subió al escenario. Cada vez que tenía que ponerse delante del grupo me clavaba las uñas en el antebrazo, absolutamente histérica. Para Meredith, mostrarse ante el público es una tortura, el miedo le retuerce las tripas. Y aun así, ha elegido las tablas como tabla de salvación. Más tarde supe que, en un ataque de rebeldía, se fue de su provincia natal dejando atrás a su familia, contraria a unos planes artísticos que no encajaban con la idea de tener una vida como Dios manda. Estudios, carrera, boda, niños... Lo normal. Qué palabra tan fea. Aunque ella lo intentó. Para contentar a sus padres. Tres años de Ciencias Económicas y Sociales en la Universidad de Lille. Con un traje que no estaba hecho a su medida, tardó en ver que se marchitaba y se traicionaba a sí misma año tras año. Todo acabó en una depresión. Una de las gordas. Una de esas en la que no quieres salir de la cama y dar una vuelta por el barrio es toda una proeza olímpica. Por culpa de la sobreadaptación, por agradar a los demás. Tras varios meses arrastrándose como un alma en pena entre el oprobio familiar y la desolación, la muerte de su querida abuela fue el desencadenante de su rebelión. Solo la anciana, su única aliada, detectó precozmente el talento de su nieta para el teatro. No paraba de animarla a intentarlo. Al final, su abuela se fue antes. Sin embargo, estoy segura de que eso es lo que le dio a Meredith el valor de escapar de la mirada se sus padres para atreverse a llevar la vida con la que siempre había soñado: la vida de artista.

Vuelvo al salón con las dos bebidas humeantes, que dejo sobre la mesita, y miro a Meredith a los ojos.

—Venga, cuenta.

Meredith

Mi Rose. Cuando me ha abierto la puerta hace un momento, he sentido una oleada de gratitud. En pocos años se ha convertido en una madre, una hermana, una amiga. Una familia que es solo ella, como una navaja suiza. No sé por qué, pero Rose es una de esas pocas personas que, en cuanto la ves, te hace sonreír. Así es Rose: un rayo de sol de metro ochenta, ¡por lo que cubre una superficie enorme!

Ahora que con tanta amabilidad, con tanta paciencia, me escucha mientras le cuento lo que ha pasado, observo su fascinante pelo encrespado, que forma una aureola de veinte centímetros alrededor de su cabeza.

¡Qué guapa es! Rose, el nombre que le puso su madre en honor a la cantante Calypso Rose, a la que escuchaba en bucle: disfrutaba dejándose llevar por la alegría de la «Cesária Évora del Caribe» y por el ritmo pegadizo de sus canciones.

Cuando le cuento la conversación con Antoine se me caen las lágrimas y veo dos pequeñas arrugas leoninas dibujarse en el ceño de mi amiga. Dos pupilas de un color avellana claro con reflejos aguamarina brillan de malestar.

—¿Ves cómo te afecta todo esto? La verdad es que me da pena. Parece que te guste arruinarte la vida.

Los pendientes criollos se mueven al ritmo de su indignación. Me conmueve que se preocupe.

—No es eso, Rose... De verdad, le he dado mil vueltas y, aunque sea muy duro, el paréntesis me parece la única solución para tomar distancia, comprender por qué me bloqueo y ver si nuestra historia de amor tiene posibilidades de continuar...

Refunfuña, poco convencida. Doy un sorbo a la tisana humeante.

—¡Ten cuidado! —dice mi hada con una sonrisa—. ¡Ya te está abrasando el amor, no hace falta que te quemes más!

Oímos el ruido de una puerta que se abre y una vocecilla que murmura:

—¿Qué pasa, mamá?

Rose masculla algunos tacos en criollo. Késia se ha despertado. He debido de hacer mucho ruido. Qué graciosa está la niña con ese camisón con un unicornio estampado, aferrada a un conejo de peluche curtido (pelón y sin un ojo). Ha vivido mucho durante los cinco años que lleva entre los brazos de Késia.

—Pero ¿qué haces levantada? ¡Lo que faltaba! ¡Mañana en el cole estarás agotada! ¡Vamos, vamos! ¡A la cama!

Agarra a su oveja descarriada con mano ágil y se la echa a la espalda. El contraste entre ambas es impresionante. Késia parece una gambita entre los brazos de su madre. Piel lechosa, largo pelo castaño claro, liso como las hierbas de la sabana, grandes ojos azules. Nada haría pensar que sea hija de Rose. ¡Cuántas veces se ha enfadado mi amiga porque la han tomado por su canguro! Las leyes genéticas son inescrutables... La niña se ha llevado todo del padre, un colosal azafato sueco seducido entre dos escalas en París y que levantó el vuelo en cuanto tuvo noticia del embarazo. La niña enrolla las piernas flacuchas alrededor de las anchas caderas de su madre, como una lapa aferrada a una sólida roca.

—¡Hazme de caballito, mamá! —suplica la niña.

—¡A estas horas no, pitusa!

—¡Venga, porfa!

Rose trota alegremente hacia el cuarto.

—¡Arre! ¡Arre! —chilla la niña, encantada—. Así es mucho más divertido volver a la cama.

Mi amiga suelta una de sus carcajadas atronadoras que tanto me gustan y muestra sin complejos sus dos paletas separadas. Se presta de buena gana al juego de su hija. Sé que no puede negarle casi nada. Roméo se entromete y empieza a imitar el relincho del animal. Siempre me quedo boquiabierta ante su talento como imitador. Revolotea hasta el hombro libre de Rose y le picotea el cuello entre onomatopeya y onomatopeya. ¡Un auténtico circo ambulante! Para restablecer un poco la calma, Rose finge enfadarse. Y sostiene a Késia con una mano.

—¡Ya está bien! ¡Que son las doce y media! ¡Menudo cachondeo!

—Eh... ¿te puedo ayudar en algo?

—No, tú no te muevas. Tú, vuelve a la jaula. ¡Y tú, a la cama! ¡Ya!

Cuando se pone en plan sargento, todos obedecen. Al criar sola a su hija, debe asumir todos los roles, desde el de la mamá dulce hasta el de la mamá inflexible. Multifunción.

Mientras Rose se afana en dormir a Késia en su habitación, me quedo sola con Roméo. Está algo ofendido por la bronca que le han echado hace un rato. El loro pone mala cara y me lanza una mirada sombría. Le entiendo.

—Sí, querido. ¡A veces la vida es dura!

—¡Es durrrrrra! —repite acentuando la última sílaba.

Cuando regresa, Rose me encuentra fumando en el minúsculo balcón y me sermonea.

—Oye, métete rápido, que vas a pillar una pulmonía. ¿Cuándo piensas dejarlo?

Hago un esfuerzo por no responderle: «Cuando por fin sea feliz».

Abre a toda prisa el sofá cama, ya que solo tiene una habitación, la que ocupa su hija.

—¡Vamos a apretujarnos bien! —dice sin ningún apuro ante la perspectiva.

Como pijama, me presta una de sus camisetas, que me queda enorme y me llega hasta la rodilla. Me lavo los dientes para quitarme el sabor a tabaco y me meto bajo el edredón. Me dejo puestas las medias. Tirito. De frío. Pero no solo.

Hablamos aún otro rato.

—Venga, que mañana será otro día.

Ya...

Rose apaga la luz mientras me desea que pase una buena noche. Sé que, para mí, será larga.

Escena 5

Meredith
Cuenta atrás: -182 días

El despertador suena a las siete y media. La niña tiene que estar en el colegio dentro de una hora. Para dejarme dormir, Rose trata de hacer el menor ruido posible y susurra. Al contrario que Késia, que, como cualquier niña de cinco años, habla alto y está intrigada por mi presencia en su salón.

—¿Por qué ha dormido Meredith ahííííí?

Me fascina lo agudo que pueden llegar a ser los sonidos que emiten los niños y, sobre todo, su facultad para usar las palabras como martillos en la cabeza de un pobre insomne.

—¡Chisss! ¡Habla más bajito, pitusa! Meredith está muy triste y ha venido a consolarse un poco aquí, ya ves.

—¿Y cuándo se va a ir a su casa?

—¡Késia! —dice su madre, molesta y algo abochornada.

La lleva hasta la cocina para prepararle su leche con cacao y el acostumbrado pan de leche con miel.

Huele bien. Se me hace la boca agua... Pero aún no tengo fuerzas para levantarme. Medio en coma, me doy la vuelta soltando un gruñido y meto la cabeza bajo la almohada.

No moverme. No salir jamás de esta burbuja de calor protectora. Olvidar la estúpida decisión de alejarme de Antoine... ¿Qué narices me ha dado?

Rose y Késia ya están casi listas para salir.

—¡Ponte el abrigo, Késia! Date prisa, que llegaremos tarde.

La niña lo hace despacio. Rose la ayuda con una mano impaciente a abrocharse el plumífero. Su mirada se topa con unas zapatillas luminosas con los cordones desatados.

—¡Késia, no! ¡Encima esto! ¡Sabes que no puedes ponerte las zapatillas con suela de lucecitas para ir al cole! ¿Por qué no has cogido las rosas de velcro?

Sonrío para mis adentros: sabe lo que hace. ¡Molan mucho más las suelas de leds!

Rose echa un vistazo al reloj y refunfuña.

—¡Da igual, no hay tiempo de cambiarse! Peor para ti, ya verás cómo te regaña la profe.

Késia simula estar arrepentida, pero sus ojos brillantes revelan que está feliz de haberse salido con la suya y ahora mismo solo piensa en su felicidad. Los niños son encantadores.

—¡Bueno, yo me voy! —me suelta Rose—. Quédate el tiempo que quieras, ¿vale? He quedado por la mañana, volveré a mediodía.

—Gracias, eres un amor. Pero creo que voy a volver a casa.

—¡Como quieras! Ya hablamos.

—¿Rose?

—¿Qué?

—Gracias por todo.

Cuando se va, decido salir de mi letargo y levantarme. Mis pasos se dirigen hacia la cocina, donde espero encontrar algo para hacerme un café de supervivencia. Sin sentirse apenas intimidado, Roméo empieza a seguirme. Cuando me doy la vuelta, se queda quieto. Juego un rato con él a una especie de escondite inglés. Sonrío impresionada y me inclino para rascarle el cuello y acariciar su bonita cabeza. Me honra con unos esplendorosos gorjeos y veo que sus pupilas se dilatan de gusto. Creo que lo tengo en el bote.

Rebusco en todos los armarios hasta que, por fin, encuentro la cafetera y el preciado polvo negro. Mientras estoy plantada delante de la máquina mirando cómo avanza el goteo regenerador, oigo un extraño ruido a mi lado. ¿Y a quién veo meterse en la cocina? ¡A Roméo, que viene hacia mí a toda velocidad montado en unos patines!

—¡Pero mira qué gracioso! ¿Tu dueña te deja hacer eso?

¡El loro se pone a dar vueltas alrededor de la mesa de la cocina entonando una canción de Rihanna a todo pulmón! Este pájaro está como una cabra...

Para calmarlo, recojo una piña que hay en el suelo y se la tiendo. No se hace de rogar y deja los patines para mordisquear ese juguete vegetal.

Sus mordiscos y mis sorbos suenan al unísono.

El principio de una complicidad.

Me dejo invadir por los vapores del café caliente. Luego, una ducha bien caliente también. Una tregua.

Me sale vaho por la boca. Enero no bromea. Estoy deseando regresar a casa, pero me falta valor. Si es para volverme loca entre cuatro paredes pensando en él todo el día, ¡no, gracias! Siempre me ha sentado bien caminar rápido. Me despoja del cansancio y borra los pensamientos que me carcomen. Como vivo en la avenue de Laumière, en el Distrito XIX, decido dar un rodeo por Buttes-Chaumont. ¡La de horas que habré deambulado por este maravilloso parque desde que llegué a

París, hace cinco años! Ha sido testigo de todos mis estados de ánimo... Conozco los rincones más recónditos, los desniveles, las perspectivas, las vistas, las cuevas, las cascadas, el lago artificial...

Me desvío casi a diario para venir a saludar a los árboles. Somos amigos. Su equilibrio y su fuerza tranquila me dan energía y me reordenan. Con el tiempo hemos establecido una muda complicidad.

Aquí, con la gran variedad de plantas exóticas y las numerosas aves (gaviotas, gallinetas, ánades reales) que hay, es difícil pensar que estemos en París.

Esta mañana, una niebla espesa cubre el parque, que está desierto a excepción de unos pocos y apasionados corredores.

> *Cuando el cielo plomizo pesa como una losa*
> *sobre el alma que gime, abrumada de hastío,*
> *vierte un día más negro que la noche luctuosa,*
> *cercando el horizonte con un lazo sombrío;**

Me sé de memoria este poema: «Spleen». Cuando hace un tiempo como este, no puedo evitar recitarlo. Y encaja totalmente con mi humor. Incluso mis amigos los árboles han claudicado y bajan la cabeza, resignados e incapaces de consolarme.

Me acerco a la pasarela. Uno de los lugares más llamativos del parque. Es un puente de piedra que consta de un solo arco de medio punto que está suspendido sobre el lago a veintidós metros de altura. Pone los pelos de punta. Por algo lo llaman «el puente de los suicidas».

* Charles Baudelaire, *Las flores del mal* (trad. de Manuel J. Santayana), Madrid, Vaso Roto, 2014.

Tengo un escalofrío. Esta perspectiva, con la pasarela, el alto despeñadero coronado por un templo y los grandes árboles oscuros agitándose, me recuerda a la atmósfera dramática de un cuadro de Delacroix y al romanticismo del siglo XIX.

Camino por el puente con paso firme y el *spleen* vuelve a apoderarse de mí. Me paro a medio camino y me apoyo en la barandilla. Qué bonito. Qué triste. Busco en el bolso el paquete de tabaco y me abro el abrigo para tratar de encender un cigarrillo a resguardo del viento gélido. Seis meses sin verlo. O algo peor. Comprendo de inmediato el riesgo que corro: perderle definitivamente. Llevada por mi impulsividad y mis delirios románticos, ¿he considerado bien ese peligro?

Desbordada por las emociones, el frío y la falta de sueño, me echo a llorar mientras doy caladas al cigarrillo, que se ha apagado. Sumida en mis pensamientos, saco el mechero, metido en una bonita funda plateada que me regaló Antoine, para encenderlo de nuevo y, en un gesto torpe, se me escapa de las manos. Suelto un chillido estridente cuando el mechero cae al abismo. En un acto reflejo para cogerlo, me inclino y tiendo la mano hacia el oscuro oleaje.

Noto entonces con estupor que alguien me agarra por detrás y me rodea la cintura con sus brazos. ¡Lo que suelto esta vez es un grito de sorpresa y de miedo!

Empujan mi cuerpo hacia un lado. Me caigo al suelo y veo cómo una mole oscura se inclina hacia mí. Un hombre. Fornido. Retrocedo. Dios mío, ¿qué querrá este? ¡Estoy tirada en el suelo, en un parque desierto y a merced de un pervertido! Me muero de miedo.

El hombre se agacha y su brazo se dirige hacia mí con un gesto brusco.

Instintivamente, me tapo la cara y ya me preparo para

darle una patada en sus partes cuando me doy cuenta, in extremis, de que me está tendiendo la mano para ayudarme a ponerme de pie.

Me calmo un poco y me fijo en otros detalles tranquilizadores: la gorra, la placa... Es un guarda del parque.

Tira de mí para levantarme. Cuando creo que estoy a salvo, me abraza con fuerza. Mierda. Lo mismo no es tan decente.

—Eso no se hace. No se hace, no —masculla en mi oído.

¿No se hace el qué?, me pregunto, nerviosa y molesta al mismo tiempo. Intento soltarme de ese desagradable abrazo forzado.

—¡Eh, oiga, déjeme! ¡Me está haciendo daño!

Por fin me suelta y se queda mirando mis ojos hinchados por el llanto y la noche sin dormir. Está conmovido, afectado. Me coge por el brazo a la altura del bíceps y me arrastra con él.

—Venga conmigo, vamos.

—Pero... qué...

—No, no, no, ¡no proteste! ¡Esto no puede quedarse así! Venga a mi caseta a tomar algo caliente y a contarme qué le pasa. En momentos así hay que hablar...

—Es usted muy amable, pero estoy bien. Yo...

Se gira hacia mí y su mirada no admite un no por respuesta.

—¡No discuta! Mire, no hay que tener vergüenza de pedir ayuda en ciertos momentos...

—¡Pero, oiga, que yo no necesito ninguna ayuda!

El hombre se ríe amablemente, compasivo.

—Los que más la necesitan siempre dicen eso. Estoy acostumbrado. Vamos, venga.

Ahora entiendo el malentendido: yo, en el puente de los

suicidas con los ojos llorosos, una triste sombra envuelta en la niebla, y mi ridículo gesto para intentar coger el mechero.

—Señor, creo que ha habido un error —trato de decirle—. Yo nunca he querido...

—No hablemos de eso, por favor —me corta con una mirada tajante.

Me doy por vencida y me dejo arrastrar hasta su caseta. Tras una colina, descubro la cabaña del guarda: una casita de ladrillo decorada con elegancia.

Una vez dentro, me empuja hacia una silla y me ordena que me siente mientras, casi contento, convencido de que ha salvado una vida, prepara un café.

Mi mirada recorre la estancia y descubro que en las paredes hay cartas y postales de todo tipo. Me levanto para verlas de cerca.

Por todas partes hay palabras de agradecimiento. Leo algunos fragmentos: «¡Usted me salvó la vida!»; «Nunca lo olvidaré»; «Su luz iluminó mi oscuridad»...

Ahora lo entiendo: ¡el guarda es una especie de san bernardo de almas a la deriva! Lo cómico de la situación me arranca una sonrisa.

Me tiende una taza de café humeante. Por fin algo que no rechazo.

Observo con una mirada tierna a este héroe que vigila en la sombra los destinos a la deriva. El agente municipal, el aguafiestas, el que no te deja hacer un picnic, esconde un disfraz de benefactor de la humanidad.

Me presto al juego y le desgajo mi mal de amores. Escucha y asiente con la cabeza cuando termino una frase para animarme a seguir. No me había encontrado con nadie con esa empatía. Al cabo de media hora soy la primera sorprendida al constatar lo bien que me ha venido sentirme escuchada.

Me entero de que se llama Jean-Claude. De que lleva quince años trabajando en el parque. Nunca me había fijado en él.

Me preparo para irme.

—Nada de tonterías, ¿eh? —me dice con afecto.

Le devuelvo una sonrisa.

—Prometido.

—Dígame qué tal le va, ¿vale? Me gustaría asegurarme de que está bien.

Le tiendo mi número de teléfono. Me llama cuando estoy saliendo por la puerta.

—¡Espere!

Me agarra de la manga y me coge la mano para entregarme algo.

—Ábralo después —añade guiñándome un ojo.

Meto el paquetito en el bolso y salgo de esa cabaña reconfortante. Las palabras del guarda resuenan en mis oídos mientras me alejo de la caseta: «¡Pórtese bien!».

Me despido con la mano de quien acabo de bautizar como «el guarda de la esperanza».

Escena 6

Rose

Acabo de dejar a Késia en el colegio. Todas las mañanas, la misma carrera contra reloj. A su edad todavía nos dejan acompañarlos hasta la clase. En los pasillos es la hora punta de padres que se mueven como en un hormiguero y se agobian por dejar a toda prisa a sus vástagos. Los maestros, las maestras y el personal de apoyo tratan de aportar un poco de tranquilidad. Es una causa perdida. Por todas partes hay lloros y gritos. Se ven despedidas casi desgarradoras de mamás que no consiguen marcharse y que, con un nudo en el estómago, cubren a su pequeñín con mil besos culpables; otras hacen un mundo por una nariz que sangra, por un mechón fuera de su sitio, por un cordón desatado, y ocultan las lágrimas tras sonrisas fingidas hasta que los niños cruzan la puerta de la clase. También hay pequeños dramas cotidianos: esa pobre madre sobrepasada por un doble trabajo, el maternal y el profesional, que, con las prisas locas de las mañanas que empiezan mal, preocupada por una presentación importante para un cliente, comete un error fatal: olvidarse del peluche. Todo el mundo le lanza una mirada compasiva y triste. Eso no impide que tenga que ir y volver a toda mecha mientras se flagela con un látigo imaginario durante todo el camino por su estupidez. Las madres conocemos bien la culpa. En lo que a mí concierne, me he ganado la reprimenda de la maestra por las zapatillas con lucecitas que, por supuesto, están prohibidas. Durante cinco minutos he vuelto a tener cinco años y me han tirado de las orejas.

Cuando salgo de ahí estoy de los nervios. Decido ir a tomar un café. Creo que me lo merezco después de lo corta que ha sido la noche y, como quien no quiere la cosa, de escuchar los problemas de Meredith, que no me han dejado pegar ojo.

Pienso en la historia de Meredith y Antoine. Cuando los presenté hace ocho meses, jamás habría imaginado que se enamorasen de esa manera. A primera vista parecían incompatibles. Ella, tan excéntrica e irascible. Él, tan tranquilo y seguro de sí mismo. Cupido es un gran bromista. No sé qué pensar de la estrambótica idea de Meredith de imponer a Antoine ese «paréntesis forzado». La adoro, pero también quiero mucho a Antoine y no quiero verle sufrir. Es un hombre maravilloso. Y además le debo un favor: gracias a él, hace cuatro años pude alquilar este piso tan apañado con mi hija, un bebé entonces. ¡Se hizo pasar por mi pareja y me avaló, ni más ni menos! Nunca lo olvidaré. Porque buscar piso cuando eres «persona de color», «madre soltera» y «actriz sin trabajo fijo» es un triple castigo y una misión imposible. Me encontré con varios escollos antes de atreverme a contarle mi problema. Al principio no quería molestarlo ni aprovecharme de su privilegiada posición en una de las principales radios francesas, aunque haya mucha gente que no dude en hacerlo y trate de aprovecharse de él de una manera u otra. Yo, no.

Antoine y yo nos conocimos de una forma muy original. Un día, simplemente, ¡le salvé la vida! Por pura casualidad estábamos en el mismo cóctel de una inauguración artística donde Antoine, que estaba contando alguna anécdota ante una pequeña corte de interesados, la mayoría postulantes a su emisora, tuvo la mala idea de intentar respirar una aceituna. Ese trayecto erróneo podría haber acabado en fatalidad si yo no hubiera aprendido técnicas de primeros auxilios en la Cruz Roja, entre ellas la maniobra de Heimlich. Fue un milagro que estuviera allí. Antoine, generoso por naturaleza, podría haberse limitado a darme las gracias, pero se empeñó en que nos volviésemos a ver para encontrar una forma más conveniente de expresarme su gratitud. Cuando supo que era actriz, me presentó a los responsables del casting de voces y de las grabaciones de obras de teatro para la radio. Un chollo para la joven actriz que yo era, con la constante incertidumbre de no llegar a fin de mes. Entre nosotros nunca ha habido atracción, Antoine no es en absoluto mi tipo y viceversa. Tras aquel episodio, seguimos viéndonos de vez en cuando.

Hasta la famosa fiesta de cumpleaños en la que decidí reunir a varios amigos y conocidos. O sea, la primera vez que junté a Antoine y Meredith. Pues bien, se estuvieron comiendo con los ojos toda la noche. Sinceramente, nunca he creído en los flechazos. Antes del suyo, claro, porque en su caso ¡todo pasó muy rápido! Era evidente. ¡Qué fenómeno tan extraño es el amor recíproco! Química perfecta, alineación planetaria, descarada sincronía... Vi cómo sus sentimientos crecían tan rápido como las flores de luna, con envidia, sin celos. Estaba feliz por ellos, de verdad. ¿Acaso no eran la prueba de que el amor sigue siendo posible?

¿Y yo? ¿Cómo ando de amores? Gran pregunta. Sigo esperando que el cielo me conceda algún día el anhelado deseo de encontrar a mi alma gemela, aunque a veces me desespero. ¡Hasta ahora, mi trayectoria sentimental ha sido un auténtico caos! ¿Me sobrepondré alguna vez al abandono del padre de mi hija antes de que esta llegase al mundo? Ese tipo de heridas no se cierran fácilmente y, bajo mi aspecto de mujerona, la confianza en mí misma y en el otro sexo quedó bastante tocada.

Durante un breve período de tiempo pensé en renunciar al amor. ¡Acabar con el origen de tanto sufrimiento y frustración! Qué relajante sería... Arriesgarse a amar es arriesgarse a sufrir. Pero también es darse la oportunidad de ser feliz. Sopesando los pros y los contras, decidí apostar de nuevo. Pero hacerlo por el alma gemela es difícil e incierto. A veces la soledad me asfixia y me asaltan las dudas. ¿Y si acabo sola como una rata? ¿Y si nunca encuentro a ese otro? ¿Y si ningún hombre se detiene por mí? El amor correspondido ¿no es un mito inventado de cabo a rabo, una quimera, un cuento de hadas? ¿Qué probabilidades hay de vivir un amor recíproco? ¿Tan pocas como de ganar la lotería?

Ahuyento esa idea tan desagradable y elijo un rincón tranquilo del café, cerca de la ventana. Me gusta mirar a los transeúntes. Y a veces, cuando tengo tiempo, imaginarme su vida. El camarero me trae un expreso doble y cedo a la tentación de pedir un cruasán. Me parece estar oyendo a mi madre: «¡Cinco minutos en la boca, dos horas en el estómago y toda la vida en el trasero, hija!».

He de decir que tengo las nalgas grandes por naturaleza. Y que lo llevo muy mal... En fin, como con gusto el bocado prohibido y saboreo hasta la última miga el delicioso sabor a mantequilla.

Bueno, que no se me olviden las cosas importantes. Saco el móvil y consulto mi aplicación preferida para mujeres desesperadas con mal de amores. A ver qué me encuentro esta mañana.

Número de chicos en el carrito: 12. Sí, ya sé que la gula es uno de mis peores defectos. Siempre he comido con los ojos. Y eso no va a cambiar ahora.

Número de posibles perfiles falsos en ese número: 6. Demasiado guapos para ser reales. Estoy segura de que ninguno me contestará.

Flechazos recibidos: 2.

Los flechazos son guiños que mandan aquellos a quienes les gustas: un hombre muy serio con traje gris oscuro y corbata de rayas color malva, cincuenta y cinco años (más bien sesenta y siete), oriundo de un pueblucho tan inverosímil que, a su lado, una aldea en mitad del campo podría ser un enclave internacional. También hay otro con pinta de salir en la página de sucesos cuya mirada tiene un brillo inquietante.

Empieza bien el día.

Número de mensajes recibidos: 3.

Hago clic en el icono del sobre y leo:

Morenazolatino: ola k tal?

Una toma de contacto fascinante. ¡Y menuda ortografía! Vamos, que estoy a puntito de enamorarme. Tres palabras y chao.

Caballero75: por la foto tienes buena pinta, quieres tomar algo?

Perplejidad. ¿En serio que es un caballero? Largo de aquí.

Ontheroadagain: *Hello! My name is Franck.* Me ha gustado muxo tu perfil. Como puedes ver, soy un tio enrollado y con sentido del humor. ☺ He visto que eres artista, no? Yo también soy artista. Bueno, en mis ratos libres. Toco canciones de Jim Morrison a la guitarra como nadie. ☺ A lo mejor puedo enseñártelo un día? Jejeje. Venga, *if you want*, podemos charlar?

Análisis rápido. Resumen relámpago. El señor es casi políglota. No está mal. ¿Dos faltas en siete líneas? Para los tiempos que corren, es muy razonable. Vive a menos de veinte estaciones de metro. Toca la guitarra. ¡Este tío tiene muchas ventajas! Lo valido y lo halago con unas cuantas palabras a modo de anzuelo. A ver si pica...

Escena 7

Meredith

La amabilidad de Jean-Claude, mi guarda de la esperanza, me ha insuflado energía. Me voy del parque Buttes-Chaumont decidida a dejar de llorar por mi suerte y a concentrarme en el meollo de mi misión, que llamo para mis adentros «misión Cupido», con una pregunta de vital importancia en la cabeza: ¿es posible prepararse para estar en condiciones de vivir un gran amor? ¿Cómo hacer que sobreviva? Una misión extraña a primera vista pero con la capacidad de cambiarme la vida, estoy segura. Y, sobre todo, la que planeo con Antoine. Me pregunto si será posible evitarle a nuestra bonita historia el triste desenlace de tantas parejas de hoy en día, medio resignadas de antemano a, tarde o temprano, engrosar las estadísticas: casi el 45 por ciento de los matrimonios acaba en divorcio, por no hablar de otras muertes conyugales en los hogares donde las cosas no van bien... ¡No! ¡No quiero nada de eso para Antoine y para mí! ¡Nosotros, no!

Me vienen a la cabeza unas palabras de mi querida abuela: «Somos tan felices como queremos serlo». Gran Didine. Le puse este apodo un día que me sirvió una deliciosa gaseosa con granadina, cuando yo aún era una cría.

Sin embargo, hoy tengo la sensación de que eso no basta. De que también podemos actuar a otros niveles. ¿Y si, con un poco de trabajo y esfuerzo, fuera posible mejorar nuestra «amorabilidad»?

La palabra brotó de mi cabeza como algo obvio. Mientras subo a zancadas la rue de Crimée en dirección a mi cafetería fetiche, Le Pavillon des Canaux, el concepto que acaba de aflorar me tiene electrizada:

Amorabilidad: la capacidad de amar.

Los transeúntes pensarán que estoy chiflada: sonrío de oreja a oreja. En París, es sospechoso ir sola por la calle sonriendo sin motivo. Me importa un pito. Pienso en la capacidad que tenemos todos para ser felices pero que a veces nos cuesta aprovechar. En términos matemáticos, la capacidad para ser felices sería el cociente formulado de la siguiente manera:

$$\frac{\text{Capacidad de disfrutar de las cosas buenas de la vida}}{\text{Capacidad de resistir los imprevistos y las frustraciones de esa misma vida}}$$

Que se me haya ocurrido esta fórmula a mí, que siempre he sido una negada para las matemáticas, me hace sonreír. ¿Cómo reprocharse el hecho de sentirse indefenso, torpe, ante una facultad para amar deficiente? Porque ¿qué nos ha pasado? Me imagino esa amorabilidad como una pasta blanda que se pudiera moldear. Con la que incluso esculpir... Que nada fuera rígido. La pasta es maleable para quien disponga de los medios con el fin de darle forma. Tengo que meditar todo esto...

Ya estoy en el muelle del Loira, frente a los ventanales de Le Pavillon des Canaux. Este caserón, convertido en una original cafetería frente al canal del Ourcq, tiene el don de reconfortarme en cuanto cruzo la puerta. Me siento como en casa.

Me llamó la atención su fachada cuando, en mis primeras y solitarias semanas en París, exploraba el barrio en busca de sitios acogedores. Más tarde supe que la habían decorado dos pesos pesados del arte callejero francés: Alëxone y Supa-Kitch. En la reforma del interior, Sinny & Ooko, una agencia que se dedica a crear terceros lugares, tuvo la idea de conservar sus habitaciones originales. ¡Genial!

Atravieso el *Coffice* de la planta baja, una mezcla entre cafetería y oficina donde reina un ambiente aplicado con estudiantes y trabajadores autónomos pegados a su portátil, y subo al primer piso. Paso por uno de los pequeños y coquetos salones, echo un vistazo al dormitorio, disponible para todo el mundo, donde alguien parece estar echando una siesta, y me escabullo hasta mi lugar preferido: la bañera.

Suelto un suspiro de satisfacción mientras apoyo la cabeza en un mullido cojín con motivos florales. Me gusta todo de esta habitación: la bañera de un luminoso azul turquesa y su taburete a juego, los azulejos blancos de la pared cuyas intersecciones forman rombos de color gris oscuro, la bandeja de madera clara sobre la bañera que hace las veces de mesa...

Oigo los pasos de la camarera acercándose. Con el tiempo me enteré de que se llama Silvia.

—¿Qué tal? ¿Qué te pongo?

—¡Un café *crème* grande, por favor!

Al entrar, miré de reojo el mostrador de los pasteles donde se exhibían tentadores dulces, tartas, *muffins* y buñuelos.

—¡Con un *muffin, please*!

—¿De chocolate? —dice con una sonrisa de complicidad.

Sabe lo que me gusta.

La vuelvo a llamar cuando está en la puerta.

—¿Y podrías traerme algunas hojas de papel? No he cogido la libreta...

—¿Te valen unos folios?

—¡Perfecto! ¡Gracias!

Mientras espero, me estiro en la bañera y dejo el brazo colgando por fuera. Me viene a la cabeza el cuadro de David, *La muerte de Marat*, ese revolucionario francés al que Charlotte Corday asesinó en la bañera un 13 de julio de 1793.

Durante un momento me pregunto si también yo, como una pobre revolucionaria del amor, no estoy a punto de asesinar mi historia con Antoine. Rechazo de inmediato esa desagradable idea para recuperar un humor más constructivo.

La vida es riesgo. Soy consciente de asumirlo al hacer este experimento, pero si no lo intento, estaré renegando de una parte de lo que soy, así que...

Al cabo de un rato, Silvia me trae lo que he pedido. Ha dibujado un corazón en la espuma. Un detalle típico de la casa. Pequeño suspiro de agradecimiento. ¿Puede que la felicidad habite en estos ínfimos detalles?

En la hoja que tengo delante escribo la palabra «amorabilidad» con mayúsculas. Es el planteamiento del asunto. Y empiezo a pensar. A la larga, ¿qué es lo que mata las historias de amor más bonitas? Apunto desordenadamente las palabras que se me van ocurriendo entre dos sorbos de café y un mordisco al *muffin*. Algunas manchas han ensuciado la hoja, pero da igual. Escudriño mi nube de palabras y observo si se distinguen temas importantes. Sí. Estoy empezando a ordenarlo todo cuando suena el teléfono: ¡mi madre!

«Oh, no, ella no. Ahora no, no estoy de humor...»

—¿Mireille? —dice una voz ligeramente estridente que revela cierta molestia.

—Ya te he dicho que no me llames así, mamá.

—¡Es tu nombre y no sé qué tiene de malo!

«¿Por qué habré cogido el teléfono?»

—Llevo tres días llamándote. ¿No escuchas mis mensajes?

—He tenido un fin de semana complicado, perdona.

—Con el camino que has tomado, es evidente que tu vida no puede ser fácil, ¡pobrecita mía!

¿Por qué tengo la desagradable sensación de que le alegra comprobar a la mínima que sus advertencias sobre el oficio de actriz estaban justificadas?

—Claro, mamá —digo con voz cansada—. Oye, ahora no es el mejor momento para hablar. No estoy en casa y no hay buena cobertura. ¿Qué pasa?

—Lo que pasa es que mañana es el cumpleaños de tu padre y quería asegurarme de que no te habías olvidado.

—Sabes que me acuerdo.

—¡Ya que no puedes venir, al menos podrías enviarle un mensaje! Menos mal que tu hermana ha preparado una fiesta, pero aun así...

Ya estamos. Mi hermana la perfecta. La que a pesar de su cargadísima agenda y sus tres hijos habrá preparado una buena comida, y seguro que también regalos. Mi hermana, la que marca todas las casillas para merecer la aprobación familiar. Esa a la que tanto he echado de menos.

—También estará tu hermano con los niños. ¡La familia al completo! Incluso tía Lily, que está pasando unas semanas en Francia...

Tía Lily... Me hubiera gustado verla. Lleva veinte años viviendo en Nueva York. Desde que se enamoró de un americano. Fue muy amable conmigo cuando pasé un año allí al terminar el instituto. Un año sabático para escapar de la presión familiar por el tema de los estudios, donde enlacé trabajillos y me pateé todo lo que pude las salas de espectáculos, lo que reafirmó mi pasión por los monólogos cómicos. Volví de aquel país dominando el inglés y con la cabeza llena de sueños. Una euforia que duró poco: por aquel entonces, mis padres no querían saber nada de mi vocación artística y, con el alma en los pies, acabé resignándome a empezar una carrera que no tenía nada que ver con mis aspiraciones, por la paz familiar. Y, veladamente, para que por fin estuvieran un poco orgullosos de mí.

Escucho distraída a mi madre, que me cuenta los preparativos del cumpleaños de mi padre y su alegría por reunir a todo el clan. ¿Por qué a veces tengo la impresión de ser una extraña en mi propia familia?

—Os llamaré, te lo prometo —suspiro.

—¿Mireille?

—¿Sí?

No le digo nada sobre el nombre. Es una causa perdida.

—¿Te cuidas, al menos?

Mamá es tremenda. A pesar de nuestras discrepancias, intenta salvar los muebles de la relación. Aprecio su esfuerzo.

—Sí, claro, no te preocupes. Un beso.

—¡Tu padre te manda otro!

Se lo agradezco, pero sé a ciencia cierta que lo dice para guardar las apariencias. Mi padre nunca me ha perdonado que eligiera una profesión que juzga tan alocada como abocada al fracaso. Su desaprobación me persigue allá donde voy como una cacerola vieja y ruidosa.

Colgamos.

Cada vez que pienso en mi familia, me quedo hecha polvo. Sin darme cuenta, me paso la mano por la nuca para acariciar el tatuaje que me hice como acto de rebeldía al llegar a París. Quería un anclaje sólido para firmar mi nuevo comienzo, mi emancipación familiar. No doblegarme nunca ni volver atrás. No traicionarme nunca.

Un artista de los tatuajes me hizo una pluma muy gráfica, cuyo extremo se convierte en unos pájaros salvajes que levantan el vuelo. Sobra decir que llevo el amor a la libertad grabado en la piel.

El cambio de nombre fue otro gesto importante en la transformación.

Al menos, pensar en la pareja que forman mis padres me anima a retomar la tarea y profundizar en el concepto de amorabilidad. Por motivos que escapan a mi entendimiento, siguen juntos aunque, por más que se esfuercen en engañar a todo el mundo, su relación emana tedio bovariano. Son la prueba de que es posible estar separados estando juntos y se extinguen el uno al otro con más eficacia que un apagavelas.

¡Mi peor pesadilla es que un día me vuelva así de transparente, de insípida, a ojos de Antoine!

No si me pongo manos a la obra para que eso no suceda, pienso para infundirme valor. Vuelo a mis notas y continúo con la investigación.

Garabateo unos croquis con círculos y busco los puntos a trabajar en vistas a mejorar mi amorabilidad. Enseguida se dibujan tres ejes de reflexión: lo que pasa ENTRE YO Y YO, ENTRE YO Y EL OTRO y ENTRE YO Y EL MUNDO.

Muy excitada por el descubrimiento, describo cada categoría y, de pronto, todo parece más nítido.

ENTRE YO Y YO

Me parece evidente que, para poder amar a otro, primero debo sentirme bien conmigo misma. Cuidarme física y mentalmente. Confiar más en mí. Tener motivos para estar orgullosa... Enfrentarme a mis miedos. Curar mis viejas heridas... Me apunto para más tarde: crear una lista de acciones.

Continúo bastante contenta con mi tarea mientras me termino el café, ya tibio. Pido un té. ¡Necesito carburante!

La segunda categoría para aumentar mi amorabilidad viene rodada:

ENTRE YO Y EL OTRO

El otro es otro. Sí, tal vez sea una perogrullada, pero ¿el reto de una pareja no es conseguir comunicarse y respetarse a pesar de sus diferencias? La «alteridad». Subrayo tres veces esta palabra. ¿He dedicado suficiente tiempo a entender la personalidad y las necesidades de Antoine? Pienso en todo lo que no nos atrevemos a decirnos, en los malentendidos, en las frustraciones que no expresamos y, a la larga, en las consecuencias inevitables en la relación amorosa.

Y yo, ¿tengo claro lo que espero de la relación con Antoine? ¿Son compatibles nuestras expectativas? ¿Cómo pueden conciliarse y encontrar el equilibrio amando al otro a la distancia adecuada?

Dejo de momento esta pregunta sin responder y formulo mi tercer eje de reflexión:

ENTRE YO Y EL MUNDO

Es muy probable que lo que mate el amor sea el encerrarse en uno mismo, la dependencia afectiva, sentir coartada la libertad... Al contrario: abrirse al mundo, ser independiente y sentirse realizado me parece básico para no asfixiar una historia de amor. Pienso en mi poco floreciente carrera y en mis ambiciones, de momento estancadas. ¡Ya es hora de remangarse!

Abrumada ante la perspectiva de todo el trabajo que queda por hacer, bostezo y me estiro. Solo tengo una idea en mente: volver a casa. Hundo la mano en el bolso para buscar el monedero y me encuentro con el regalo que me dio el guarda del parque. Se me había olvidado. El papel de seda amarillo está atado con rafia. Dentro hay una piedra. Una piedra decorada con delicadeza. ¡Qué refinado! El dibujo representa una flor blanca rodeada de una preciosa filigrana. Debajo de la piedra hay una nota. La leo.

Esta flor es una *Galanthus nivalis*, del griego *gala*, que significa «leche», y *anthos*, que se traduce como «flor». Así que esta «flor de leche» es para ti, para que te traiga alegría e ilusión. La campanilla de invierno es símbolo de esperanza. Cuando expulsaron del paraíso a Adán y Eva, esta se desesperaba pensando que el invierno duraría siempre. Entonces se le apareció un ángel que convirtió unos cuantos copos de nieve en flores: una bonita forma de indicar que el invierno acabaría pronto y que dejaría paso a la primavera.

No lo olvides: la vida nunca dice su última palabra...

Confianza y fe. No tires nunca la toalla: a menudo, sin saberlo, estamos a un paso del milagro.

Un abrazo,

JEAN-CLAUDE

Me conmueve tanta amabilidad. Justo cuando estoy saliendo, a mi pesar, del cascarón de la bañera, mi teléfono vibra.

Un mensaje. Es Alice, mi agente. Quien, a la hora de comunicarse, nunca se anda por las ramas.

Urgente! Hay que hablar de la gira. Venid pitando a la agencia, Rose y tú, mañana a las dos

Me voy de Le Pavillon des Canaux apretando la piedra del guarda para cargarme de energía benefactora.

Escena 8

Rose

Salgo con prisas del metro Sentier. Llego muy justa a la reunión con Alice, nuestra agente. Nunca paso desapercibida por la calle con mi metro ochenta, el pelo a lo afro sin complejos y el abrigo de piel sintética que enmarca mi rostro, muy armonioso a pesar de una nariz que considero demasiado chata.

No falla. Me molesta un grupo de tirados, unos okupas de aceras que están fumando a la puerta de un bar y me dirigen palabras groseras.

—¡Eh, guapa! ¿Quieres mi móvil?

—¡Eh, tú! ¡No corras tanto! Ven, que te voy a decir una cosa...

Cuando creen que ya no los oigo, me salpican sus comentarios.

—¿Has visto qué culo? Ñam... ¡Metería dentro la cabeza y todo lo demás!

Risotadas de pobres desgraciados.

Sigo andando sin hacer ni caso porque si no, no acabaría nunca. Suspiro: me resulta fácil llamar la atención. Encontrar a tíos que quieran acostarse conmigo, ídem. En cambio, conocer a alguien que se interese por mí ya es otro tema... «¡No saben lo que se pierden!», masculло con toda la autoconvicción que puedo. O sea, no mucha. Cuando pienso en el superkit «Rose todo incluido», en todo ese potencial de amor que está esperando para salir, me digo: «¡Qué desperdicio!». ¿Cómo es posible que nadie haya querido que sea su mujer? Es decir, que no se limite a ponerme la etiqueta de GILF (*Girl I'd Like to Fuck*) al primer vistazo. Estar buena. Lo que para ellos es un cumplido, para mí es casi un insulto. ¿Cómo se atreven a reducir a alguien a un culo y un par de tetas?

Creo que ninguno de los hombres que he conocido hasta ahora se ha dado cuenta de que puedo aportar lo necesario para la felicidad. ¿No lo habré enseñado bien? No han debido ver las etiquetas «cariño a voluntad», «vida estable» y «fiel confidente que escucha y consuela», no.

Por fin estoy frente al número 21 de la rue des Petits-Carreaux. Llamo al telefonillo. Oigo la voz metálica de Alice decir «Te abro». La agencia se encuentra en el primer piso.

En la pared hay una placa dorada algo deslustrada con el nombre de la empresa: CAST'ELITE. Empujo la puerta que Alice ha dejado entreabierta.

Voy directamente a su despacho por un pasillo largo y estrecho como un esófago estrangulado.

La veo al otro lado de la cristalera moviéndose como una loca mientras mantiene por teléfono lo que parece ser una acalorada conversación. Alice luce un físico de mediana edad y un moño hecho a toda prisa en el que ha clavado un boli Bic azul que se menea al ritmo de sus bramidos.

Se le pueden reprochar muchas cosas a esta pequeña agencia tan variopinta, pero hay que reconocer que Alice se pelea por sus artistas y negocia con uñas y dientes los contratos que firman con directores de salas de espectáculos y demás empleadores posibles.

Sus dedos, con uñas de manicura insolentemente largas, me indican que me acerque y que me siente. Con cierto embarazo, me quedo mirando las paredes y maldigo a Meredith por su retraso.

Hay fotos de actores y actrices prendidas con alfileres. Cuadritos que hacen honor al nombre de la calle, Petits-Carreaux. Me impresionan, cada uno a su manera. Todos intentan destacar. Algunos juegan la baza de la sonrisa seductora, otros tratan de enfatizar su fuerte carácter forzando la intensidad de la mirada o envolviéndola con una expresión impenetrable. Al principio, como «joven promesa», te imaginas con euforia estar clavado ahí. Las expectativas en los albores de una carrera muy incierta en el mundo del espectáculo.

Mi esperanza ya peina canas. Con treinta y cinco años, no solo he dejado de ser una «joven promesa» sino también una «joven debutante». ¿Qué soy entonces?

Hay días en que no lo sé.

Alice cuelga un poco agobiada y se dirige hacia mí. Cuando me levanto, le saco una cabeza.

Esta pequeña mujer, un saco de nervios, bronceada los 365 días del año, que solo debe de comer semillas y germinados por lo delgada que está, lleva hoy una falda tubo con la que mis nalgas no pueden ni soñar y una elegante blusa que ha dejado entreabierta. Subida a unos tacones de diez centímetros para hacer olvidar su metro cincuenta y cinco, se mueve con andares de funambulista.

Se acerca para esbozar un beso con sus labios finos, pues es poco dada a florituras sociales, que la sacan de quicio y no sirven para nada.

Veinte minutos más tarde, una Meredith colorada y jadeante aparece por la puerta.

—Siento el retraso —exhala.

Alice la fulmina con la mirada, al igual que yo, y le ordena que se siente.

—Así que... —comienza Alice.

Empieza todas sus frases por «así que», algo que sorprende en un primer momento. «Así que» debería introducir una conclusión, pero ella lo usa para iniciar una conversación.

—Así que, chicas: ¡os he conseguido varias fechas para vuestro espectáculo *Las tiparracas*!

Me invade un escalofrío de excitación. Tengo muchísimas ganas de actuar.

—¿En París? —Meredith no puede evitar preguntarlo con un rayo de esperanza.

Alice la mira con una amabilidad teñida de peligrosa compasión.

—Claro que no, en provincias. ¿Qué esperabas? ¿La sala Point-Virgule?

Los ojos de Alice se entornan de satisfacción mientras suelta la pulla. Meredith tuerce el gesto y se hunde en la silla. Alice carraspea para disipar el leve malestar y sigue hablando.

—Así que... Primeras fechas: en Marsella. Os vais dentro de diez días. Dos semanas de ensayos, un mes y medio en el escenario. Jueves, viernes y sábados a las siete y media. Y los domingos, una matiné a las cuatro.

—¿Dónde?

—¡En el teatro Acrostiche, queridas!

—¿Eso existe? —No puedo evitar ironizar.

Alice ni siquiera contesta.

—¿Y el caché? —me atrevo a preguntar con desgana.

—El director os propone un fijo más un porcentaje de la taquilla.

Nuestros ojos reclaman una respuesta más concreta. Alice suspira, mala señal.

Cuando nos dice la cantidad, veo que Meredith comparte mi desánimo. El éxito es un largo camino. La agente se encoge de hombros. Contra todo sentido común, su catálogo está abarrotado de pipiolos, por lo que está acostumbrada a este tipo de reacciones y no la afectan lo más mínimo.

—Venga, son tres días a la semana y el domingo. Tendréis tiempo para buscaros un trabajillo, ¿verdad, chicas?

Me saca de quicio esa pseudofamiliaridad. Sonrío poniendo mala cara por dentro y sueño con el día en que pueda mandarla a paseo, a ella, a su moño birrioso y a sus planes de segunda.

—Sonreíd: ¡también os he conseguido fechas en Lille! ¿No eres tú de ahí, Meredith?

—Sí.

Meredith esconde su alegría.

—Bueno, ¿no es estupendo? ¿A quién le vais a dar las gracias?

—Graaacias, Aaalice —contestamos al unísono sin que nos salga del corazón.

Yo tengo el mío en un puño desde hace cinco minutos, pensando en Késia. Imposible llevármela de gira. Por nada del mundo quiero alterar su escolaridad o su vida, armoniosa como una partitura. En París tiene sus lugares, sus amigas, una profesora a la que adora... ¿Mi madre aceptará cuidarla tantos días? Y mi hija, ¿cómo va a reaccionar ante una ausencia tan prolongada? Me inunda una ola de inquietud y culpabilidad. ¿Tengo derecho a dedicarme a una pasión que apenas nos da para vivir? ¿Debería dejarlo todo y buscar cualquier trabajo fijo para darle mayor seguridad a mi pitusa?

Rebusco en mis entrañas una respuesta que suene «justa». Y no, no. Lo tengo claro. ¡De momento, no puedo conformarme! Dejar el teatro sería como morir un poco. Subir a las tablas es lo que me mantiene en pie, es lo que siempre he deseado, un sueño que habita dentro de mí desde que era una cría. En el escenario me siento como en casa. Actuar es lo que me hace estar viva. No hay nada que me emocione más. Me tengo que aferrar a ello con más fuerza todavía. «¡Lo conseguiré!», me digo para mis adentros.

Escena 9

Antoine

Hoy tengo que organizar nuestro próximo programa en un formato listo para emitir. Aunque sea productor radiofónico, esto lo financia quien me contrata: una de las principales emisoras de Francia.

Soy una especie de director de orquesta que conduce un ballet de personas, columnistas, periodistas, presentadores, actores... Debo tomar decisiones muy rápido y elegir bien: las ideas, los invitados y los temas. Me gusta esa adrenalina cotidiana.

Cuando llego frente al gran letrero de la emisora, me escabullo por un lateral para saltarme la fila de curiosos que han venido para asistir a una grabación. El control de seguridad. Yo también tengo que enseñar la patita. Cruzo el arco de seguridad (ahora todos los vestíbulos de las grandes empresas se parecen a las terminales de un aeropuerto) y saco la tarjeta para pasar por el torniquete. Las recepcionistas me saludan con una sonrisa estándar. Por todas partes hay pantallas de televisión que proyectan en bucle imágenes de los programas que se están emitiendo. En la pared se exhiben enormes retratos de las estrellas de la cadena. Llamo al ascensor. Salen dos chicas que me miran de reojo (¿con interés?) ¿Aún llamo la atención? Desde que estoy con Meredith, se me ha olvidado. El ascensor está vacío. Aprovecho para mirarme la cara en el espejo: una tez cérea tras cuatro noches sin apenas dormir, una barba oscura que ha excedido el atractivo de los tres días, la boca seca y agrietada por el exceso de alcohol, la misma que esperaba convencer a la persona amada de que se quedase pero que no ha sido capaz.

Salgo del ascensor de un humor más oscuro que los pelos de mi barba desaliñada.

Mi secretaria me recibe con un café. Lo cojo murmurando un gracias difícil de percibir por una audiofrecuencia humana normal. A ese volumen podría ser casi un ultrasonido. Ella no hace ni caso, pensará que es mejor no decir nada. Entro en la sala de reuniones, donde el resto del equipo me espera para el comité de redacción, en el que tomamos decisiones para el programa siguiente. Los rostros de mis colaboradores desfilan ante mí, pero en todas partes aparece el de Meredith. Una obsesiva marca de agua. Intento prestar atención a lo que dicen, pongo cara de interés, pero estoy a años luz de aquí. La otra noche, delante de ella, lo encajé bien. Me hice el fuerte, el que puede soportarlo sin problemas. ¿Acaso no es el rol que he desempeñado hasta ahora? «Ibas de farol», me digo. ¡Muy bien, Antoine! ¡Incluso la has animado proponiéndole una cuenta atrás! Como si te lo tomaras como un juego, como una divertida farsa. En realidad, tu risa es amarga, muy amarga. El señor tiene el corazón muy verde. Le ha pasado como a Tom Hanks en *Big*: se ha transformado en un niño con cuerpo de adulto. Antes me tomaba por una roca. Tenía la impresión de que nada podía afectarme. Y menos las mujeres. En esto me he vuelto más blando. ¿Me estaré haciendo mayor?

—¿Antoine? ¡Antoine!

Doy un respingo.

—¿Sí? —contesto distraído.

—¿Estás aquí o qué?

—Sí, sí, claro.

—Entonces ¿qué piensas de esto?

—¿De...?

—Está bien: «¿Debemos creer en los ángeles de la guarda?».

—Ah, sí...

Mi ordenador de a bordo conecta a toda prisa neuronas y circuitos cognitivos. En treinta segundos, meto el tema en la cabeza y esbozo una leve sonrisa. Veo cómo un colaborador le da un codazo a mi secretaria y susurra aliviado: «¡Creo que le gusta la idea!».

Sí, me gusta la idea. Y no solo por las necesidades del programa. El concepto «ángel de la guarda» ha hecho repicar una extraña campana en mi cabeza. Frente a la desesperación de hace un rato, esta irrupción me devuelve un poco de esperanza. En la batalla para no perder a Meredith, mi punto de partida era derrotista. ¿Y si me tomo esta tregua impuesta como un reto que debo aceptar? Porque soy un hombre de desafíos, sí, me gusta la emoción. ¿Qué tiene que ver eso con el ángel de la guarda? Pues... que este, me digo, podría protagonizar la película de mi reconquista...

Escena 10

Rose

Mi madre es un bicho raro, pero no tengo más remedio que acudir a ella para que cuide de Késia durante mi ausencia. No tengo a nadie más. Afortunadamente, vivimos a unas manzanas de distancia, lo que es una ventaja para que mi hija continúe sin problemas su ritmo escolar. He heredado muchas cosas de ella. De tal palo, tal astilla. Las personas amables dirían de ella: «Hay que conocerla...», un eufemismo educado para referirse a su personalidad un tanto peculiar. No solo por su aspecto excéntrico de los pies a la cabeza sino también por el estilo de vida que lleva. Por si fuera poco, los hombres se han estrellado uno tras otro contra la abrupta rudeza de su carácter como si fuera un arrecife oculto. Aunque en un primer momento atrae como la luz a las mariposas y, como buena libertina, guarda en el corsé buenas razones para atraparlas en sus redes, una vez en la trampa, los hombres se desilusionan. Sabe hacerles perder la cabeza pero, afortunadamente para ellos, no llega a comérselos. Aunque sea una adepta de las historias románticas, no le va el papel de mantis religiosa. Pero, aun así...

Mi madre, rubia natural, lleva años tiñéndose el pelo de color negro azabache, lo que resalta sus ojos de gato negro. El contraste entre ambas es sobrecogedor. Nadie podría adivinar nuestro parentesco. Como mi hija y yo. La historia se repite. Se dejó seducir por el encanto antillano de mi padre biológico. Que se acabó largando, como los demás.

Vuelvo a llamar. Tarda un poco en abrir. Cuando por fin aparece, aprieto un poco más la manita de Késia en la mía. Llevo diez días temiendo este momento. Ha llegado la hora de irme y, tal y como me esperaba, me perturba tener que dejar a mi hija. ¿Culpabilidad? ¿Miedo de ser una mala madre? ¿Preocupación por el efecto de mis ausencias en el equilibrio emocional de mi hija y en su desarrollo futuro? Por supuesto. Pero ¿cómo lo hago? Llevármela de gira es imposible. Ya estoy, como siempre, dividiéndome entre mi papel de madre y mi destino de artista. Me parece impensable sentirme satisfecha sin conciliar lo uno con lo otro. Por eso lucho para realizarme como actriz. Espero que algún día Késia esté orgullosa de mí...

Mi madre me estampa un sonoro beso que me envuelve en picantes efluvios de pachuli con toques de rosa damascena. Por su cara de póquer, intuyo que le disgusta que me vaya de gira. Por suerte, mi hija es su debilidad y ha urdido con ella una sorprendente complicidad. ¿Késia la habrá hechizado cuando nació? No sabría decirlo. El caso es que su abuela solo tiene ojos para ella y la trata como a una reina, lo que nunca ha hecho conmigo. En casa resonaban más las bofetadas que los besos. No la culpo. Es verdad que por mi forma de ser le di mucha guerra. ¿Acaso mi rabia por la falta de un padre me llevó inconscientemente a sacarla de sus casillas?

Le dolía más de lo que quería reconocer que mi padre la hubiese abandonado cuando yo aún no llegaba al año, y se pasó toda mi infancia repitiéndome: «Hija, ¡ni se te ocurra irte con un antillano o con un africano! Haz caso a tu madre. ¡Todos son unos infieles, unos piratas o unos borrachos!».

No solía morderse la lengua.

De adulta seguí sus consejos. Me enamoré de un tipo blanquísimo, auxiliar de vuelo en una importante compañía aérea. Aparentemente la cosa iba bien en todos los sentidos. Pero me dejó en cuanto le anuncié mi embarazo. Podríamos hablar de karma familiar.

Gracias, Saint-Exupéry, por decir que «solo vemos con el corazón». En cuanto al padre de Késia, me dejé llevar por lo guapo que era y me olvidé de escuchar a mi sexto sentido. La intuición tiene unas antenas mágicas que desconectamos demasiado a menudo, por desgracia.

Mi madre agarra las mejillas de Késia con una tosca ternura y se la come a besos.

—¡Abu, para! ¡Me llenas de babas!

Késia se lanza a por la caja de juguetes acompañada de su conejito mugriento, que aprieta contra su cuello mientras se chupa el pulgar. Odia que lave el peluche. Supongo que es porque el objeto transferencial pierde sus feromonas tranquilizadoras. Así que siempre retraso el momento de birlárselo y meterlo en la lavadora. A esto le suceden dos días de malas caras.

Mi madre lleva dos años moviéndose en el ámbito del karma, la bioenergética y la epigenética.

Tiene su mérito llegar hasta ahí cuando se es protestante. La decoración de su casa es de inspiración budista. Un tapiz con un mandala y un elefante, por aquí. Un zafu, un cojín zen de meditación, por allá. Pasa consulta en un rincón del salón donde ha instalado un biombo. Es médium.

Evidentemente, este universo tan poco convencional fascina a mi hija. Y todos los objetos insólitos que abarrotan la casa alimentan su imaginación. Es un lugar propicio para inspirarse e inventar historias.

En cuanto a Roméo, se ha quedado en casa. Mi madre ha sido clara a este respecto: «Tu hija, de acuerdo; pero tu pájaro, ¡ni de broma!».

Así que tendré que llevarme a Roméo en mis correrías. Va a ser divertido.

Hablo un poco de todo y de nada con mi madre, retrasando el temido momento de la despedida. Pero llega la hora de la verdad... Me levanto y aliso mi larga falda con un gesto automático de la mano. Késia me lanza una mirada y entiende lo que pasa. Se levanta de un salto y se aferra con todas sus fuerzas a mis piernas. Mi hija llora a lágrima viva. Yo no tengo derecho a hacerlo. Todavía no. Después. La abrazo muy fuerte. Nosotras, de broma, lo llamamos «una caricia asfixiante». Luego me arrodillo para ponerme a su altura y le seco las lágrimas como puedo con las palmas superabsorbentes de mis manos.

—¡Mamá, no quiero que te vayas!

—¡No llores, pitusa! Vendré a verte siempre que pueda, ¿vale?

Eso no la consuela lo más mínimo. Los niños solo conocen un tiempo: el del momento presente.

—¿Quién es una niña valiente? —pruebo con una triste sonrisa.

—¡Yo, no! —replica, por supuesto.

¿Cómo voy a salir de esta?

Pruebo con el juego de robarle la nariz. Le atrapo la punta entre los dedos índice y corazón.

—¡Pero, bueno! ¿De quién es esta naricita? Mmm... Parece deliciosa...

Con un juego de manos, mi pulgar se convierte en la punta de su nariz entre mis dedos y finjo comérmela con gusto. Mi hija se ríe a través de las lágrimas.

—¡Devuélveme la nariz, mamá!

Le pego el trocito de nariz. Pero la nube de tristeza es persistente y muy oscura. Se vuelve a enfurruñar. Así que intento otra cosa.

—¡Hala, mira! ¡Mira ahí!

Mi índice señala una maravillosa aparición imaginaria. Késia, bajo el efecto de la sorpresa, sigue mi dedo y se olvida de llorar.

—Pero... ¿qué tienes en la oreja? ¿Qué es esto? ¡Mira, Késia, mira!

Saco su caramelo preferido. Su carita se ilumina. Luego saco un segundo y después un tercero y un cuarto de sus bolsillos, de su tripita e incluso de un calcetín. Se ríe con ganas, se mete uno en la boca y lo mordisquea con deleite. Es momento de escabullirse.

Camino deprisa por la calle. Muy deprisa. Espero correr más deprisa que mis lágrimas.

Escena 11

Meredith
Cuenta atrás: -172 días

He quedado con Rose debajo del gran reloj de la estación de Lyon. Pero ¿qué andará haciendo? ¡A este paso vamos a perder el tren! Llevo más de media hora aquí plantada entre corrientes de aire frío, estoy helada. Y quedarse quieta en una estación como esta te convierte en presa de todo tipo de requerimientos. Ya han venido tres personas a pedirme limosna: un veterano sin techo con un perro labrador pegado a sus talones tan fiel como esmirriado; una madre con tono lastimero con un bebé dormido en los brazos; y un joven larguirucho y seco como una cerilla de mirada perdida. Aplasto nerviosa mi tercer cigarrillo e intento llamar por enésima vez a mi compañera.

Por fin vislumbro su alta figura abrirse paso entre la gente. Dios mío, no me puedo creer que no haya conseguido colocar a Roméo. Entre lo llamativa que es, el pájaro y la tonelada de maletas que arrastra, como si se fuera a mudar, presiento que no vamos a pasar desapercibidas... Cuando está a mi altura, nos fundimos en un abrazo. ¡Menos mal que ya está aquí!

—Veo que has decidido venir ligera de equipaje...

Me fulmina con la mirada, en broma.

—¡Venga, deprisa! ¡Al final vamos a perder el tren! Y no tengo ganas de quedarme aquí plantada dos horas más.

Intentamos zigzaguear entre los viajeros metiendo los codos, pisando algunos pies o dando algún desafortunado golpe con la maleta, pidiendo perdón por encima del hombro y dejándolo en el aire a nuestro paso, ligero como un diente de león.

Por fin llegamos a la altura del coche 12. Rose, siguiendo los consejos de la veterinaria, le ha dado un sedante suave a Roméo. Pero el medicamento no parece tener el efecto esperado. Cuando entra en el vagón y ve el traje del revisor, el loro se pone a cantar *La Marsellesa*.

—*Allons enfants de la patrrrieuh!!!*

¿El uniforme le habrá recordado la emisión por la tele del desfile del Catorce de Julio? En cualquier caso, al trabajador de la compañía ferroviaria no le ha hecho gracia y le pide a Rose la autorización para viajar con el pájaro. La veo pelear para encontrar los papeles y rebuscar en uno de los diez bolsos con los que carga. Nos ponemos las dos a buscar, bajo la mirada reprobatoria del revisor y molesta del resto de los pasajeros, a quienes les impedimos el paso.

Ya está, subimos. Tras los diez minutos necesarios para colocar todos los bártulos, respiramos por fin.

Rose y yo sonreímos. Pero no somos tontas. Sabemos que cada una tiene motivos para estar triste por dejar París. Hacemos el paripé de charlar un rato para engañarnos y luego, rápidamente, nos sumimos en nuestros pensamientos. Sé que piensa en Késia. Yo pienso en Antoine. Ni una palabra desde la famosa escena. Empiezo a tener serias dudas de mi decisión. Me muero de ganas de escribirle, pero creo que no soy yo quien debe hacerlo. No la primera. Estos días he pasado mucho tiempo pensando en el sentido de la expresión «estar pillado por alguien». ¿Tal vez los enamorados aluden a todas las veces que han tenido que pillarse la lengua con los dientes para no decir a gritos el nombre del elegido a quien quisiera oírlo? ¿Tal vez para otras personas el amor es como pillar una enfermedad, como la rabia, la rabia de amar hasta reventar? ¿Y si se refiere al pececillo pillado por un anzuelo y que no puede hacer nada para soltarse? Las distintas versiones se repiten en bucle en mi cabeza y cambian de una hora a otra. Como hago unas mil quinientas setenta veces al día, echo un vistazo a mi teléfono para ver si, por casualidad, me ha escrito. Y no es el caso, por supuesto.

Me siento mal. Sufro. Empiezo a comerme las uñas.

—¿Cuándo es la próxima parada?

—En Valence. Falta más de una hora, si es que estás pensando en echar un cigarrillo.

Lanzo un suspiro. Rose me lee el pensamiento.

Cuando se está enamorada, esperar una señal del ser amado es un dulce suplicio. Los minutos son horas. Acabas contando los segundos. El tiempo nunca es el mismo. El deseo por el otro se apodera de cada una de las partículas de tu cuerpo. Dejas de ser dueño de ti. Hoy, su ausencia me ha atrapado. Puede que por el alejamiento real, geográfico. La ausencia invade mi carne y se come mi cerebro. Veo a Rose espiándome por el rabillo del ojo. Sé que sabe. Conoce de sobra estos estados. Y también mi cara de los días malos. No necesita que le diga nada para identificar a la mujer enamorada que sufre en silencio, la típica manera de abstraerse de la realidad y así aletargarse mejor en una nube de melancolía. Es lo que pasa cuando el otro se convierte en una obsesión. ¡Y cómo engancha esta obsesión! ¡Eh, no molesten!

Nos gusta ese sopor enfermizo. Le damos vueltas, alimentamos la frustración, hora tras hora, con nuestra desolación y nuestra espera.

Evidentemente, los nervios me chirrían como goznes oxidados. Todo me molesta. Para empezar, el maldito loro, que no para de soltar barbaridades sin pies ni cabeza. Será por la medicación. Nuestros vecinos están desquiciados. Me alegro. Cuando se está mal, no ser el único produce un placer sádico. Solo la niña que está detrás de nosotras suelta risitas de placer cuando Roméo monta el espectáculo. Se pone de pie en el asiento para verlo dentro de la jaula. Todo este barullo me da dolor de cabeza. Hundo la mano en el bolso para buscar un paracetamol cuando mi teléfono empieza a vibrar por los mensajes recibidos. Una esperanza ciega brota en mi fuero interno: ¿y si fuera él, por fin? Vivo un momento mágico de exaltación, mis dedos febriles marcan el código que desbloquea mi móvil, se me acelera el corazón cuando pulso el icono de los mensajes y... decepción como si me cayera desde un décimo piso. Publicidad de una marca de ropa.

«¡Malditos! ¡Malditos todos hasta la decimotercera generación de vuestro linaje!»

Lo sé, estoy de un humor de perros cercano a la desmesura. Y el suplicio de la espera merece que le robe una réplica a Jacques de Molay, maestre del Temple al que quemaron en la hoguera.

—Venga, vamos a tomarnos un café —propone Rose—. Así te despejas.

Me encojo de hombros como diciendo: «Tal y como estoy...».

—¿Qué hacemos con Roméo?

—Espera, voy a ver si lo arreglo.

Pregunta amablemente a nuestros vecinos, los padres de la niña, si les importaría cuidar del pájaro el rato que estemos en el vagón restaurante. Aceptan encantados: ¡así distraerá a la pequeña!

Nos dirigimos a la cafetería dando bandazos contra las paredes de los pasillos y los pasajeros que están sentados. Veo a algunos durmiendo con la boca abierta. Para divertirme, les meto una mosca imaginaria.

«¡Pobrecita mía! ¡El mal de amores te vuelve loca!»

Cuando llegamos a la barra hay diez personas haciendo cola. *What else?*

Rose refunfuña. Yo, ni eso. Al fin y al cabo, esperar aquí o allí... Me convendría armarme de paciencia, más que nada porque la llegada no está prevista para dentro de tres horas, sino dentro de cinco meses, veinte días y seis horas.

Marsella

Escena 12

Meredith
Cuenta atrás: -169 días

Estoy cerca de la place Bargemon, a punto de cruzar el Pavillon M, cuando unas espectaculares esculturas de bronce me dejan boquiabierta: parecen turistas con maletas o bolsos. Esto no tiene nada de particular. Lo sorprendente es que se trata de cuerpos incompletos, agujereados literalmente, que desafían las leyes de la física. ¿Cómo ha conseguido el artista que se mantengan en pie? ¿Cuál es el truco? Una placa informa del nombre de su creador: BRUNO CATALANO, LOS VIAJEROS.

No puedo apartar la vista de las obras y me quedo ahí parada, observándolas, dejándome llevar por una ensoñación solitaria. Hay algo en esta obra que me interpela. ¿Será que, al igual que ellos, me he embarcado en un extraño viaje y he dejado atrás una parte de mí?

Me fascina el efecto visual que producen. El artista ha logrado materializar el vacío. Es extraordinario. Como si hubiera conseguido plasmar una sensación tan ambigua como el miedo o la ausencia... Unas emociones que llevan días carcomiéndome sin que pueda describirlas. Por otra parte, es extraño lo potente que puede llegar a ser ese vacío interior. Se supone que el vacío no es nada, por lo que no debería doler. Sin embargo, empieza a ocupar mucho espacio. ¿Por qué tiene la capacidad de retorcernos las tripas? La paradoja del vacío. El vacío que nos colma de desesperación. O al menos de una frustración negra.

Justo el color de mi estado de ánimo desde que «dejé» a Antoine. Y el de la ansiedad por no tener noticias suyas... Intento ser racional mil veces por hora: «Dale tiempo para digerirlo. Sé consciente del palo que le has dado. Él te quiere. Seguro que volverá contigo y te escribirá pronto...». Nada me funciona. En el tren releo el maravilloso texto de Roland Barthes sobre la espera, en *Fragmentos de un discurso amoroso*:

> «¿Estoy enamorado? —Sí, porque espero.» El otro, él, no espera nunca. A veces, quiero jugar al que no espera; intento ocuparme de otras cosas, de llegar con retraso; pero siempre pierdo a este juego: cualquier cosa que haga, me encuentro ocioso, exacto, es decir, adelantado. La identidad fatal del enamorado no es otra más que esta: yo soy el que espera.[*]

Seguro que Antoine también lo conoce. El texto me permite constatar una evidencia, por si hacía falta: estoy enamorada.

Hay dos tipos de personas que desvarían: los ancianos que están seniles y los enamorados en plena crisis de dudas.

Entonces el flujo de preguntas entra en bucle.

¿Piensa en mí? Si me quisiera, me llamaría, ¿no?

Su silencio duele como si me vaciase el corazón. Su silencio suena tan hueco como el vacío de las estatuas. Solo las

---

[*] Roland Barthes, *Fragmentos de un discurso amoroso* (trad. de Eduardo Molina), Madrid, Siglo XXI, 1982.

palabras pueden calmar el alma inquieta de la persona que ama.

El amor estruja. El amor apalea. El amor lo pone todo patas arriba. ¡Es agotador!

Y todo por esa alocada idea del *Love Tour*. Un periplo por el que me dirijo a un destino desconocido. Como un Cándido del amor que no sabe muy bien lo que busca y que se pregunta adónde le llevará el viaje... Antoine ha estado tan presente en mi vida estos últimos meses que separarme físicamente de él es como cercenar una parte de mí misma. No imaginé que la separación sería tan dolorosa. Y he sido yo quien la ha querido. Ahí está el error. Me tomaba por una mujer contradictoria y me revelo como un poquito masoquista.

Me percato más que nunca de los peligros del $1 + 1 = 1$. El mito de la fusión. Fundirse con el otro hasta que se integre contigo. Pero ese es el problema: cuando el otro se ausenta o te deja o, peor aún, se muere, existe el inmenso peligro de perder el equilibrio. Convertir al otro en tu media naranja, ¿no es condenarse a depender eternamente de él, convertirlo en una muleta necesaria o incluso vital, debilitarse sin remedio? Depender del otro 50 por ciento para vivir ¿no es, en un caso extremo, convertirse en un tullido del corazón, privar al alma de sus piernas?

El otro siempre será otro. Nadie está aquí para «completarnos». La compleción es un camino que debe recorrerse solo. Y en este momento noto que me faltan pedazos y están desperdigados, como los trozos que les faltan a esas estatuas... Inconclusa: así es como estoy. ¿Qué debo hacer para sentirme «completa»? ¿Con qué puedo tapar mis grietas existenciales?

Pienso en la tarea que empecé en Le Pavillon des Canaux y tengo más ganas que nunca de continuar ese recorrido personal. Me levanto de golpe provocando que algunos vecinos con plumas alcen el vuelo. Necesitaría una libreta donde apuntar mis ideas. Retomo mi paseo y mi cerebro sigue maquinando a toda velocidad. Veo muchas imágenes, sobre todo imágenes teatrales.

Mi cabeza se mete cada vez más en una escena imaginaria: estoy sola en una sala inmensa llena de gente. El olor del escenario y los nervios. Represento un texto muy divertido sobre las pequeñas miserias que Cupido nos hace vivir.

Inmersa en mi fantasía, no puedo evitar sonreír. Me imagino a mi personaje: podría ser una Julieta moderna, la Señorita Juli, a la que su Roméo acaba de dejar tirada. Ella se autoproclama «exploradora del amor» y está dispuesta a enfrentarse a todas las tempestades para entender sus engranajes, y contará sus peripecias a los espectadores según vaya haciendo descubrimientos...

—¡Ay, qué calladito se lo tenía este Cupido! ¡Su camino de rosas del amor está lleno de espinas!

[*El foco ilumina a la Señorita Juli, que está totalmente desengañada. Lleva un maquillaje exagerado, le corren surcos de rímel bajo los ojos, el pintalabios se le sale de la boca, lleva unas trenzas altas, amplias enaguas de tul negro, medias agujereadas y zapatos de tacón rojos como los de Dorothy en* El mago de Oz. *Estos también son unos zapatos mágicos, que se convierten en botas de siete leguas para explorar las lejanas tierras del País del Amor como se recorre un mapa del Cariño.*

La Señorita Juli está poniendo verde a Cupido.]

—Cómo nos ha tomado el pelo con esa pinta de angelote con mofletes sonrosados como manzanas... Os voy a decir una cosa: ¡Cupido, si existe, es un viejo cegato que no tiene ni idea del amor, que tira las flechas sin ton ni son y las clava más a menudo en el culo que en el corazón!

[*Risas del público.*]

Resuena en mi cabeza como si estuviera allí. Pienso en estas incipientes ideas mientras camino a paso ligero por las calles de Marsella. ¿Escribir mi propio espectáculo? Un monólogo cómico. ¿No es eso lo que llevo soñando toda la vida? Claro que actuar sola sería una prueba para mí, me da un miedo atroz. Por eso siempre he preferido actuar en pareja. Todo es muchísimo más fácil con Rose como compañera de tablas. Pero ¿me estoy escondiendo detrás de ella? Mi mayor ilusión es llegar a formar parte algún día de la gran familia de cómicos. Coluche, Foresti, Elmaleh y tantos otros... Sé que aspiro a mucho, pero la abuela Didine siempre me decía: «No tengas ambiciones pequeñas. Son tan difíciles de conseguir como las grandes». Me prometo empezar a escribirlo. Además, Rose siempre me dice que tengo madera de monologuista. Pienso inmediatamente en Antoine. Amarlo me atormenta pero me inspira. Mientras me cruzo con un joven que se vuelve a mi paso, pienso divertida: «¿Cuál es el masculino de "musa"?».

Escena 13

Meredith

Me encanta fisgonear en las librerías. Todas me parecen la cueva de Ali Babá. Quisiera comprármelo todo. Pero hoy voy directa a la sección de papelería en busca de un artículo concreto.

—Hola. ¿Tenéis cuadernos clasificadores?

La dependienta no tiene claro de qué le hablo.

—Ya sabe, una especie de cuaderno con separadores...

—¡Ah, sí! Claro, ¿con cuántos?

—Tres sería perfecto.

—Lo siento. Solo hay con cinco.

Pienso en los tres ejes de reflexión en torno a la amorabilidad. ¿Qué haré con los otros dos separadores del cuaderno? La dependienta está esperando.

—¿Me lo enseña, por favor?

Mientras va a buscarlo, pienso en las dos secciones vacías. ¿Y si en una voy apuntando mis decisiones y compromisos y en la otra mis resultados y victorias? Me gusta la idea. La dependienta vuelve y me tiende un cuaderno negro y tristón que no me gusta, pero pienso que será fácil personalizarlo.

Así que, ni corta ni perezosa, me dirijo a la sección de manualidades y compro todo lo necesario para decorarlo: hojas con dibujos para hacer collages creativos, espejitos con forma de corazón, clips... Miro en todas las cajas para inspirarme y acabo encontrando una divertida silueta de Cupido de cartón. Justo lo que necesito.

Salgo de la librería más animada y decido volver a casa. Bueno, «casa» es mucho decir. Rose y yo hemos encontrado un piso minúsculo con dos habitaciones del tamaño de un clínex, una sala de estar liliputiense cuyas tres cuartas partes ocupa su majestad Roméo I y su voluminosa jaula, una cocina americana de juguete y un cuarto de baño pensado para enanos de jardín.

Llevamos ahí cinco días y ya estoy harta de que la ducha tenga fugas de agua y de que no funcione el calentador. Me resigno ante los síntomas de un resfriado de aúpa. Cada invierno, los microbios se frotan las manos por adelantado. Debo decir que soy una buena cliente. Saben que conmigo les toca el premio gordo. Todas mis partes otorrinolaringológicas garantizan una vivienda con contrato renovable. Mi garganta es el casero ideal. Pide poco y no es nada exigente. Rinofaringitis, bronquitis, anginas... Acoge a todo el mundo y ofrece las mejores prestaciones: humedad garantizada, una temperatura ideal a base de paracetamol, cavidades nasales de lujo... Mis amígdalas también son muy generosas: reciben a los recién llegados con la campanilla abierta de par en par. Los virus saben dónde pasar el invierno bien calentitos.

Cuando no me juegan una mala pasada los virus reales, los falsos toman el relevo: tengo la mala costumbre de ser una hipocondríaca. La campanilla no me da tregua. Cuando la garganta firma la paz, se rebela otro órgano: mi cerebro es la sede de las emociones. En cuanto me pongo nerviosa, ¡plaf!, caigo por un dolor de garganta imaginario. ¿Qué actor no lleva en el bolso unas pastillas Euphon o unas gotas de baba de rana milagrosa compradas a precio de oro en un tenderete ecológico y que se supone que evitan la afonía, una catástrofe natural de primer orden para los artistas de un espectáculo en directo equivalente a un seísmo de 8 o 9 grados en la escala Richter?

Con una caja de clínex al lado, me siento para empezar a decorar las tapas del cuaderno. ¡Un resfriado no dará al traste con este placentero momento! Me divierto creando collages armoniosos con los papeles de seda decorados, pongo un trozo de papel de aluminio para dar un toque de luz. La figurita de cartón de Cupido pone el toque final. Un efecto precioso. Pego una bonita etiqueta de estilo antiguo que también he cogido. Solo me queda ponerle un título al cuaderno. Cojo una pastilla para la garganta y la chupo con la mirada perdida, en busca de una idea. De pronto me fijo en la etiqueta del cuaderno que he quitado al principio. Pone: «Cuaderno clasificador». *Refillable organizer* en inglés. Ya está. ¡Lo encontré! Cojo el rotulador negro de punta fina y escribo con la letra más bonita que puedo: «Organizador de Amor».

Cuando estoy trazando la última letra oigo que me entra un mensaje. El icono luminoso aparece en mi buzón, la pequeña cifra roja parpadea. Abro los ojos, abro el corazón. Una súplica muda. Ojalá sea él.

Un manojo de emociones. Cuánto he esperado estas palabras.

Cómo estás, mi estrella emergente?
Veo el cielo oscuro desde que no estás...
A.

Doy saltos de alegría por la habitación como si fuera una bailarina rusa hasta que me dejo caer de espaldas sobre mi pequeña cama. Aprieto el móvil contra mi pecho. Tengo quince años. Me entran unas ganas irresistibles de oír su voz. Salgo pitando hacia el salón.

—Veo que estás mucho mejor, ¿no? —me suelta Rose al pasar—. ¿A qué viene esa cara tan alegre?

Me escanea con el radar de sus pupilas amistosas.

—¡Eh, creo que tienes noticias!

—¡Noticias, noticias! —repite alegremente el loro haciendo un ruido raro con el pico, una especie de chasquidos con la lengua mezclados con silbidos, mientras da saltitos con una pata y luego la otra en la percha de la jaula.

Rose mira cómo me pongo a toda prisa una gruesa chaqueta de lana.

—¿Adónde vas así? ¡Abrígate bien! ¡Te recuerdo que afuera está helando!

—¡Sí, mamá!

Le lanzo un beso con la mano y bajo corriendo las escaleras, devorando los ocho pisos en un pispás, impulsada por las palabras de Antoine, que son mi alfombra voladora.

No me apetecía llamarle desde casa. Necesito intimidad, un rinconcito escondido. Donde nadie me vea ni me oiga. Solo él y yo. Solos en el mundo. Conozco un sitio. Me meto a toda prisa por la primera calle a la izquierda para llegar a un bonito callejón arbolado en el que ya me había fijado. Efectivamente, hace un frío polar. Me da igual. Me pongo contra la pared de ladrillo y me ajusto cuanto puedo la chaqueta de lana en torno a la garganta mientras maldigo por no haber hecho caso a Rose y haber cogido un abrigo. Saco un cigarrillo y le doy una placentera calada. Este momento va a ser perfecto. Si consigo marcar antes de perder un dedo.

El número de Antoine está en mis favoritos. Lo llamo. Los tonos son tan largos como veloces mis latidos. Ya está, ¡él por fin lo coge!

Él es Ella. ¿Ella?

Escena 14

Antoine

Llaman al timbre. Dieciocho timbrazos como mínimo. Reconozco la marca de fábrica de mi mejor amiga, Annabelle. Y su legendaria impaciencia.

Me estaba afeitando en el cuarto de baño, corro a abrir y me tropiezo con la alfombra. Por suerte, me salvo in extremis mientras mascullo algunas palabrotas.

—¡Ya voy! —grito, mientras maldigo por haber aceptado ir a esa fiesta que no me apetece en absoluto.

Porque lo único que quiero es quedarme aquí haciendo como que veo una película mientras la cara de Meredith se me aparece cada veinticinco segundos como una imagen subliminal. Acabo de enviarle un mensaje tras la tortura de los quince días de silencio que me he impuesto. O, para ser justos, que me han obligado a imponerme. Annabelle, mi única amistad femenina, indignada por la separación a la que me somete mi pareja, no ha parado de presionarme para que recuperase «la dignidad del hombre ultrajado» y dejase claro mi malestar con un silencio tan prolongado como fuera posible. Pero un día más hubiera colmado el vaso, ya lleno, de mi frustración y de la ausencia.

Annabelle no ha esperado a cumplir los cuarenta para hacer gala de un carácter de mujer liberada que se acepta a sí misma, en el sentido amplio del término. Tiene unos ojos grises de una vitalidad sorprendente rodeados por multitud de arruguitas risueñas, el pelo rubio en un corte cuadrado y una fisionomía curvilínea que contrasta con su temperamento afilado, pues nunca da su brazo a torcer.

Revindica alto y claro su homosexualidad, que para ella es la última fase de la evolución amorosa: una mujer está hecha para amar a otra mujer, pues esta, a su parecer, entiende sus deseos, gustos y mecanismos mil veces mejor que un hombre. Piensa que el esquema tradicional de pareja formada por un hombre y una mujer es arcaico y limitado. Por consiguiente, la intervención masculina se convierte en algo accesorio para concebir niños (¿acaso los bancos de semen no funcionan de maravilla?). Annabelle es una de esas personas a las que les gustaría revolucionar los viejos convencionalismos.

No pretendo meterme en ese jardín.

Me adoptó cuando nos conocimos en clase, en la universidad. Ella solía decir en broma que, «para ser un hombre», yo no era muy gilipollas. Me parecía bien porque, aunque a veces fuera brusca, tenía una empatía excepcional que demostraba más con hechos que con palabras.

Su lado arisco me gusta mucho. Con Annabelle no se pierde el tiempo en florituras sociales, disimulos o charlas superficiales. No hay mucha gente con la que pueda mostrarme tal y como soy. ¡Cuánto relaja poder ser uno mismo!

Abro la puerta y Annabelle estalla:

—Pero ¿todavía andas así? —brama al verme media cara cubierta de espuma.

Protesto entre dientes.

—Mira, ni siquiera sé si voy a ir...

Hace como que se tapa los oídos para no tener que seguir escuchándome.

Voy al cuarto de baño para terminar de afeitarme. Ella me sigue sin ningún reparo.

—¿Qué? ¿Alguna novedad?

—No, nada en especial...

Observa cómo mi mirada se dirige hacia el móvil y luego regresa al espejo.

—Y... de la innombrable... —dice para hacerme rabiar—. ¿Tienes noticias?

Pongo cara de póquer. Tengo la sensación de estar en el detector de mentiras.

—No, ninguna...

Carraspeo.

—A ti te pasa algo. ¡Me ocultas algo! ¡Venga, habla!

—No, de verdad...

Annabelle reflexiona y cambia de estrategia. Se acerca al espejo y dibuja una cara con un seis y un cuatro. Sonrío. Sigo afeitándome mientras veo cómo se divierte. Dibuja al lado otra cabeza con pelo largo. Entre ambas pone un signo de interrogación. No se rendirá hasta enterarse.

—¿Sabes que eres terrible?

Refunfuño. Ella se parte de risa. De todas formas, no puedo ocultarle nada.

—Vale... Acabo de enviarle un mensaje.

—¡No me digas que has hecho eso!

Asiento y lo reconozco.

—¡Y, por si te interesa, me ha encantado hacerlo! —replico.

Me lanza una mirada de desaprobación y niega con la cabeza.

—Nunca aprenderás nada sobre las mujeres...

Me mira de arriba abajo como si fuera un caso patológico pero, como buena amiga que es, decide ayudarme igualmente.

—Venga, enséñamelo.

Lee el mensaje y frunce el ceño.

—Pues vaya... ¡Muy mal, Antoine! ¡Demasiado romántico!

Ya he hecho el esfuerzo de esperar unos días antes de enviarle un mensaje a Meredith. ¿Qué más quiere? ¿Que disimule lo que siento?

Noto cómo me voy enfadando.

—Antoine, todo lo que te digo no es para fastidiarte, sino por tu bien. Es la ley de la atracción, Toine. ¡La tensión sexual! Si se lo sirves en bandeja ya no eres de-se-a-ble —recalca separando cada sílaba.

Me cruzo de brazos y me recluyo en un silencio reprobatorio. No tengo ganas de comprender nada. Estoy sufriendo, joder. Tengo ganas de Meredith. De leerla. De escucharla. De tocarla. Esta separación me genera una angustia que no había experimentado jamás.

Annabelle intenta explicarme las consecuencias contraproducentes de mostrar mis sentimientos mientras se sirve un dedo de Martini como si estuviera en su casa.

—¿Has visto *Parque Jurásico*?

No entiendo qué tiene que ver. Ella coge una aceituna y me la mete en la boca.

—¿Te acuerdas de la cabra que está atada a un poste para alimentar al enorme y malvado dinosaurio?

—Sí. ¿Y?

—Bueno, ¡pues esa cabra eres tú! Al dinosaurio no le excita nada esa cabra que le han puesto ahí, lista para comer, ¿lo entiendes? Lo que él quiere es cazar, ¡no que la partida esté ganada de antemano! ¿Lo entiendes?

—¡Perdona, pero ya se me ha pasado la edad de jugar al gato y al ratón en asuntos amorosos!

—¡Te equivocas! Nunca hay que olvidarse de poner un trozo de queso para darle más sabor a la relación...

—¡Annabelle, me estás volviendo loco! Te...

Mi teléfono empieza a entonar *Back to Black*. Doy un respingo. La cara de Meredith sale de una ventana emergente. Plop: se me sale el corazón del pecho.

Alargo la mano para coger el móvil. Annabelle me detiene. Me enfado. Es ella quien descuelga antes de que pueda hacer nada.

Saluda con una voz voluptuosa y sensual y me entran ganas de retorcerle el cuello.

—¿Antoine? Ay, lo siento, no puede ponerse... Se está duchando... Nos estamos preparando para salir. ¿Que quién soy? ¿Y tú?

Se percata de que estoy a punto de arrancarle los ojos y da algunas explicaciones.

—¡Ah! ¡Hola, Meredith! Soy Annabelle, ¿te acuerdas? Nos vimos una vez en la fiesta de una amiga.

Me empieza a llegar un poco de aire a los pulmones: al menos Meredith comprenderá que no se trata de ningún ligue, sino de Annabelle, de quien ya le he hablado.

—Claro, claro, le diré que has llamado. ¡Hasta pronto, Meredith!

Annabelle cuelga y me sostiene la mirada, segura de haber obrado por mi bien.

—Algún día me lo agradecerás.

Escena 15

Meredith

¡Qué vuelco me dio el corazón la otra noche cuando, esperando oír a Antoine, escuché una voz femenina! Cuando me dijo que era Annabelle, su amiga lesbiana, me calmé un poco. Aun así, los celos me corroyeron. Gracias a Dios, Antoine me devolvió la llamada esa misma noche y aplacó mi angustia. Qué rara es esta alegría casi dolorosa que aún muestra los arañazos de la ausencia.

Sonrío al rememorar con deleite el momento íntimo y cálido de la conversación, mientras recorro las calles de Marsella a toda prisa: tengo una entrevista de trabajo en un pequeño restaurante, Le Poisson Calu, especializado en pescado y marisco. Su clientela se compone exclusivamente de lugareños. Me he enterado de que *calu* significa «loco». El pez loco. Esto promete.

La dueña no me decepciona. Es una especie de Brigitte Bardot morena entrada en años. Lleva tres flores de plástico rojas clavadas en un moño italiano. Sus labios, demasiado gruesos para ser naturales, brillan en un tono rosado. Dos mechones encuadran su rostro como un paréntesis. El kohl negro y espeso, en las dos líneas de pestañas, acentúa una mirada que escupe fuego. Su ropa tampoco es muy discreta. Un largo vestido negro se ciñe a su cuerpo de formas generosas y contrasta con unas medias de rayas horizontales multicolores.

Me tiende una mano férrea que me aplasta las falanges y me lleva al fondo de la sala, hasta una mesa de madera que aún no han preparado los empleados. Cuando se sienta y cruza sus largas piernas de arcoíris a rayas, me fijo en un detalle alucinante: sus disparatados zapatos con plataforma tienen dentro... unos desdichados habitantes. ¡En cada tacón hay un pez que se mueve como loco! De entrada, no me gusta el tono con el que me habla. De superioridad. Autoritario. Me observa de arriba abajo, mira con lupa mi experiencia como camarera. En estos años he hecho mis pinitos en la hostelería ya que, hasta ahora, no he podido vivir de lo mío. La señora K., el apodo que le he puesto por el kohl que lleva en los ojos y su nombre, Katia, salpica sus frases con unos horrorosos «¿está claro?». Se pensará que soy dócil porque bajo la mirada durante toda la entrevista. En realidad, no puedo dejar de mirar a esos pececillos aprisionados.

Sin pretenderlo, con mi actitud modesta, he conseguido convencerla para que me dé el trabajo. Al menos, de prueba. Se levanta. Me levanto. Le doy las gracias. Replica: «No nos adelantemos a los acontecimientos». Yo le digo: «No se preocupe». Ella responde: «Por aquí». La sigo. Empuja los batientes de la puerta de la cocina, quiere presentarme al chef. En este caso, su marido. Él se da la vuelta, jovial, se seca las manos y estrecha la mía con efusividad.

—¡Bienvenida a bordo!

Se llama Jacques, pero todo el mundo le llama Jacquot. Me dice que puedo llamarle así. La señora K. frunce el ceño. Él se hace el loco, debe de estar acostumbrado, y me dirige una sonrisa sincera. ¡Qué hombre tan simpático! Puestos uno junto al otro, el contraste es sobrecogedor. Como el día y la noche. Él, vivaracho y enjuto, natural y sonriente. Ella, imponente y metida en su papel de jefa estirada. ¿Qué verá en ella? Les dedico una sonrisa un poco pelota. Creo que los tengo en el bote. A veces es útil ser actriz. Recojo mis cosas y me largo. Ya está bien por hoy. Este sitio me está revolviendo el estómago. Y no solo por el olor a fritanga.

Una vez fuera, tomo una bocanada de aire fresco y, dos minutos después, enciendo un cigarrillo que me fumo mientras camino. Me siento mal. Es verdad, fumar andando es un asco. Encuentro una mala excusa: es culpa de la señora K. Lo dejaré cuando la gente no me toque las narices. Llamo a Rose.

—¿Cómo ha ido?

—Bueno... me han cogido.

—¡Cuánta euforia!

—¿Qué quieres que te diga?

Le divierte mi apatía. Es lo que me gusta de ella. Se ríe de todo.

—¿Vienes a comer?

—No, me apetece dar una vuelta. ¿Nos vemos en el teatro para ensayar, a las dos y media?

—Vale, guapa. Sé puntual...

Le doy tres caladas más al cigarro, lo aplasto y me compro un panini. El papel se me pega a los dedos pero el bocadillo me sirve para calentarme. Decido deambular. Giro en una callejuela y me paro ante el escaparate de una galería de arte. La obra que se expone es un lienzo de aproximadamente un metro y medio de ancho que representa un baile entre tres gorditas risueñas, una imitación barata del estilo de Botero. Me molestan los colores chillones, pero el tema me llama la atención. Me recuerda a *Las tres gracias* de Rafael, que tuve la suerte de ver en el museo Condé de Chantilly, en una vida anterior, cuando aún acompañaba a mis padres los fines de semana culturales.

Esas tres mujeres, aquí espantosas, me sugieren algo gracioso. Saco el Organizador de Amor en plena calle y me pongo en cuclillas para anotar una idea en el apartado «Entre yo y yo». Confianza y autoestima, hala. Me imagino otro cuadro con mis tres gracias falsas: la señora Miedo, la señora Complejo y la señora Creencia. Debo ajustar cuentas con esas tres partes de mí si quiero mejorar mi amorabilidad.

Cada una de esas señoras ocupa mucho espacio en mi cerebro.

Me siento en la acera. Me sale vaho por la boca. Debo de dar un poco de lástima porque alguien me da un billete de cinco euros.

—¡No se quede ahí! —dice una amable anciana—. ¡Vaya a tomarse un café!

Sonrío al escuchar su fuerte acento marsellés. ¡Válgame Dios! Intento explicarle que no, que no me dé nada, que estoy bien, que no me he quedado en la calle, pero la viejecita ya ha salido pitando como un conejo blanco. Mirándolo bien, puede que tenga razón. Empujo la puerta del primer café que veo y busco un lugar cómodo para seguir con mi fantasía creativa.

Vuelvo a pensar en la primera mujer, la señora Miedo, mientras el camarero me trae un expreso doble largo de café. Decido ponerme a mí misma contra las cuerdas: «A ver, Mireille-Meredith, ¿a qué tienes miedo? ¿Qué es lo que te impide vivir con plenitud tu historia con Antoine?». Anoto la lista de mis miedos en el Organizador de Amor, en el apartado «Entre yo y yo». La llamo «Mi *flip list*».

Tengo miedo de que se canse de mí... Tengo miedo de no estar a la altura... Tengo miedo de ser una mediocre... Tengo miedo de no saber hacerle feliz... Tengo miedo de que me deje...

Apunto unos cuantos más y observo la lista. Parpadeo. No pensaba que habría tanto material. Decido clasificarlos por intensidad, otorgando a cada temor un número de estrellas. Cuantas más estrellas pongo, el miedo es mayor. Al cabo de un rato, he identificado mis tres temores principales:

Miedo a que mi amor se desvanezca con el tiempo. ¿Hay algo más triste que la lenta agonía de una bonita historia?

Miedo a fracasar profesionalmente y, por tanto, de no ser digna del amor de Antoine.

Miedo a mostrar «mi verdadero yo», sin duda decepcionante, y que él se aleje de mí y me deje. El eterno síndrome del impostor. Una escena negativa que imagino una y otra vez: de momento, me quiere (he conseguido engañarle), pero seguro que lo hace porque aún no conoce mis defectos y todo lo malo que tengo. ¿Seguirá amándome cuando descubra mi lado oscuro?

Es extraño. Poner por escrito mis miedos me produce escalofríos y, al mismo tiempo, me alivia. Como si el hecho de reconocerlos los aplacase, como un enemigo que por fin sale de la sombra. Creo que reprimir mis miedos es darles el poder para que vuelvan con más fuerza. Una especie de efecto bumerán. Puede que la solución sea entenderlos mejor, conocerlos mejor. ¿Y si aprendiera a detenerme, con calma, para verlos pasar?

Como se ven pasar unos nubarrones que se alejan. Creo que nunca puedes desprenderte del miedo, pero sí atravesarlos como una nube. Hay que moverse con ella y no contra ella, en el sentido del viento y no a la contra. El miedo es como el dolor: cuanto menos se reconoce, más duele. Aceptarlo como parte de un proceso de transformación tal vez permita atenuar sus efectos...

Echo un vistazo a la hora: las dos y diez. ¡Estaba tan metida en mis cavilaciones que por poco me olvido del ensayo! Al teatro, deprisa. Pago la cuenta y salgo a toda mecha del café con el Organizador de Amor apretado contra el pecho y una nueva resolución grabada a fuego: nada, no dejaré nada al azar para darle a mi historia de amor todas las posibilidades de existir. Hay quienes ante un pedrusco solo ven una piedra. Otros, una catedral. Tengo ganas de formar parte de la segunda categoría.

Escena 16

Antoine

Espero a Annabelle frente al Palais de la Découverte. Ha sido idea suya venir a ver una exposición sobre la seducción en el reino animal. Al parecer, ellos son más habilidosos que nosotros. Estoy deseando verlo. Sobre todo ahora, que solo hay una cosa que me obsesiona: ¡que Meredith vuelva conmigo cuando acabe esta estúpida cuenta atrás! Me paso los días pensando en cómo perfeccionar mi estrategia de reconquista. Aquí Annabelle y yo tenemos distintos puntos de vista. Yo no creo que mantener a Meredith en un estado de frustración crónica, privada de noticias y muestras de atención, sea buena idea. Ella alaba la ausencia como un eficaz elixir para alimentar el amor. Y yo creo que la ausencia funciona más como un ácido corrosivo que como una poción mágica. Como siempre, la razón me dice que busque el término medio. Hacerse desear para producir deseo, sí. Una estratagema que debe utilizarse en pequeñas dosis. Porque empiezo a conocer a Meredith y sus contradicciones: por una parte, le gusta hacerse la independiente, la que no necesita a nadie; por otra parte, lo sé, le hace falta amor, atención y seguridad. Y nadie me impedirá darle todo eso.

No le he contado a Annabelle que la otra noche, tras nuestra salida al teatro, no pude resistirme y llamé por teléfono a Meredith a la una de la madrugada. ¡Dios mío, su voz adormilada, algo ronca! Nuestra emoción, pura, cristalina, centelleante. Desde entonces hemos retomado el contacto diario. Mis migrañas, tras dos semanas con las sienes atenazadas, se han esfumado. Como por arte de magia... Ella es la magia.

«Qué guapa estabas ayer por teléfono... —le escribí al día siguiente por la mañana—. Siento haberte interrumpido el sueño, y más teniendo en cuenta que no puedo prometerte que no volveré a hacerlo.»

Me la imagino recibiendo estas palabras con una gran sonrisa. Y una ola de calor recorre mis venas.

¡Y su respuesta! Estuve en el séptimo cielo durante todo el día.

«La presencia de la ausencia. Me voy y estás en todas partes. Estás aquí, en cada momento, conmigo.»

Me es imposible explicar lo tranquilo y contento que me han dejado sus mensajes.

No estoy enfadado con Annabelle. Sé que quiere protegerme y desea lo mejor para mí. Yo decido si seguir o no sus consejos, eso es todo. Además, tampoco es que se equivoque de cabo a rabo. Quiero tanto a Meredith que puedo tender a agobiarla, a inmiscuirme en su vida, en sus decisiones. Un antiguo reflejo de querer controlarlo todo. ¿No es esto lo que seguramente haya provocado su huida? ¿No estaba a punto de meterla en una especie de jaula de oro cuya llave solo tendría yo? Es cierto, la quería para mí. Puede que incluso me conviniera que su carrera no le fuera muy bien. Lo reconozco. Me resulta irresistible así, tal y como es ahora. La belleza de lo incompleto. ¿Qué sucedería si se convirtiera en una estrella? Seguro que me dejaría. Ya me imagino a todos los muertos de hambre de la profesión babeando por ella, revoloteando a su alrededor como buitres, seduciéndola... ¿Acabarían siendo mejores que yo?

Así pues, coincido con Annabelle en un punto: tengo que actuar de tal forma que Meredith dude lo justo, que piense que existe la posibilidad de que no vuelva a su lado. Así que debo controlar mis impulsos, ser más contenido, para seguir pareciéndole atractivo. Pero esa contención supone un gran esfuerzo, sobre todo cuando me atenaza un violento deseo por ella a diario.

Annabelle llega radiante, con un gran abrigo rojo que tiene una elegante hebilla metalizada a modo de broche. Me da cuatro besos. Ella no escatima en nada. Gracias a nuestros pases preferentes, entramos enseguida. Nos cogemos del brazo y disfrutamos de ese momento juntos.

Pasamos a la primera sala, que nos sumerge de inmediato en el ambiente. Un pájaro majestuoso, de una especie que no reconozco, parecido a un pavo real, extiende en abanico sus hermosas plumas mientras, en segundo plano, una televisión incrustada en la pared emite un vídeo de grandes simios copulando. Pájaros de todo tipo, con sus más bellas galas, brillan como la galería de los Espejos del palacio de Versalles, emperifollados, relucientes, listos para el cortejo. Unas jirafas enrollan los cuellos en un ballet digno de las mejores cortes. De repente empiezo a canturrear la canción de Nougaro.

Estrenaos, abrazaos
Para que vuestros corazones encajen...

Oigo su voz cavernosa y sonrío ante el acuario gigante que muestra la danza de cortejo del pez espinoso.

Bailad conmigo
Bailad conmigo
La noche de vuestro compromiso

—¿Has visto? ¡Es increíble! ¡Los machos tienen el vientre rojo y los ojos iridiscentes!

Annabelle se vuelve hacia mí con mirada pícara.

—¡Como tú! —dice partiéndose de risa.

—Muy divertido.

—Bromas aparte, ¿cómo te va con tu Esmeralda?

¿Se lo digo o no se lo digo?

—Bueno... Rose me va informando... Ya sabes, su pareja escénica.

—¡Ah, perfecto! ¡Una Mata Hari a tu disposición!

Le hago el gesto de cerrar la boca con una cremallera.

—Sí, es un secreto entre Rose y yo. Antes de irse, me prometió tenerme al tanto sin decirle nada a Meredith. Lo que me ha contado no me ha gustado demasiado: al parecer, el sitio donde viven deja bastante que desear... ¡La ducha tiene fugas de agua y el calentador es una porquería! Se me parte el alma...

—Claro...

—Quiero ayudarlas pero sin que lo parezca, ¿me entiendes?

—Tienes razón. A Meredith le horrorizaría.

—Lo sé. Sus malditas ganas de demostrar de lo que es capaz... Se tomaría fatal que yo le prestara «ayuda material». Reforzaría su sensación de que es incapaz de arreglárselas sola. Sin embargo, ¡no soporto la idea de que le falte algo!

—Habría que encontrar la manera de ayudarla indirectamente.

—La estoy buscando...

Annabelle percibe mi inquietud. Intenta tranquilizarme.

—¡No te preocupes, vamos a pensarlo!

Continúo la visita con cierto alivio. Me va a ayudar. Ahora me siento menos solo.

Decididamente, la exposición no escatima en escenas sexuales. Lo cual no deja de afectarme en cierta manera. La abstinencia que me impone Meredith no solo es uno de los mayores retos a los que me he enfrentado como hombre, sino también uno de los más difíciles.

De todas formas, tampoco voy a satisfacer mis necesidades con la primera que pase. Desde que estoy con ella, ya no me interesa el sexo por el sexo. Así que trato de aplacar mis impulsos de otra forma, de sacarme de la cabeza como puedo al vulgar Eros. El amor que siento por ella va mucho más allá. Nuestras pieles tienen muchas cosas que decirse. La suya me traslada a tierras hasta ahora desconocidas. Con Meredith cruzo al otro lado del río. Allí donde empieza el país de las almas gemelas. Las sensaciones físicas se superan y crean una unión a otro nivel. Por tanto, ¿cómo podrían atraerme encuentros carnales tan básicos como decepcionantes?

Terminamos el recorrido por la exposición con la vida de los bonobos, unos grandes simios de la región del Congo cuya sexualidad es alegre y distendida, y que viven en una comunidad matriarcal con una tasa de violencia admirablemente baja. Unos primos afortunados.

Escena 17

Meredith

Llego tarde al café-teatro Acrostiche. Rose me fulmina con la mirada.

—Lo siento, se me fue el santo al cielo...

Henri Bosc, el dueño del local, se acerca para estrecharme la mano, también él con cara de circunstancias. Un tipo flaco y nervioso a quien, sin duda, es mejor no hacerle perder el tiempo. La visita va a ser rápida. No es grande. Pasamos por el bar, que tiene una decoración retro, un rincón con libros, muebles variopintos donde se mezclan alegremente distintos estilos, una enorme araña redonda de plumas de oca y, en una esquina, un farol de mentira. El camarero, atareado tras el mostrador, nos dirige un saludo frío e indiferente. Durante todo el año ve pasar a cómicos novatos como nosotras. Henri Bosc nos lleva a la sala. No es el Zénith, no: habrá unos cincuenta asientos, como mucho. Las paredes están forradas con anuncios de actuaciones. Subo a la tarima y acaricio de forma automática las grandes cortinas rojas que hacen que me sienta como en casa cuando subo a escena. Doy unos pasos para medir el espacio y lanzo un suspiro. No es mucho. Mis sueños de gloria se esfuman de un plumazo.

—Tenéis dos horas para ensayar. Luego llega el grupo de los miércoles, que necesita el espacio. ¿De acuerdo?

Contestamos que sí al unísono como niñas buenas. Después, nos ponemos manos a la obra sin perder tiempo. Primero, unos ejercicios de calentamiento. Gestos, muecas con la boca para relajar los músculos faciales...

—¿Estás lista?

Meredith y Rose ceden el paso a *Las tiparracas*. Puede que el escenario sea pequeño, pero es nuestro. Me dejo llevar por la jovialidad del texto y por la actuación.

Escena 18

Antoine

Desde esta mañana no deja de entrar gente en mi despacho. ¡Como si estuviera pasando revista al personal! ¡Tras el llamamiento del 18 de junio, he aquí el del 18 de enero! El otro día, al salir de la exposición, Annabelle y yo nos metimos en un café para pensar cómo darle un empujón financiero a Meredith sin que se entere. Gracias a una endiablada lluvia de ideas, surgió una totalmente estrambótica que me gustó. Así fue como puse un anuncio, cuando menos extraño, en la intranet de mi emisora:

> Para una causa especial de auxilio compro, pagando el doble de la cantidad que se indique, todos los rasca y gana premiados que tengáis. Gracias de antemano por vuestra colaboración.

Pensaba que solo vendrían uno o dos. Me equivocaba. Decenas de trabajadores de la empresa han querido participar, curiosos por el uso que pensaba darle a los boletos ganadores. Tengo de todo tipo: del Solitario, del Astro, del Black Jack, del Pactole, del Bingo... Los cupones se han ido amontonando en un gran bote que he puesto para ese fin. Me regocijo para mis adentros y me trae sin cuidado si la sorpresa me va a costar un ojo de la cara.

Voy pagando a los participantes de mi cadena solidaria. Es increíble lo seductora que resulta la idea de ayudar. Sin pretenderlo, hoy también he arrancado unas sonrisas a un montón de gente. Al final del día hago un recuento de los cupones premiados. A ver, no hay grandes sumas, pero sí lo bastante como para juntar casi doscientos euros. Y ha habido una pesca milagrosa. De Andrea, un becario del departamento de prensa, rubio, alto y delgado, que ha venido de Florencia para estudiar en París. Nunca participa en juegos de azar, pero su novia le animó a que comprase un cupón el día de su cumpleaños. Quinientos euros, ¡qué suerte! Le compro el boleto encantado: me va a permitir darle una buena suma a Meredith sin que sospeche nada. Contemplo mi colecta. Estoy contento, aunque mi misión aún está incompleta: ¡son cupones premiados pero usados!

Para que la operación sea un éxito debo encontrar la forma de rellenar lo que se ha rascado. Y que esté bien hecho para que Meredith no sospeche...

Reviso los nombres de mi agenda, es el momento de utilizarla. Uno destaca entre los demás: Angélique. Una ex. Unos cuantos meses de relación endiablada antes de que lo nuestro explotara en pleno vuelo por culpa de sus celos enfermizos. Dudo si llamarla. Mis dedos nerviosos juegan con el péndulo de Newton que está encima de mi escritorio para ayudarme a pensar. Esta chica es la Rolls Royce de los diseñadores gráficos. Lleva diez años trabajando en una de las agencias de comunicación y publicidad más importantes del país y conoce todos los secretos del oficio. También recuerdo que le apasionaba la serigrafía. Por una parte, estoy seguro de que podría ayudarme; pero por otra parte... Si se entera de que la he llamado por la hermosa mirada de otra mujer se me cae el pelo.

Sopeso un rato los pros y los contras, miro todos esos cupones que tengo en las manos y veo el rostro de Meredith como una marca de agua. Descuelgo el teléfono.

—¿Angélique? Sí, sí, cuánto tiempo...

Dos horas más tarde estoy en la puerta de la casa de Angélique, quien ha tenido la estupenda idea de irse a vivir a un barrio tranquilo de la periferia al sur de París. Bueno, lo de «estupenda idea» es una forma de hablar, pues me he comido un atasco de una hora para llegar hasta aquí. La felicidad parisina de la hora punta. Son las siete y media.

Llamo al timbre y abre enseguida. Es muy guapa. Creo que se me había olvidado. Trago saliva. Pulso el botón interno del hemisferio izquierdo de mi cerebro, el del «mantra de emergencia» que repito una y otra vez como una letanía tranquilizadora: «Hazlo por Meredith. Hazlo por Meredith. Hazlo por Meredith». No desviarse del objetivo.

Angélique posee un atractivo innegable. Pero su mirada contradice la pureza de sus intenciones. Hundo las manos en los bolsillos del pantalón, como un adolescente que llega tarde y quiere ocultar su vergüenza.

—Por favor, ponte cómodo.

Se adelanta para ayudarme a quitarme la cazadora, que abandona sobre un sofá azul de diseño escandinavo.

Echo un vistazo y el lugar me seduce bastante. ¿Cómo habrá encontrado este *loft*, con esa cristalera alucinante y el estilo inconfundible de un taller de artista?

—¡Angélique, has sido muy amable por responder tan rápido a una petición tan extraña!

—¡Muy normal no es, no! —exclama soltando una profunda risita sensual.

Hago como que no veo sus piernas cruzarse y descruzarse. ¿Ha sido buena idea venir aquí? Me siento fatal por sonrojarme de esta manera. Intento volver al tema que me ocupa.

—Es... Es para un amigo. Tiene problemas de dinero y me gustaría ayudarle sin que lo sepa...

Me avergüenzo un poco por tener que mentir, pero si le digo que el amigo es otra mujer estoy perdido.

—Vaya, qué suerte tiene tu amigo... Debe de ser muy buen amigo... No sabía que eras tan... ¡altruista!

Carraspeo. Para desviar la atención, saco la bolsita transparente con los cupones premiados. La coge para verlos de cerca. Saco otro paquete de la cartera y se lo tiendo.

—He hecho tal como me dijiste: he ido a tu impresor y le he comprado un bote de pintura para rascar.

—¡Perfecto! ¡Dame!

Agita el bote con un movimiento maquinal y me sonríe como una maga a punto de realizar un truco increíble. Y no se equivoca: para mí lo será, si logra que la sorpresa para Meredith se haga realidad. Lo deseo muchísimo.

—Ven, tengo el material de serigrafía en el piso de arriba.

Sube la escalera delante de mí.

Una vez allí, abre una puerta que da a una habitación minúscula pero muy bien equipada. De la pared cuelgan todo tipo de creaciones serigráficas, y debo reconocer que tiene talento. Enciende una mesa de luz para observar los cupones premiados en detalle y valorar el trabajo que hay que hacer. Luego levanta la vista hacia mí.

—Tengo para un rato. ¿Quieres ir a dar una vuelta?

—No te preocupes, me he traído trabajo pendiente...

—Ponte cómodo en el salón. Allí estarás tranquilo. ¡Y sírvete algo de beber!

Se lo agradezco de veras y me esfumo para dejarla trabajar.

Cuando, una hora y media más tarde, me llama y subo, veo que los cupones se están secando junto a la mesa de serigrafía. El resultado es impresionante, dan el pego por completo.

—Gracias, Angélique. No sabes cuánto te lo agradezco...

Sonríe, feliz de hacerme un favor.

—Espero que sirva para ayudar a tu amigo.

Le devuelvo la sonrisa, un poco incómodo por engañarla. Aunque es una mentira piadosa, porque Angélique puede pasar de ser amable y encantadora a ser una arpía histérica presa de los celos. ¡Qué pena! Sin esa patología, puede que siguiéramos juntos.

—¿Te quedas a cenar?

—Te lo agradezco mucho, pero esta noche no. Estoy agotado y mañana entro a trabajar muy temprano...

Parece decepcionada.

—Te lo prometo, nos vemos pronto —me oigo decirle.

¡Antoine! ¡Nada de falsas promesas! ¡No dejes ninguna puerta abierta!

Sus zapatos de tacón resuenan por el parquet de roble mientras me acompaña a la puerta. Aprieto celosamente contra mi pecho el paquete de cupones recompuestos. En el momento de despedirme, me siento muy incómodo. ¿Debería darle dos besos? Ella zanja la cuestión por mí inclinándose y besándome en la boca sin que me dé tiempo a entender qué está pasando. Tiene unos labios ardientes y me culpo por encontrar placentera la sensación.

La aparto en un arranque de lucidez.

—Angélique, no... No quiero... No...

Apoya el índice en mi boca para que me calle. No quiere oír nada. Roza mis labios por última vez y luego se atrinchera en su casa mientras me lanza una mirada cargada de promesas.

Me quedo en el umbral como un idiota, desconcertado. Y trato de justificarme. Encuentro un motivo al apretar el preciado paquete. «En el amor y la guerra, todo vale», pienso para consolarme. ¿Acaso no he conseguido lo que quería? Me convenzo de que eso es lo que cuenta y me olvido del resto... Con la esperanza de que mi conciencia no me haga sentir culpable.

Escena 19

Meredith
Cuenta atrás: -154 días

Esta noche es el estreno. He llegado al teatro con mucha antelación. Me repito que lo he hecho por profesionalidad, cuando en realidad es porque estoy asustadísima. Necesito crearme la ilusión de que puedo controlarlo todo, incluso la maldita oleada de inquietud que me invade dos horas antes de que empiece el espectáculo.

«El miedo es un perro del infierno que te lame las entrañas.»

Estoy agarrotada, por supuesto. No tengo hambre. Apenas he probado bocado desde esta mañana. Una lavandera sádica estruja mis entrañas para sacar jugo de bilis. Creo que voy a vomitar. Henri Bosc se acerca a saludarme.

—¿Qué tal? ¿Muchos nervios? —bromea simpático.

De momento, parezco Buster Keaton. Mi humor se ha quedado en blanco y negro. Me veo como una foto de los años veinte.

—¿Quieres que te preparen un bocadillo?

¡Qué gracioso es este hombre! ¿Debería proponerle que se pusiera en mi lugar dentro de un rato?

Reprimo las ganas de mandarle a paseo (dos horas antes de la actuación, la artista está muy susceptible) y me obligo a responder amablemente.

—No, gracias. Estoy bien.

—De acuerdo, pues te dejo para que te prepares.

¡Por fin sola con mi estrés!

El espejo con las luces resplandecientes siempre me ha hecho fantasear. Algunos niños lo hacían con el espumillón o la magia de los parques de atracciones. Yo, con el ambiente de los camerinos...

Saco mi neceser de maquillaje y empiezo la transformación. Los nervios se aplacan a medida que me caracterizo. Como si me metiera en otra piel. Pienso en Antoine. Es divertido el paralelismo entre la preparación de un artista antes de salir al escenario y los rituales de cortejo. Tanto para una cosa como para la otra, se trata de lucir, de mostrar la mejor cara. Las heridas, los moratones y las fisuras se quedan entre bastidores.

Miro mi imagen en el espejo y me hago preguntas. ¿Le he mostrado mi verdadera cara a Antoine desde el principio? ¿De qué parte de mí se ha enamorado? ¿Me querría tanto si conociera mi lado oscuro? Pienso en mis «tres señoras graciosas»: ¿qué dirían la señora Complejo y la señora Creencia? No había pensado en ellas... Saco mi Organizador de Amor. Aún faltan cinco minutos. La señora Complejo está llena. ¡Se nota que la he alimentado bien! Reviso rápidamente la película de mi infancia y todo resurge. Mi mediocridad, la sensación permanente de decepcionar a mis padres en todo aquello con lo que mi hermana lograba encandilarlos. Y, a ese respecto, la señora Creencia se alía con la señora Complejo para formar un tándem infernal. La señora Creencia siempre me cuenta las mismas historias, esas que duelen y en las que creo firmemente. La certeza grabada a fuego de que siempre seré el patito feo, que unas plumas de cisne mal pegadas en la espalda no engañan a nadie... La mirada afligida de mis padres me sigue allá donde voy. En esa mirada leo la profecía de mi fracaso.

Ahora es cuando aparece la señora Miedo. Se une al critiqueo de la señora Complejo y la señora Creencia, que repiten machaconamente al unísono: «¿Quién querría a una actriz mediocre, una inferior a las demás?».

Me veo pálida en el espejo. Tengo los ojos húmedos y medio cerrados. Pero a Antoine le gustan mucho... Pensar en él me da fuerzas para reaccionar. No le gustaría ver que me estoy compadeciendo de mí misma. Él es muy fuerte. Un luchador. Ya estoy harta de mi «calimerismo», esa maldita tendencia a hacerse la víctima. ¿Adónde me lleva eso? A nada. Además, Calimero resulta muy cursi hoy en día. Tengo que buscar la manera de transformar a mis tres espantosas señoras. Quiero que vuelvan a ser lo que siempre deberían haber sido: tres gracias.

Rose asoma la cabeza en ese momento. Parece relajada. Envidio su carácter alegre. Me da un beso en el cuello.

—¿Qué tal, guapa? —pregunta.

Cómo me gustaría divertirme como ella, disfrutar plenamente de la interpretación y de estar en el escenario.

—¡Ay, ay, ay! ¡Tienes miedo! ¡Cómo te conozco!

Bajo la mirada.

—Tengo una cosita que te va a subir la moral por las nubes.

Saca un paquete y me lo da. Palpo el envoltorio para adivinar lo que hay dentro. Me convierto en una niña entusiasmada.

—¿Qué es?

—¡Ábrelo, venga!

Rompo el sobre para abrirlo. Saco una veintena de cupones de rasca y gana.

—Pero ¿quién me manda esto? —pregunto mientras despliego una hoja adjunta.

En el papel en blanco solo hay una frase.

Te deseo tanta suerte en el juego
como la mía en el amor, por tenerte...

ANTOINE

Me derrito. El corazón se me funde y soy un *coulant* de chocolate. «Antoine, me embelesas el alma», pienso embobada.

Elijo un cupón para empezar a rascar. Rose se inclina por encima de mi hombro y me mete prisa, como una cría emocionada.

Los tres primeros boletos no tienen premio. Y mientras empiezo a rumiar la cantinela «Yo no tengo suerte, nunca me toca nada» sigo rascando. Premio. ¡Veinte euros! Estoy exultante. Entonces se desencadena una increíble buena racha hasta llegar a la apoteosis: ¿quinientos euros? Me froto los ojos, incrédula.

—No puede ser... —farfullo volviéndome hacia Rose.

—¡Es fantástico! Desde que conociste a Antoine, tu suerte está cambiando, ¿ves?

—¿Tú crees? ¡Vamos a poder arreglar la ducha y el calentador! —exclamo dichosa—. ¡Y, lo mejor, voy a invitarte a una comilona!

Aprieto con fuerza los cupones, pero todavía más la nota de Antoine. Vale todo el oro del mundo.

Escena 20

Rose

Abro un ojo, veo borroso e intento distinguir las cifras de mi radio despertador. Me froto los ojos, incrédula. ¡Las doce y veinte! Creo que he dormido doce horas del tirón. Me siento como si me hubiera pasado un tren por encima. Me palpo el cuerpo para comprobar si algún espíritu bromista me ha puesto pegamento durante la noche porque mis miembros están pegados al colchón, literalmente. La perspectiva de un café humeante es lo único que me ayuda a salir de entre las sábanas. ¡Dios, cuánto odio tener la boca pastosa y este sabor metálico en el paladar! Cabe decir que ayer, después del estreno, Meredith y yo no pudimos resistirnos a salir a tomar una copa. Luego dos... tres... En estos casos, soltar la tensión es una excusa. El miedo de Meredith se disipó cuando se metió en el papel y, como siempre, nos encantó actuar juntas. Sin embargo, nos decepcionó la lamentable asistencia. Doce personas en total. De las cuales, cinco invitadas. ¡Menudo éxito! Aun así, le pusimos las mismas ganas y actuamos como si estuviésemos en el Olympia, dándolo todo. Los espectadores se rieron, pero sus risas resonaban como cascabeles. Doce personas. No se pueden hacer milagros. Justo cuando toco el suelo con el dedo gordo del pie suena el teléfono. Estoy a punto de mandar a paseo al inoportuno cuando veo la cara de mi hija en videollamada. ¡Rápido! ¡Necesito otro rostro!

—¡Mami!

—¡Mi amor! ¡Mi pitusa! ¿Qué tal estás, cariño mío?

Hago como que llevo cuatro horas despierta. Ser actriz ayuda. Késia está tan emocionada por hablar conmigo como yo. Escuchar su voz me colma de felicidad. Es maravilloso verla. Distingo el rostro de mi madre detrás de ella.

—¡Mamá! ¡Te echo de menos! —dice Késia.

Se me encoge el corazón.

—¡Y yo a ti! ¡Te echo mucho de menos, cariño! ¡Mami está trabajando mucho para ir a verte pronto!

—¿Cuántas noches van a pasar? —pregunta, súbitamente preocupada.

Hago un cálculo rápido de cuántas horas extra puedo hacer para reunir el dinero del billete de tren.

—¿Cuántos dedos tienes?

—¡Diez! —responde orgullosa.

—¡Pues diez noches, mi amor!

Suelta una risita de felicidad.

—¡Y te llevaré una sorpresa!

—¿El qué? —pregunta con los ojos brillantes de emoción.

—¡Ah...! ¡Ya lo verás, pillina! ¡Si te lo digo, ya no es una sorpresa!

—¿Y cómo está Roméo?

Camino con el teléfono para enseñarle al loro.

—Muy bien, pero él también te echa de menos. ¿Verdad, Roméo?

Le acaricio debajo del pico. Cuando reconoce a Késia, despliega la cresta formando un bonito abanico rosa. Le gusta ponerse guapo para mi princesa.

—¡Crrrrr, crrrrr! ¡Qué guapa errrrrres!

Késia da palmas, entusiasmada.

Hablamos un rato más y, demasiado pronto, llega la hora de colgar.

—Mamá, te mando una bolsa muy grande de besos.

Acompaña sus palabras con el gesto de las manos y solo veo dos gruesas formas redondas y rosas tapar la pantalla del teléfono. Cómo me gustaría comérmela a besos. Echo en falta tocarla. «Que no se te escapen las lágrimas.» Aprieto los dientes y me obligo a parecer alegre. Solo tiene cinco años. Todavía la puedo engañar.

—¡Nos vemos muy pronto, pitusa! ¡Y pórtate bien con la yaya!, ¿vale?

Mi amago de autoridad le hace reír. Lo que cuenta es la intención, ¿no?

Al colgar, me dejo caer en una silla de nuestro microscópico salón, abatida. Pero acto seguido pienso en Késia y me levanto. No tengo derecho a rendirme. Pelearé por ella. Y ganaré. Palabrita del Niño Jesús.

Escena 21

El fin de semana ha pasado volando. Por fin es lunes, día de descanso en el teatro. Voy corriendo a Le Poisson Calu, aunque Dios sabe bien que no tengo ninguna prisa por encontrarme con la señora K. Se me echa encima en cuanto entro por la puerta y me reprende por los tres minutos de retraso. En la cocina ya están a toda máquina. Corro de un lado a otro: a poner las mesas, a secar los vasos, a dejar la compra en la cocina... La señora K. se ha sentado en un rincón de la sala y mete los peces neón del día en sus tacones. Observo por el rabillo del ojo el increíble mecanismo de los tacones, que se desmontan deslizándose y ella rellena de agua. Luego introduce a las víctimas, que colean estresadas, con ayuda de una redecilla de pesca. Por último, sin ningún remordimiento, coloca los tacones en su sitio y disfruta con el espectáculo de sus minúsculos prisioneros.

Reprimo una mueca de asco.

A eso del mediodía se oyen unos gritos en la antecocina. Los jefes están teniendo otra pelotera. Siento lástima por Jacquot. Su mujer está constantemente encima de él. No entiendo cómo lo soporta. ¿Eso es el amor? ¿Aceptar que el otro te domine?

Llegan los primeros clientes y la jefa irrumpe hecha una furia. Compenso su mal humor multiplicando las sonrisas a los comensales. Me aburro tomando nota de unos platos nada sorprendentes y me pongo a pensar en algo más divertido. Mientras sirvo maquinalmente pescados medio quemados y brandadas secas, me evado con una exótica fantasía.

Me imagino un restaurante muy especial, con una flamante fachada de color rojo, negro y dorado, inspirada en los pubs ingleses. En letras doradas pondría EL CUPIDO NEGRO. Por las paredes habría citas inspiradoras de expertos en el tema amoroso. En medio de la sala, una fuente con molduras de estilo retro coronada por un asombroso Cupido negro que un escultor habría hecho a medida. El agua estaría teñida de rosa.

Sería un sitio divertido para ir, en pareja o con amigos, a reflexionar sobre el «Cupido negro», nuestro lado oscuro del amor, que puede hacer peligrar las mejores historias. Los celos, los reproches, el rencor, la mezquindad, la dejadez... De menú, cada comensal tendría que responder a un cuestionario con un diseño atractivo que estaría encima de las mesas. El resultado permitiría determinar cómo es el Cupido negro de cada cual y, en consecuencia, propondría una serie de platos.

Me imaginaba allí, sirviendo platos con nombres sugerentes:

∞ MENÚ ∞

¡Una Celosa para la quince!

Ensalada del día con aceite a la pimienta. Con tres bengalas que chisporrotean un estallido de reproches clavadas en una manzana roja (la manzana de la tentación) esculpida artísticamente con forma de calavera.

¡Un Rompehuevos para la dos!

Revuelto de percebes y quisquillas, con guarnición de ensalada. Servido con un par de huevos frescos y un estupendo cascador de acero inoxidable para descargar tensiones rompiendo los huevos usted mismo.

¡Una Machacona para la ocho!

Tarta coronada por una gruesa capa de nata. Se ofrece un servicio opcional de tartazo, con suplemento. Gran jarrón esférico repleto de mil caramelos multicolor: deliciosa torre de Babel que se sirve con una maza para machacar a discreción.

¡Un Comecocos para la trece!

Cazuela de cordero con coco preparado de tres formas, ¡bien cocinado en su jugo! Para expertos en comerse el coco o el arte de complicarse la vida. Susceptibilidad, indagaciones, reprimendas: todo combina muy bien con el coco.

¡Una Lapa en gelatina para la seis!

Huevos fusionados en gelatina, roquefort y una salsa exótica para acompañar. Con verduritas congeladas y lonchas de magret empalagoso en el borde del plato. Se sirve con oxígeno, en una probeta llena de líquido fluorescente que se transforma en vapor para inhalar. Color a elegir entre rojo sanguijuela, azul asfixia o violeta ventosa.

Ser conscientes del Cupido negro me parece primordial. ¿Cómo podemos calmar esa parte de nosotros que sufre? Está claro que juzgándola no; más bien mirándola con ternura y compasión.

¿Y yo? ¿Qué tipo de Cupido negro tengo? Es un poco raro: me parece que soy todo y su contrario. Un día puedo ser celosa y posesiva, y al siguiente pelear con uñas y dientes para que me dejen en paz, dispuesta a proteger a toda costa mi independencia... ¡Esta alternancia entre un carácter pegajoso y otro huidizo no debe de ser nada fácil de sobrellevar para el otro!

No es de extrañar que mis relaciones anteriores no durasen más de un año. Para mí es como la barrera del sonido... Tras atravesar las turbulencias, ¿el amor será por fin como una balsa de aceite que navega hasta el infinito?

Mi teléfono vibra dentro del bolsillo como si respondiera a la pregunta. Lo cojo con ansiedad. Alegría. Es él.

> Espero que tu turno esté yendo bien. Se dan cuenta de la suerte que tienen de que trabajes ahí de camarera, con el talento que tienes? Si yo tuviera que pedir algo elegiría tu boca, y creo que sería muy buen cliente...

¿Mi amor tiene la mente calenturienta? Leo y releo el mensaje y siento un cúmulo de emociones encontradas. ¡Siempre el mismo lío entre calidez y frialdad! Por un lado, estoy encantada de que piense en mí. Por el otro, me incomoda lo que dice: me gusta saber que me desea, pero no que lo exprese de esa forma. Tal vez nosotras, las mujeres, tememos que los hombres solo nos quieran para «eso»... Esta noche decido quedarme con lo mejor del mensaje: me echa de menos. Tiene ganas de mí. No me está olvidando. ¿Qué más puedo pedir?

Escena 22

Rose

—Estaba contentísima, ya te digo... No, no encontró nada raro... ¡Si la vieras...! Sí, claro, vamos a arreglar la ducha y el calentador... ¡Espera! He oído un ruido, es ella. Venga, cuelgo. ¡Adiós!

Lanzo el teléfono sobre la cama y me coloco delante del portátil para parecer ocupada. Cuando Meredith empuja la puerta de mi cuarto, me encuentra pegada a la pantalla, más concentrada que si estuviera deletreando la palabra «desoxirribonucleico».

—¡Hola! ¿Has tenido un buen día? —pregunto inocentemente.

—¡Ha sido apasionante, gracias! Los jefes han vuelto a discutir y apesto a fritanga... Por lo demás, todo bien. Ah, sí, al subir me he encontrado al vecino, ya sabes, ese tal señor Barbant-Shnock. Bueno, se ha quejado del ruido que hicimos al llegar la otra noche... En fin, ¡me alegro de verte!

Al final sonríe y viene a sentarse al borde de la cama para estamparme un beso en la mejilla.

—¿Y tú? ¿Qué haces?

Le enseño la pantalla. «Findaguy.com, tienda de chicos en línea.»

—¡Vaya, vaya! ¡La señora sale de caza!

—He intentado dejarlo, pero el cinturón de castidad no es lo mío...

—¿Seguro? ¿Y con un candadito mono? ¡Podrías ponerlo de moda!

—¡Muy graciosa!

—¿Y Pincho? ¿Le has dejado?

Pincho... Es el mote que le puse a mi último ligue en París. Pincho, como un aperitivo. No me enorgullece llamarlo así. Y más teniendo en cuenta que Pincho es un buen chico. De hecho, ese es el problema: demasiado bueno. Qué injusta es la vida. No me atraen los hombres bondadosos. Incluso los prefiero más bien dominantes. La vieja fantasía femenina de los chicos malos, de la que se podría discutir largo y tendido. ¿Cuánta mala suerte hace falta para cambiar el casting? Por desgracia, no suelo comprobar dónde me meto antes de tirarme de cabeza en una historia cuyo final no tarda mucho en llegar. Entonces me doy cuenta, demasiado tarde, de que me encapricho de tipos que no tienen nada que ofrecer. No parece ser el caso de Pincho. Recuerdo nuestra última cita en París. Sus atenciones. Su delicadeza. Esa forma de ser cariñosa y detallista a la que estoy tan poco acostumbrada... Sin embargo, cuando me llamó el otro día, mi dedo deslizó el botón hacia la izquierda para rechazar la llamada, y a Pincho con ella.

—¿Qué? ¿Me enseñas la presa del día?

Hago clic en el carrito para enseñar mi compra de hombres.

Meredith revisa la lista de los apodos y suelta una carcajada.

—¡Vaya! ¡Qué nivel! ¿No me digas que has elegido al tal Hermosocorazón?

—¿Qué pasa? Está bueno, ¿no?

—¡Rose, sé razonable! ¡El tío tiene 300.600 puntos de fidelidad! ¡Apesta a amante en serie! ¡Mira, ya hemos hablado de esto!

—Vale, vale...

Refunfuño para guardar las apariencias, pero reconozco que Meredith tiene razón. Y más al leer la lista de deportes que practica el tipo, que ya me había echado para atrás: «correr, ponerse calzoncillos de un salto, barra americana, natación...». Un carácter poco dado a la sencillez.

—Además, ¿has leído su descripción un poco más abajo?

—No, iba a hacerlo ahora...

Abro los ojos como platos, incrédula.

[...] reconozco que prefiero a una MUJER DE FORMAS GENEROSAS pero también admito ser un aficionado a las relaciones de dominación... ¿Existen de verdad las cincuenta sombras de Grey?

—Tienes razón, no es trigo limpio... ¡Lo devuelvo al estante!

Mi amiga asiente y continúa inspeccionando mi carrito.

—¿Manzanaúva? —dice sorprendida—. Esto se pone cada vez mejor. ¿Por qué no Champomy, como el zumo, ya que estamos?

Me parto de risa. Está desatada, pero sé que es porque me aprecia y no quiere que salga con el primer tarado que aparezca.

Lo escruta todo y examina minuciosamente los perfiles.

—A ver, la foto está cortada al ras de la frente: tu Manzanaúva debe de tener la cabeza más pelada que el sofá del salón, ¿no crees?

—Lo sé, lo sé... Pero parece majo, ¿no?

—En cuanto a esto, sí: «#formal #nofumador #nobebe-dor #casero #ratadebiblioteca». ¿En serio crees que te pega? ¡Al pobre no le doy ni dos telediarios!

La pego con la almohada para acallar sus sarcasmos.

—¡Déjame en paz! Al menos parecía buen tío...

Y saco a Manzanaúva de mi carrito. Meredith esboza una sonrisa triunfal que me fastidia, luego pasa lista al resto de los pretendientes.

—¿Qué? ¿Has seleccionado a Nutellado? Estás de bro-ma, ¿no? ¡No sabía que te hicieran tilín los adolescentes! ¡Solo tiene veintidós años, aún es un lactante! ¿Y ese? ¿Fun-ny Zebra? Más bien debería llamarse «Noway»... Menuda jeta de protagonista de una peli de Kubrick tiene este tío. ¡Es inquietante!

—¿No eres un poco dura con él?

—¡Hazme caso, que tengo buen ojo!

Albergo esperanzas cuando le presento a mi último favo-rito: Quentin.

—¡Mira este! Guapo, ¿eh?

Meredith le mira con lupa y lee su descripción. Hace su análisis en voz alta.

—Moreno... Bastante sincero en cuanto a sus medidas. No se inventa que tiene una tableta de chocolate o músculos quiméricos. Un poco de humor. No es como para tirar cohe-tes, pero vale. Por lo visto, lo entregan con desayuno en la cama, instrucciones y el vale para cambiarlo. ¡Puedes pro-bar!

—¡Por fin un poco de beneplácito! Y, además, lo de Quentin es una señal, ¿no?

Meredith frunce el ceño, descolocada.

—Ya sabes: Quentin significa «cinco» o «quinto».

—Sí, ¿y?

—Pues bien, yo nací un cinco de mayo. ¡Un cinco del mes cinco! Es un buen augurio, ¿no?

Meredith asiente educadamente.

—¡Claro, Rose, claro! ¡A por él!

Ahora que tengo su bendición, envío un mensaje a mi candidato a príncipe azul y le propongo quedar.

Escena 23

Meredith

Salgo del cuarto de Rose con una sonrisa. ¡Se merece tanto encontrar la felicidad! Espero que el tal Quentin esté a la altura...

Seguir las épicas aventuras de Rose en su búsqueda (bastante aleatoria) del amor a través de las redes me hace pensar en mi propia búsqueda: «crecer» para estar a la altura de mi historia de amor con Antoine. Crecer: ganar madurez en mi manera de abordar la relación amorosa. Crecer: descubrir el camino de mi realización personal. Crecer: liberarme de los fuegos mal apagados del pasado.

Todas esas formas de crecer podrían sellar la promesa que me hice de mejorar, costara lo que costase, mi amorabilidad, mi capacidad para amar mejor. Y antes que a nadie, ¡a mí misma! La otra noche estuve leyendo un libro apasionante de Fabrice Midal, filósofo, escritor y profesor de meditación. Su obra *Sauvez votre peau, devenez narcissique** le da la vuelta al mito de Narciso, un concepto hasta ahora negativo en el imaginario colectivo que remite a la atención excesiva a uno mismo. Fabrice Midal revela la existencia de un narcisismo positivo: el deseo saludable y beneficioso de detenerse

---

* [Salve el pellejo, vuélvase narcisista], Flammarion/Versilis, 2018.

en uno mismo, mirar en el interior y conocerse mejor, amarse tal cual se es, aceptar con cariño las imperfecciones y las cualidades propias y reconocer los méritos. Sé lo terrible que es luchar permanentemente contra uno mismo, volverte tu peor enemigo día tras día. Y he decidido izar la bandera blanca y firmar la paz conmigo misma.

Como la idea me parece divertida, me animo a redactar un tratado de paz.

Querida yo:

En este día del año 2018, declaro solemnemente que renuncio a la guerra infernal con mis creencias demasiado tajantes, con todas las ideas fijas y destructivas que almaceno en los depósitos de mi cerebro límbico y que son las responsables de un psiquismo bombardeado de dudas, atacado por los miedos, gaseado de culpa...

¡Yo, Meredith, te he comprendido!

¡Yo, Meredith, abro la puerta a la reconciliación!

¡Nunca antes que aquí y nunca antes que esta noche había comprendido cuán bello, cuán grande, cuán básico es amarse a uno mismo!

A partir de ahora me comprometo a:

Perdonarme las imperfecciones físicas y psíquicas.

Amar los fallos y las heridas del pasado.

Aceptar mi vulnerabilidad y mis momentos de fragilidad como si tuviera que cuidar de una paloma herida por un fusil de guerra.

Me comprometo por mi honor a respetar estos compromisos y, del mismo modo, a respetarme en todo tipo de circunstancias, a cuidarme, a erradicar los impulsos de autohostigamiento y a buscar sistemáticamente lo mejor para mi persona.

Reviso el texto y elijo mi mejor pluma para estampar la firma. Contenta conmigo misma, también decido dibujar mi propia bandera como emblema. La bandera de mi libertad interior. Para ello creo un personaje totémico inspirándome en el artista americano Keith Haring: un tótem de la nueva Yo sin complejos, con varios brazos y piernas, segura de su potencial, que ha multiplicado la confianza en sí misma. Mi personaje totémico es de color magenta y está perfilado con una gruesa línea negra. Lo he puesto en la parte izquierda de la bandera y ocupa un tercio, respetando así la regla de oro de un tercio y dos tercios; el resultado es armónico visualmente.

En el lado derecho añado bandas rojas, azules y amarillas: rojas por la energía y la pasión necesarias para mostrar lo mejor de mí; azules, para nutrir mi búsqueda de equilibrio, templanza y armonía; amarillas, para seguir fortaleciendo mi autoestima y la confianza en mí misma, mantener la energía positiva y alimentar la dinámica hacia la luz.

Observo mi creación: estoy bastante satisfecha. Está claro que no es una obra de Jasper Johns similar a su célebre *Flag*, la bandera estadounidense, pero algo es algo.

Me divierto imaginando este banderín clavado en la cima de mi consciencia. Ya está. Ahora hay un territorio nuevo que reconozco como mío donde mi confianza puede prosperar; tengo la intención de convertirlo en El Dorado.

¡Vibro de entusiasmo! A no ser que sea el teléfono que tengo en el bolsillo...

Antoine. Nuevo mensaje. Lo leo con impaciencia, como una cría de tres años que arranca el papel de un regalo de Navidad.

Mi amor. Besos nocturnos por todo tu cuerpo, tu cuello y lentamente, *lenguamente*, por tus zonas prohibidas...

Qué desilusión. Debería estar encantada, tranquila y emocionada porque él me desea, pero esas palabras me turban y aparecen miedos que ya creía enterrados. ¡No quiero ser un simple objeto de deseo! ¡Y pensar que hace dos minutos tenía un subidón de confianza en mí misma! Pero hay que tener en cuenta que en mi nuevo El Dorado aún subsisten algunos rebeldes a los que hay que expulsar.

Mi enemigo público número uno: el miedo a que Antoine solo esté enamorado de mi belleza. De una ínfima parte de mí. Que esté enamorado de una ilusión. Que descubra una especie de engaño. En fin, que le decepcione cuando por fin sepa cómo soy. O sea, poca cosa, de momento... De pronto los ojos me pican y se me cierra la garganta. ¿Otra mala pasada de mis tres falsas gracias?

Debo tener una reunión urgente con la peor de las tres, la señora Miedo, y atreverme de una vez por todas a hablar con ella.

Me meto de un salto en la cama y me tumbo boca abajo. Saco mi Organizador de Amor y la llamo para ajustar cuentas. Ya estoy harta de que el miedo a no estar a la altura me tenga esclavizada. ¡Es hora de ponerle fin! La señora Miedo aparece como una visión fantasmagórica, entre una nube de polvo grisáceo del *Far West* (por lo de El Dorado) y rodeada de un halo luminoso (es el alumbrado de la imaginación). Está de espaldas y solo veo dos trenzas gruesas que le caen sobre los omóplatos. Lleva una casulla negra de florecitas blancas y rosas encima de una camiseta blanca de manga corta. ¿La señora Miedo es una niña? Juega a la rayuela a la pata coja, al lado del *saloon*. Sonrío. Pero justo cuando va a llegar a la última casilla, tropieza, se tuerce el tobillo y sale rodando por el suelo. Acudo en su ayuda y me agacho dispuesta a socorrerla, pero su mirada sombría me deja petrificada. Parece una niña tétrica de una película de miedo.

—¡Me he hecho daño por tu culpa! ¡También es culpa tuya que nunca llegue a la última casilla!

Encajo el golpe con una desagradable sensación. Comprendo que su última casilla es mi planeta Felicidad... Está claro.

—¿Qué dices? —balbuceo.

Cada vez llora más y me siento fatal. ¿Por qué siempre hay alguien que aprieta el maldito botón de la culpabilidad? Se seca las lágrimas con la manga.

—¡Por fin vienes a verme! ¿Sabes cuánto tiempo llevas pasando de mí y dejando que me pudra en un rincón?

—No, no, te aseguro que...

—¡Calla! Ya sé por qué has venido... Te aterra que tu novio no te quiera de verdad, ¿a que sí?

—Puede ser...

—Lo que pasa es que estás convencida de que no eres lo bastante interesante como para ser la mujer de su vida. ¿Sí o no?

Bajo la mirada, desconcertada.

—¡Contesta a la pregunta!

¡Vaya, mi miedo tiene una voz potente!

—¡Vale, supongamos que tienes razón! ¿Qué me sugieres que haga?

—¿A cuándo se remonta este miedo de no estar a la altura de las expectativas de las personas a las que quieres?

Me estremezco con la pregunta. Visualizo una escena: yo, de pie frente a mis apenados padres, que leen el mensaje del director del colegio y el desastroso boletín de notas: «No trabaja. No se esfuerza lo más mínimo. Resultados muy preocupantes».

Aquel día, el adjetivo calificativo «decepcionante» se marcó a fuego en mi piel. Los años siguientes estuvieron salpicados de experiencias similares. Hasta que se convirtió en una parte de mí.

La niña se suena ruidosamente, dejándome tiempo para asimilarlo.

—¡Por fin lo has entendido! ¡Los miedos de ahora no aparecieron ayer! El temor a que Antoine no esté orgulloso de ti, que termine por cansarse y que te deje, es una especie de goma elástica psíquica que te catapulta al pasado. En realidad estás repitiendo y reviviendo los miedos y las emociones desagradables de antaño. *Capiche?* Voy a decirte lo que tienes que hacer: atrévete a hacer espeleología en tu pasado...

—¿Espeleología?

—¡Sí, espeleología! ¡Que no te enteras! Debes bajar a la cueva de tus recuerdos, en rapel, como se hace en la espeleología: te atas y bajas a ver qué hay en las galerías del inconsciente y de la memoria para averiguar qué ha originado esos miedos.

—¿En serio? ¿Te crees que llevo toda la vida haciendo eso y que va a estar chupado?

—Me esperaba esta reacción —me interrumpe burlona—. Vamos a ver, no es tan difícil: en vez de quedarte pensando en las musarañas, puedes soñar despierta con algo útil. ¿Sabes meterte en un estado de semisueño? Conecta el cerebro con recuerdos infantiles en los que te hayas sentido insegura o te hayan hecho daño...

—Vale, ¿y luego?

—Pues anotas todo lo que sientas en tu supercuaderno.

Señala mi Organizador de Amor.

—¿No crees que sacar a la luz todos esos recuerdos va a tener el efecto de una caja de Pandora?

—Solo lo ves tú...

—¿Y si después me siento peor?

—¿Qué haces cuando te rompes una pierna?

—Voy al médico.

—Pues ahí tienes la respuesta.

¡Me pone de los nervios!

Se levanta de un salto y me mira con un desprecio que me saca de quicio.

—Tampoco esperes milagros. ¡No podré apartarme de ti de la noche a la mañana! Pobrecilla, ¡aún vamos a seguir pegadas unos cuantos años!

Siento que me estoy enfureciendo y me dan ganas de poner en su sitio a este mal bicho.

—¡Oye, ya está bien! ¡Al menos podrías hablarme como es debido!

—¡Ah, por fin quieres que te respete! Es un buen comienzo...

Y el mal bicho se aleja.

Me doy cuenta de algo: un estallido de sano enfado es mucho más beneficioso que revolcarse en la tristeza y el abatimiento. El «enfado justificado» proporciona energía positiva cuando se usa para un buen fin, como una reacción para atreverse a cambiar.

¡No voy a permitirle a mi pasado que gangrene mi presente! Desde hoy mismo, decido no otorgarle esa facultad.

También tengo que dejar de decirme cosas malas. Y desterrar la famosa profecía del fracaso, a la que he dado cuerda durante muchos años. En definitiva, esconderme tras esos miedos para no tomar las riendas de mi destino de una vez por todas no me beneficia en nada.

¿El fracaso es inevitable? Por supuesto que no. Las heridas del pasado no son más que trampas para lobos escondidas entre montones de hojas. A veces se nos olvida que están ahí, las pisamos y se nos clavan dolorosamente en el tobillo. Yo caigo en la trampa cada vez que pienso que soy una mediocre que nunca conseguirá nada, cada vez que le doy la razón a mis padres sobre mi destino de patito feo... Pero, en realidad, las trampas se pueden inutilizar.

Con un palo, ese que de ahora en adelante voy a esgrimir, mandaré a paseo a esa maldita creencia y la sustituiré por otra mucho más positiva: atreverme a emprender el camino de los sueños que encajan conmigo. Observo todas las páginas que he rellenado en mi Organizador de Amor, mi tratado de paz conmigo misma y la bandera de mi libertad interior. Estoy muy orgullosa: he trabajado mucho.

Escena 24

Rose

Tengo al «señor Quinto» enfrente de mí. Alias Quentin. Hemos quedado al atardecer frente a la abadía de San Víctor, tras advertirme de que llevaría un sombrero negro para que le pudiera reconocer. Cuando llego, no me decepciona: un ambiente digno de una película de serie B. No se quita el Borsalino para darme dos besos (sí, es un sombrero poco usual) y me mete el ala en un ojo.

—No es nada —miento mientras me seco una lágrima de dolor y me masajeo el ojo.

Empezamos bien. Me toma del brazo espontáneamente para llevarme no sé dónde. Esto me molesta. Cuando le pregunto, pone cara misteriosa y susurra: «Ya verás. Ya verás»; en otras circunstancias sería divertido, pero, en estas, me provoca una aprensión que preferiría ahorrarme. Como no lo conozco de nada, no me quedo tranquila con tanto misterio... Pero, como siempre, exhibo una gran sonrisa para despistar.

—Sonríes todo el rato. Qué agradable.

No le cuento que en ese preciso momento estoy calculando las posibilidades de que forme parte de la estrecha franja de la población de los asesinos en serie, antes de decirme a mí misma que soy una pobre idiota. Me acuerdo de los consejos de mi madre: «Hija, cuando estés sola con un hombre en circunstancias incómodas, camina muy deprisa y maréale con palabras, ¡te puede sacar de un apuro!».

Me pongo manos a la obra y suelto todas las banalidades que se me ocurren mientras camino a paso ligero.

—Eres muy... ¡locuaz!

Ya está mareado. Lo sé porque me mira de reojo algo preocupado. Ahora es él quien tiene miedo de estar con una pirada. Por suerte, el mal rollo se disipa cuando llegamos a lo que parece nuestro destino. ¿Una pizzería? ¿Para una primera cita? ¿Está de broma? Trato de disimular mi decepción mientras entramos.

Con un gesto algo autoritario, me indica que espere sin moverme, y luego se acerca al encargado y le susurra algo. Todo me parece cada vez más raro y estoy a punto de salir pitando. De lejos, solo oigo decir al hombre que está detrás de la barra:

—¿Tiene el código?

Y Quinto le cuchichea algo al oído. Me hace una señal seca y viril con la cabeza, un «Ven aquí, muñeca» inapelable. Finjo muy bien que estoy relajada pero, en realidad, estoy espantada. ¿Por qué tiene que atraerme este individuo de rostro patibulario? Unas cejas espesas refuerzan una mirada oscura muy brillante, una barba espesa y recia como una cuchilla de afeitar... ¿Virilidad o machismo? ¿Un tipo asalvajado o un salvaje a secas? ¿Por qué me da miedo y me atrae a la vez? Menos mal que no me ve acariciar el amuleto de peluche que escondo en el bolsillo y que me regaló mi hija cuando me fui...

Llegamos al final de un corto pasillo y... sorpresa: una estantería se abre y detrás aparece una escalera. Él observa impaciente mi reacción por el rabillo del ojo y, por su mirada satisfecha, le imagino diciendo después de hacer el amor: «¿Qué? ¿Contenta?».

Subimos al piso de arriba y descubro un sitio curioso, una especie de cafetería con el encanto de los bares de antaño: bancos de escay, sillas rústicas de madera y, en las paredes, viejas fotos de algunas personalidades emblemáticas de la ley seca.

—Es un restaurante clandest...

—¡Chisss! —exclama disgustado, como si hubiese hablado demasiado alto. Luego se ríe, contento de la broma—. Sí, se llama Il Clandestino. ¿Te gusta? —pregunta con voz melosa.

Recorro la estancia con la mirada y me fijo en el piano antiguo, en el Borsalino... Debo reconocer que el lugar me seduce. Una amable camarera nos instala: tengo a Al Capone a mi derecha y a Quentin-Quinto enfrente. Veo que clava sin reparos la mirada en mi pecho y constato con pudor que, al quitarme el abrigo, se me ha soltado un botón de la camisa.

—Absolutamente encantador —resopla.

Elevo los ojos al cielo para mis adentros.

—¿Llevas mucho tiempo entrando en páginas web de ligue?

Intento eludir la pregunta.

—Hummm... Diría que va por rachas... ¿Y tú?

—Sí, no te voy a engañar. Ya he tenido varias aventuras... Pero tú eres como muy... eres...

Busca las palabras que den en la diana, pero se las habrán birlado por el camino porque no las encuentra y, finalmente, agarra mi antebrazo para desviar la atención. Entonces comienza un vaivén de rozamientos de todo tipo para que me haga una idea de su potencial sensual. Dudo entre partirme de risa o quitarme el brazo de encima sin contemplaciones. Me contengo: si quiero terminar la noche acompañada, tengo que poner de mi parte. Así que me libero con un movimiento suave. Pedimos. Esta noche hay pecado de gula. Y por cómo me devora con los ojos, ya sé quién va a ser el postre...

Escena 25

Meredith
Cuenta atrás: -132 días

Veo a Rose aterrizar en casa a las nueve de la mañana, totalmente abatida y con el ceño fruncido. Más vale no decirle
nada. Sin ni siquiera mirarme, tira el bolso y se encierra en su
cueva dando un portazo. Una gran velada, al parecer. Yo no
estoy de mejor humor. He pasado muy mala noche por el último mensaje que recibí ayer de Antoine, que sigue hablándome con un registro erótico nada disimulado. ¡Estoy harta!

> Hoy, visita con las autoridades al Palais de Tokyo, pero
> soñando todo el tiempo con el palacio que está en tu
> boca...

Sí, incluso me siento un poco... ¡sucia! Sé que su intención
no es hacerme sentir como una mujer de dudosa reputación,
pero este tipo de mensaje me agrede, a mi pesar. ¿Quizá no
soy lo bastante abierta de mente? ¿No se trata de un pudor
fuera de lugar, en pleno siglo XXI? Estas preguntas ridículas
me han impedido conciliar el sueño y un insomnio traidor me
ha mantenido despierta hasta el amanecer. He probado de
todo: la infusión Buenas Noches (que cumple su promesa diu-
rética pero no la onírica); los gránulos homeopáticos de pasi-

flora (tan eficaces como una cuchara para talar troncos); rociar la almohada con una esencia relajante (una caricia para la nariz pero incapaz de relajar una mente nerviosa)... Todo, lo he probado todo. He tirado la toalla y me he inventado un método para aprovechar el insomnio: la «gimnio», o gimnasia de insomnio, que consiste en contraer y relajar las nalgas tumbada boca arriba mientras se cuentan los movimientos. El culo en vez de las ovejitas, no es ninguna tontería. Así he logrado que el insomnio fuese menos cruel y que incluso valiera para algo: vale, no me libraré de las ojeras, pero al menos tendré un trasero bien definido...

Por la mañana intento concentrarme en el trabajo para pensar en otra cosa y, sobre todo, para avanzar en mi proyecto secreto de espectáculo: una salida, un grial, los galones de mi orgullo personal... Con los ojos clavados en la pantalla del portátil, empiezo a dar forma a los textos de mi primer monólogo en solitario, al que de momento llamo «proyecto Cupido».

Mi concentración es ligera como el viento. Entorno los ojos, a veces eso ayuda, y luego vuelven a distraerme unos molestos ruiditos. Toc, toc, toc. Ras, ras, ras. Levanto la vista y veo el extraño deambular de Roméo. Da vueltas por la habitación como loco, con las pupilas dilatadas, buscando frenéticamente trozos de comida o piñas que después coloca como una ofrenda frente a la puerta de su ama, cuyo sufrimiento ha captado. Da golpecitos con el pico en el marco de la puerta y repite como un obseso: «puparosepuparose». El malestar matinal de su amiga le resulta insoportable. Un loro hipersensible, lo que nos faltaba. Dejo el trabajo para ir a donde está, lo cojo en brazos y le acaricio con cariño para que se calme.

—¡No te preocupes, grandullón! Tu ama está bien... Solo necesita dormir un poco...

Mi voz parece que le tranquiliza. ¡Anda! ¡Hay que ver cuánto le gustan mis caricias! Al cabo de un rato, su cuerpo se agita de placer entre mis brazos. Justo entonces Rose decide salir de su cuarto.

—¿Ya estás despierta? —balbuceo, avergonzada porque me ha pillado en flagrante delito de mimo loril.

Ella le lanza una mirada sombría al pájaro.

—¡Incluso él me es infiel!

—Pero ¿quién te es infiel?

—Buah, ¡nadie me es infiel, pero que sepas que estoy hasta las narices de los tíos!

Lo recalca golpeando con fuerza el armario de la cocina, por si alguien no ha captado su humor de perros.

—¿Quieres hablar? —murmuro como quien no quiere la cosa.

La conozco, no hay que presionarla.

Rose se encoge de hombros como diciendo: «para qué». Dos tazas de café más tarde noto que necesita soltarlo. No puede aguantarse más el relato de lo que pasó anoche. Roméo, ya tranquilo por el estado de su ama, retoma sus vocalizaciones. Con esta banda sonora tan original, Rose me cuenta «la aventura de Quentin el Quinto».

— ... Y entonces, cuando llega la hora de pagar la cuenta y el camarero aparece con el datáfono, él tiende la tarjeta y yo pienso: «Mira qué bien, todo un caballero». Ya estaba sumando treinta puntos a su contador cuando va y suelta, con absoluta desenvoltura, un horroroso «Pagamos a medias». Mis fantasías románticas se pegaron un tortazo de aúpa. ¡Sin mencionar la mirada afligida del camarero! Qué humillante...

Me fijo en sus pupilas de color negro y miel y descifro lo que está implícito. El peso de su autoestima herida, su sensibilidad femenina dañada por las maneras poco elegantes de algunos. La rabia se refleja en sus ojos. ¿Qué hay que hacer para tener derecho a una consideración legítima?

—¿Y qué hiciste?

—¿Qué iba a hacer? ¡Pues pagar mi parte!

—Vaya... ¿Y luego?

—¡Lo peor de todo es que seguí haciendo el teatrillo de la chica encantada de la vida que se lo está pasando fenomenal con un hueso de setenta pavos atravesado en la garganta!

—¡Pobrecita mía! ¿¿Y después??

—No me enorgullezco de lo que pasó luego... ¡Me dije que, ya que había tenido que aguantar todo eso, no iba a desperdiciar la ocasión! Así que tuvimos la típica secuencia: morreo en el portal, magreo en el ascensor y despelote en el recibidor...

Rose se levanta para servirse una tercera taza de café mientras gesticula con las manos para darle vida a las escenas.

—Bueno, ¿y cómo estuvo?

—Al principio bastante bien... Labios ardientes, manos hábiles... Pero luego todo se fue al garete... Me desnudó en dos tiempos, con tres movimientos en el recibidor, y luego me levantó para llevarme al dormitorio. En ese momento incluso me parecía divertido. Después me tiró sobre la cama y...

—¿¿¿Y???

Rose lleva cinco minutos haciendo añicos un trozo de papel de cocina para aplacar los nervios. Luego se pone a juguetear con las bolitas absorbentes, incapaces de empapar su desilusión.

—Pues que se transformó en *Bad Sex Monopoly*.

Rose se explica.

—«Has sacado la carta de la mala suerte: no pasas por la casilla de los preliminares, no llegas al séptimo cielo y vas a parar directamente a la cárcel... ¡¡Y, de regalo, las esposas de peluche del señor!!».

Muy tragicómico.

—¡Qué dices! ¿Te puso las esposas? ¿En serio?

Rose asiente con un gesto melodramático que, en otras circunstancias, me hubiera hecho reír.

—¡Y eso no es todo! Lo de las esposas podría haber tenido su gracia. ¡Lo que no fue tan gracioso es que tomara mis piernas por unas cerezas y se las colgase detrás de las orejas! Y que luego interpretara en solitario *Le temps des cerises* en versión acelerada, dejándome en la cuneta. Esa donde no hay placer, sino malestar.

—¡Ay, pobrecita mía! ¿Y por qué no le paraste?

—No lo sé... Soy incapaz de imponerme en la fogosidad del momento. Lo peor fue cuando, inmediatamente después, se desplomó sobre mí como un burro muerto. Tenía... Ay, me cuesta decírtelo... ¡Tenía mi propio pelo empapado de su sudor! ¡Puaj! ¿Te das cuenta? Lo que pasó a continuación, como imaginarás, fue lo típico: se dio la vuelta, contento de sí mismo y de su actuación. ¿Cómo es posible que aún haya hombres que piensen que esa especie de esprint mecánico nos puede llevar al séptimo cielo?

Es de locos...

Pienso un momento en Antoine, quien, gracias a Dios, nunca me ha tratado así. Y aunque me molesten sus últimos mensajes subidos de tono, debo reconocer que es, de lejos, el mejor amante que he tenido, y también el primero que ha sido realmente atento y se ha preocupado por complacerme. ¿Hacer bien el amor no es, antes que nada, intentar ser amor para el otro? También he tenido con él mis primeros orgasmos simultáneos, lo admito. Antes siempre tenía una cierta contención. No me atrevía a abandonarme del todo. Algunos amantes me han inhibido durante el acto sexual por su presión descomunal ante el orgasmo. ¿Lo peor que he escuchado? «¡Vamos, córrete ya!», o: «¡Date prisa! ¡Te estoy esperando!». Cuando estoy sola nunca tengo problemas para obtener placer. Sin embargo, con un hombre, a veces el miedo a no alcanzar el orgasmo o a tardar demasiado es especialmente agobiante.

Incluso en ese lugar íntimo donde solo deberían tener cabida el cariño y la pasión, la presión por el éxito sale a la luz, tanto por parte del hombre como de la mujer. Estar a la altura, quedar bien... ¡Aun a riesgo de arruinarlo todo! Bloqueos, fallos, dificultades varias... Todo porque pretendemos HACER el amor en lugar de SER amor.

—¡No me explico cómo seguimos así! ¿Por qué no se preocupan por prestar al otro más atención? Ante todo, crear un ambiente de complicidad íntima, conectarse con las sensaciones y los deseos y no buscar otros resultados, solo dar y compartir.

—¿Y tú cómo crees que podría suceder ese milagro? —pregunta Rose.

—Bueno, pues, por ejemplo, frenándose un poco. Y, por qué no, permitiéndose ser más sensual que estrictamente sexual. Estaría bien sincronizar los relojes: recordar a los hombres que la mayoría de las mujeres son clitorianas y que, de una u otra manera, necesitan al menos veinte minutos de estimulación continua para llegar al orgasmo, y que es difícil que suceda la «combinación orgásmica» sin la asociación mágica penetración-clítoris.

Rose se ríe de mi parrafada, que le trae algunos recuerdos.

—¡Me acuerdo de un tío, hace unos años, al que le molestaba que le acariciase mientras me penetraba, y prefería agarrarme las manos y sujetarlas debajo de mi cabeza!

Las dos nos partimos de risa.

—Aun así, es probable que a algunos hombres los incomode que, «técnicamente», el placer femenino pueda ser autónomo y se les escape en cierta manera. ¡Para que el placer femenino llegue a buen puerto, se necesita mucho más que un miembro masculino esgrimido como *Excalibur*!

Sigo hablando sobre la importancia de emplear los cinco sentidos para que los encuentros tengan otra dimensión, algo con lo que Rose está totalmente de acuerdo. El poder de las palabras, las intenciones del tacto, la estética visual, el ambiente sonoro, el olor de los cuerpos... ¡Todos esos parámetros dotan de una mayor sutileza y profundidad a la relación íntima!

—Por desgracia, el erotismo femenino es más misterioso que un templo inca, y no hay muchos que lo exploren —digo.

La tristeza vuelve al rostro de Rose. Está cansada de malas experiencias, de los «bodrios sentimentales», como ella los llama. Sabe que esas relaciones esporádicas tapan un agujero para engañar al vacío, para colmar provisionalmente una espera interminable y esconder una verdad insoportable: el amor no ha llegado a su vida. Y no tiene valor para enfrentarse a ese vacío. Prefiere «rellenarlo», incluso con tipos tan insignificantes como Quentin el Quinto.

—Creo que nunca encontraré a una buena persona.

—¡Déjalo ya, Rose! Por supuesto que hay alguien que te espera, y no tardará en llegar, estoy segura...

—Di lo que quieras, pero... Lo veo claro... Pasan los años... ¡y nada de nada! Bah, seguro que acabaré sola...

Roméo no parece estar de acuerdo y hunde el pico en el cuello de su ama en busca de caricias.

—¡Fíjate! ¡Aquí tienes a uno que quiere estar contigo!

Rose se suena ruidosamente. Justo entonces llaman a la puerta. Voy a abrir. Un mensajero. Con un ramo enorme envuelto en un precioso papel metalizado rosa y blanco.

—Eh... Rose, creo que es para ti.

Le doy las gracias al mensajero y le llevo el regalo a Rose, que abre los ojos como platos, incrédula.

Es un ramo enorme... ¡de cruasanes! Sí, sí, de cruasanes de mantequilla clavados en unos tallos metálicos y rodeados de hojas y algunas flores de azúcar.

—Pero... ¿quién me envía esto?

Se apresura a leer la nota.

Tantos cruasanes como mañanas lejos de ti desde que te marchaste. ¿Por qué regalar rosas si ya estás con la más bella de todas?

—¿Un admirador? ¡Qué suerte tienes!

—Es... Es Pincho...

—¿El chico amable? ¿Ese de París?

—Ese, sí...

—¡Pues qué atrevido! Una toma de contacto muy original...

Rose se queda pensativa.

—Lástima que no me guste.

—¿Seguro que no?

—A ver, besa bien, pero...

—¡Mira, ya es algo!

—Quita, quita. No me interesa.

Coge un cruasán y le pega un buen mordisco. Sus labios esbozan una sonrisa. El deleite de la mantequilla, ¿o el deleite de saberse deseada?

Escena 26

Antoine

Me levanto Meredith. Como Meredith. Me acuesto Meredith. Annabelle, mi mejor amiga, le llama a eso «el blues del *Loverman*», lo cual le hace mucha gracia. En realidad es menos divertido de lo que parece, sobre todo cuando tu objeto de deseo se encuentra a mil kilómetros de distancia. Ya llevo más de dos meses sin ver a la mujer de mi vida, y su ausencia es cada vez más cruel. Sobre todo porque, desde hace varios días, sus mensajes me parecen un poco más distantes. Noto una especie de contención que no entiendo. ¡Mis mensajes son apasionados para que comprenda que la distancia no hace mella en mi deseo! ¡Incluso lo aumenta! Algunos días, la duda me acecha: ¿y si se estuviera apartando de mí poco a poco? No soporto la idea, así que ejecuto los gestos cotidianos como un autómata algo desajustado. Me levanto, echo algo de café molido en la cafetera, cojo una camisa cualquiera, en la emisora doy unos buenos días que suenan a despedida por las ganas que tengo de estar en otra parte. De estar con ella, sin más.

Me miro la cara en el ascensor. ¿Se nota cuando estás enamorado? No lo sé, pero creo que sí se huele. Como si el cuerpo emanase algo que atrae al otro sexo. Lo digo en serio: nunca había tenido tanto éxito con las mujeres de la emisora.

¿Qué ven en mí que no tenía antes? ¿Tal vez esa pinta de estar en las nubes, de ser inaccesible, mi tendencia a desviarme de las preguntas que me hacen, la casilla invisible que está marcada e indica que ya no estoy libre y, por tanto, soy endiabladamente más excitante? Desde que estoy con Meredith, mi piel despide otro olor y mi cuerpo, efluvios afrodisíacos.

Me divierto con el juego de seducción de las chicas de la emisora. Las veo merodear mientras intento trabajar. Me rozan, se ríen más alto, se quedan hasta más tarde para terminar informes de una urgencia menos real que sus ganas de coqueteo. Entre ellas percibo miradas de coto de caza. Su desfile no me deja indiferente, a mi pesar. Y el atractivo de mis merodeadoras me regala los ojos y los sentidos. Estos llevan varias semanas sometidos a una dura prueba. ¡Qué fácil sería llevarme a casa a una de esas tentaciones, olvidarme entre los brazos de otra mujer de la infernal cuenta atrás de Meredith, dejarme llevar, entrar en una espiral embriagadora sin pensar en un mañana! Pero no. Sigo siendo un hombre de una sola mujer. Por ella, estoy explorando el significado de la palabra «estoico».

Aparto mis fantasías con un gesto brusco y vuelvo a precintar mi corazón, concediendo a Meredith la autoridad judicial sobre él.

Escena 27

Meredith
Cuenta atrás: -115 días

Como cada domingo desde hace varias semanas, me dirijo al teatro Acrostiche. Ya estamos en la recta final. Solo quedan tres días de actuación. Después, Rose y yo pasaremos por París antes de irnos a Lille para seguir con la gira de *Las tiparracas*. Reconozco que no me entristece que terminen las representaciones marsellesas. Siempre hay algo positivo en cualquier experiencia, pero aquí el resultado no ha sido muy satisfactorio: el teatro no ha conseguido atraer a multitudes precisamente. Pero Rose y yo no nos hemos venido abajo. En cada pase lo dábamos todo. Por desgracia, el presupuesto para publicidad era casi nulo y nosotras no somos muy populares, lo que de entrada es un doble obstáculo.

Henri Bosc, el dueño, se acerca al camerino.

—Esta noche tampoco hay mucha gente, así que vais a tener que meter más caña para crear ambiente, ¿vale, chicas? ¡Cuento con vosotras!

Qué cara más dura. Somos actrices, no magas.

Frente a un espejo rodeado de luces, me concentro en maquillarme para la actuación y de paso olvidarme del fastidio de actuar en esta sala cochambrosa. A medida que me caracterizo, cambio de actitud. Me concentro en pintarme la raya con el delineador debajo de las pestañas, un gesto que me tranquiliza. Rose está detrás de mí haciendo unas curiosas gárgaras para calentar la voz, lo que me provoca una sonrisa. De la misma manera que yo necesito parar y realizar mi ritual de gestos tranquilizadores, ella necesita movimiento para ponerse en situación. Así que recorre el camerino de punta a punta, juega al hula-hoop con la pelvis o hace estiramientos rocambolescos.

—Ya os toca, chicas. ¿Listas?

Normalmente, en este punto es cuando se me encoge el corazón. El miedo y yo caminamos a oscuras entre bastidores. Estiro el cuello para ver cuántas personas hay en la sala. ¡Esta noche tampoco vamos a cambiar el curso de la historia! Rose y yo intercambiamos una mirada de complicidad y chocamos discretamente las manos. Vamos allá.

¡*Las tiparracas* van a ser la bomba, aunque solo haya quince espectadores! En cierto momento, pedimos que intervenga alguien del público. Elegimos a una persona al azar que sube al escenario mientras realizamos un *sketch*. A la gente le gusta mucho este tipo de interacción. Cuando el foco ilumina los rostros en la platea y bajo a elegir a alguien, recorro con la mirada al público; entonces, por segunda vez en menos de una hora, se me encoge el corazón: veo en la tercera fila a... ¡Antoine!

Me invade un tropel de emociones. Y durante un instante pierdo la compostura. Rose ha debido de notar mi vacilación y viene en mi ayuda. Reconoce a Antoine, también se queda de piedra pero enseguida continúa. *The show must go on.*

Elegimos a un señor con pinta de leñador canadiense que se parte de risa cuando sube al escenario, visiblemente contento y encantado de ser el protagonista. Algo es algo. Trato de olvidarme de cómo me ha mirado Antoine. Intento seguir interpretando a mi personaje cueste lo que cueste; ser profesional hasta el final. Pero es muy difícil y perturbador. Cuando, por fin, llegamos a la última réplica del espectáculo, siento un alivio inmenso y me despido con una sensación de liberación.

Echo a correr detrás del escenario y cierro deprisa la puerta del camerino para estallar ante Rose.

—¡Joder! ¿Has visto? ¡Antoine! ¿Qué hace aquí? ¿Tú lo sabías?

Me jura que no. Parece estar tan desconcertada como yo.

—¿Qué? ¿Estás contenta? ¡Una sorpresa fantástica!

Se le hiela la sonrisa cuando ve mi cara de cabreo.

—No te entiendo, Meredith. Llevas semanas hablándome de Antoine sin parar, diciéndome cuánto le echas de menos, ¡y ahora que está aquí reaccionas como si fuera un apestado!

—Sí, pero...

Llaman a la puerta. Se me hiela el corazón. Seguro que es él. Rose me indica con señas si puede abrir. Aparece Antoine. Lleva un pequeño ramo de rosas negras y blancas. Se ha acordado de que odio las rojas. Le miro de arriba abajo. Está guapo. Muy elegante sin pasarse. Lleva unos vaqueros ajustados, una americana negra de rayitas grises, casi invisibles, y un chaleco de vestir encima de una camisa blanca. Y, como colofón, unos preciosos zapatos negros encerados con cuidado. Está increíble. Me mira sin pestañear. Su mirada dice mucho de las últimas horas, es la mirada intensa y cansada de un hombre que ha pensado mucho y esperado mucho.

Pero no me acerco a él. No le sonrío. Me invade la ira, como me pasó en la sala. Rose intuye la que se avecina.

—Bueno, yo os dejo, ¿vale? Hasta luego...

Le agradezco el detalle. Se marcha y me vuelvo para darle la espalda a Antoine.

—¡Menudo recibimiento!

Me quedo helada por el sarcasmo y la tristeza de su voz. Pero no lo puedo controlar: estoy enfadada con él.

Percibo que da un paso hacia mí.

—¿Qué te pasa, Meredith?

— ...

—¡Di algo, maldita sea! ¿No te alegras de verme?

Noto cierto desamparo en su pregunta. Me siento fatal por hacerle esto, pero no puedo reaccionar de otra forma.

Me aferro a mi mutismo hasta que él me da la vuelta para obligarme a mirarlo. Tengo los ojos llenos de lágrimas. Trato de ignorar la suavidad de sus cálidas manos sobre mis hombros y agacho la cara, no dejando que vea más que una parte de mi pelo revuelto. Le aparto y me refugio en un rincón del cuarto para poder hablar.

—Antoine, ¿por qué has venido? —Mi voz tiembla—. No quería que aparecieses sin avisar para darme una sorpresa en una noche como esta...

—¿Qué le pasa a esta noche, Meredith? —pregunta ya enfadado.

Pierdo los papeles.

—¡Una noche patética, Antoine! ¡Una noche con cuatro gatos en la sala! ¡Una noche en la que me ves, una vez más, como una actriz de segunda! ¿Lo entiendes?

Él encaja el golpe y deja que se instale un silencio entre nosotros.

—¡Me da absolutamente igual! ¿Crees que eso me importa? ¿Aún sigues así?

—¡Pues sí! —le espeto—. Continúas sin entenderlo. ¡Necesito que estés orgulloso de mí, necesito triunfar, demostrar de lo que soy capaz!

Se acerca para intentar calmarme. Doy un paso atrás. Él frunce el ceño ante otro gesto de rechazo.

—Ya estoy orgulloso de ti, Meredith. Eres la única que no lo ve.

—¡Lo sé, gracias! —contesto cortante.

No lo necesito para recordar mi falta de autoestima.

—Entonces ¿esto es todo lo que tienes que decirme después de haber cruzado Francia para aplaudirte y estar contigo?

— ...

—Muy bien... Ya veo que las dos partes no tienen las mismas ganas...

Exploto.

—¡Venga, hablemos de tus ganas! Has venido porque estás deseando echar un polvo, ¿verdad? Lo he captado en tus últimos mensajes. ¡Lo cierto es que tú no me necesitas, Antoine, sino que necesitas sexo y punto!

Se me caen algunas lágrimas al recordar esos mensajes repletos de insinuaciones eróticas.

Él aplaude cínicamente.

—¡Bravo! ¡Nunca me habían dicho esto! Pues sí, Meredith: has descubierto que soy humano. Y sí, maldita sea, te deseo. ¡Me apetece estar contigo y, sí, me mata esta separación, si quieres saberlo! ¡Y no, no me interesa tu culo y punto! Estoy harto de que no pares de dudar de mi amor.

Se va poniendo cada vez más nervioso y estalla.

—Y además... ¡mierda! ¡No sé qué hago justificándome!

Abre la puerta del camerino y se marcha dando un portazo.

Me quedo sola con mi estupidez. Una de las dos está de más. El silencio me aplasta. Decido correr tras él vestida de *tiparraca* con su boa rosa, su tutú y sus medias multicolores.

Escena 28

Antoine

Salgo disparado del teatro, empujo a un tipo y le tiro la cerveza al suelo. Oigo las protestas mientras me precipito hacia la calle, furioso. Hundo los puños en los bolsillos con tanta fuerza que me sorprende que no se rompan. Una llovizna asquerosa me congela la cara y la humedad se cuela por la mínima abertura. Me alzo el cuello para paliar el frío. Un paquete de tabaco vacío y aplastado yace en el suelo. Le pego una patada para aplacar los nervios y sigo mi camino por las calles tragándome mi rabia. ¡Qué idiota soy! ¿Por qué tuve la estúpida idea de presentarme sin avisar? Tendría que haberme imaginado que no le iba a gustar ni un pelo. Menudo jarro de agua fría. Estoy enfadado conmigo, estoy enfadado con ella. ¿No se da cuenta de que sus dichosos complejos lo están estropeando todo? Y pensar que el reencuentro podría haber sido mágico... ¿Y qué ha hecho ella? Ha machacado mi alegría. Cada uno de los reproches con los que me ha acribillado ha sido una bala dolorosa.

Mi teléfono vibra dentro del bolsillo. Es ella. Paso de todo. No tengo ganas de contestar. Dejo que suene. ¿Con lo que acaba de hacerme? Tengo un agujero enorme en el corazón con una especie de ventilador que ha succionado mis buenos sentimientos.

¡Vaya mierda de tiempo! Hay días así. Cínico, le ruego a la persona que se está divirtiendo conmigo en algún lugar del planeta que deje de clavar agujas en mi muñeco de vudú.

Otra vez el teléfono. No lo cojo. Insiste. Sigo sin cogerlo. Noto una bola de rabia en la garganta. Me la imagino con la cara descompuesta intentando arreglarlo. Siento un hormigueo en la punta de los dedos y me obligo a no responder. Escondo el teléfono en el bolsillo interior del abrigo. Ahí se queda, enterrado. Le dirijo un RIP mudo a mi historia de amor y ahora mi única obsesión es huir. Lejos. Rápido, llegar al hotel, hacer la maleta y coger el primer tren que salga. Con un poco de suerte, pillaré el último de hoy.

Escena 29

Meredith

Corro por las calles buscando a Antoine. He preguntado al dueño si ha visto por dónde se ha marchado. «Por la izquierda —me ha contestado—. ¡Y dile que podría disculparse por el alboroto!» Pienso para mis adentros que no es el mejor momento para eso. La llovizna me nubla la vista, a no ser que sean mis lágrimas de rímel. No solo me duelen los ojos... Una niebla poco habitual para la región flota en el aire y convierte a los transeúntes en figuras fantasmagóricas. Que me miran de forma extraña y se apartan a mi paso. Tienen motivos para asustarse al ver mis ojos confundidos y enloquecidos, así como el estrambótico disfraz de *tiparraca*. Doy vueltas y más vueltas por las calles del barrio. Ni rastro de Antoine. Intento hablar con él por teléfono, claro, pero no lo coge. Mis llamadas resuenan desesperadamente en la nada. Mi corazón está hecho puré. No quiere hablar conmigo. Lo he estropeado todo. Su silencio demuestra hasta qué punto le he hecho daño. Me dejo caer en un bordillo y lloro a lágrima viva.

Me llaman por teléfono. Doy un respingo. Pero no es él. Solo Rose. Descuelgo.

—¿Dónde estás? —grita por el auricular—. ¡Me va a dar un ataque de nervios!

—¡Se ha ido! —moqueo al teléfono, hecha polvo.

—Pues claro que se ha ido —contesta Rose, tranquila e implacable—. ¡Con la bienvenida que le has dado, no me extraña!

—¡No lo he podido evitar! —digo mientras lloriqueo desesperada.

—Lo sé, Dith, lo sé. Vamos, dime dónde estás y voy a por ti...

Rose llega al cabo de un rato. Ha tenido la buena idea de coger un paraguas y un abrigo para taparme. ¡Bendita sea! Me tiro a sus brazos.

—¿¿¿Y ahora qué voy a hacer???

—Déjame pensar... Después de una discusión como esta, lo que yo haría es volver al hotel, ¿no crees?

Asiento.

— ... Y estaría tan enfadada que haría la maleta ipso facto, ¿no crees también?

Veo a dónde quiere llegar y tengo un destello de lucidez:

—¡La estación! ¡Tiene que haber ido a la estación!

Rose saca el móvil para mirar el horario de los trenes.

—El último sale a las siete y cuatro... Tenemos...

—¡Veinte minutos! —exclamamos al unísono.

Entre las *tiparracas* cunde el pánico. Corremos como alma que lleva el diablo, vemos un taxi, le abordamos y le contamos una historia de reencuentros que se merecen un final feliz. El taxista nos toma por dos piradas y solo nos hace caso cuando Rose le tiende un billete de cincuenta euros.

—Tenemos que estar en la estación antes de las siete, señor.

Entiende lo fundamental y pisa el acelerador lanzándonos violentamente contra el asiento trasero.

Más que dejarnos, nos tira delante de la puerta de salidas.

Vamos disparadas hasta los paneles informativos. ¡Vía 4! Me doy la vuelta para mirar a Rose y leo en su mirada un «Ve, corre. ¡Te quiero, tonta!» bastante explícito. No me cabe en el pecho el amor que siento por ella. Le lanzo un beso con la mano y corro hacia el andén. Me detengo al llegar a los torniquetes de acceso. Allí está. Le diviso a cincuenta metros. Le llamo con todas mis fuerzas pero, con tanto barullo, a esa distancia la gente solo se oye en las películas. Así que hago de Usain Bolt para alcanzarle. Le agarro por detrás. Creo que le he asustado. Cuando se da la vuelta y me ve, retrocede un poco. Se queda de brazos caídos, Antoine no me abraza. Ahora soy yo quien tiene miedo. Después, tras un momento que se me hace eterno, da un paso al frente y alarga una mano para cogerme de la cintura. Nos sostenemos la mirada un segundo, preguntándonos si no deberíamos hablar primero, poner palabras al desenlace de la discusión. Un arrebato recíproco zanja la cuestión y nos besamos en la boca. Como si estuviésemos solos en el mundo, damos rienda suelta a nuestra pasión allí mismo, con una maravillosa escena digna de un código PEGI 16, el sistema de clasificación de videojuegos según la edad. Un dejarse llevar que no es del agrado de todos. Una vieja santurrona protesta al pasar a nuestro lado.

—¡Váyanse a un hotel!

Es lo que tiene la burbuja mágica de la gente feliz: ese agrio comentario nos resbala.

—¡Tiene razón, señora! ¡Disculpe!

Contengo la risa en el cuello de Antoine. La señora parece sorprendida y casi decepcionada de que no respondamos a su agresividad.

Mi abuela Didine solía decirme: «Si pasas junto a dos personas besándose, seguro que no te llevarás un beso. Si pasas junto a dos personas peleándose, seguro que te llevarás un tortazo».

Gran verdad. No puedo enfadarme con esa anciana, quizá no ha conocido la suerte de tener el corazón rebosante de alegría por saberse amada, como yo en este momento.

Pero dejo de pensar en ella enseguida, mientras Antoine me lleva lejos del tumulto de la estación rumbo a parajes mucho más íntimos...

Escena 30

Antoine

Meredith. Me va a volver loco... Pero ¿cómo resistirse? Tras la tormenta de la pelea, el reencuentro por la noche tuvo un sabor nuevo y una intensidad inédita hasta ahora. La recuerdo delante del conserje al que pedí la tarjeta de la habitación, su mano cálida estrechando la mía, sonrojada por la turbación preamorosa, al igual que yo, febril, ardiente. La recuerdo en el ascensor, impaciente por la subida interminable hasta el sexto piso, nuestros cuerpos separados por una pareja de turistas ingleses, aturdidos por un chorro de palabras cantarinas mucho menos elocuentes que nuestro silencio. También la recuerdo en una pared tapizada con tejido de Jouy, la pelvis arqueada, un hombro que había liberado de manera descuidada un sugerente tirante, todo su cuerpo esperándome.

Me tambaleo y me golpeo contra un tabique de separación. El tren, para recuperar el retraso, traquetea a toda máquina, aunque menos que mi cabeza. Ayer también me tambaleaba. Un barco ebrio de placer. Un crucero de los sentidos. Le di lo que quería, lo que siempre ha esperado de mí: amor, en una sutil combinación de fuerza y dulzura. El amor que empieza con palabras mudas y se enciende con palabras apasionadas. Ese momento en el que a ella le gusta ofrecerse, en el que el equilibrio de fuerzas se pierde o, en la intimidad, baja la guardia hasta una tierna sumisión al placer.

Me gustan esos instantes en que se abandona y por fin me deja amarla. Rememoro nuestra discusión y me vuelvo a estremecer. ¿Por qué complicar lo que podría ser muy sencillo? «Meredith, mi amor, ¡tienes un don para buscarle tres pies al gato!» Por poco arruina nuestro reencuentro con esas ideas que se le han metido en la cabeza sobre el éxito que no llega, su futuro en ciernes y demás para decir que no está a la altura de nuestra historia de amor. ¡Tonterías! ¡Como si necesitara que fuera cabeza de cartel para quererla más! ¿No entiende que quiero estar a su lado en cada etapa de su vida, sin esperar, desde ya? Estar ahí, precisamente porque aún no ha conseguido llegar a donde quiere. Estar ahí, precisamente por las dificultades que sin duda encontrará en ese despiadado mundo artístico. Pero Meredith es cabezota como nadie...

A pesar de todo, tengo que dejar de interpretar la situación desde mi punto de vista si quiero entender el suyo. El hecho es que no está orgullosa de sí misma. Y por más que le repita hasta la saciedad que tiene motivos para estarlo, solo ella puede y debe convencerse... Es imposible recorrer ese camino en su lugar. Meredith, como una funambulista en el inestable cable de la vida, busca el equilibrio y yo no puedo hacer más que estar a su lado, dispuesto a tenderle la mano si lo necesita, si tropieza...

Me sobresalta un ruido ensordecedor. Nos acabamos de cruzar con otro tren de alta velocidad. Los cristales retumban. Es el efecto que Meredith produce en mi vida. Me sacude.

Una mujer sale del servicio. Acaba de retocarse el carmín. Rojo frambuesa brillante. Me lanza una larga mirada. En otra época podría haberle seguido el juego... Pero ahora todo el espacio lo ocupa Meredith. Así es.

Sigo avanzando hasta el vagón restaurante. Necesito un tentempié. Estoy exhausto. Lleno y vacío al mismo tiempo. ¿Es posible? Rumio a mi pesar: «Meredith, ¿por qué no dejas que te quiera sin más?». Siento que se resiste a entrar de lleno en nuestra historia. Pone trabas para impedir que alguien se adentre en su yo más íntimo. Ese conflicto interior no la abandona y es el culpable del incesante vaivén entre su deseo de estar en pareja y sus ganas locas de huir para seguir siendo libre.

Pero ¿la querría tanto si fuera más fácil de domar? Ya no me lo pregunto. La quiero y punto.

Llego al vagón restaurante. Ya hay cola. No soy el único que quiere engañar al aburrimiento matando el hambre.

Pido un bocadillo y un café doble largo. Hay un taburete libre junto a una mujer con su bebé. Los chillidos estridentes del niño no perturban mis ensoñaciones. En cuanto doy unos sorbos al café, vuelvo a la habitación de anoche, con Meredith. Preferimos no salir. Teníamos poco tiempo. Llamé al servicio de habitaciones aunque ninguno de los dos tenía mucho apetito.

Nada más comer hicimos el amor una última vez. Con un sabor agridulce. La respiración entrecortada y los cuerpos estremecidos. Busqué una palabra para nombrar esa sensación: «¡voluptuosidad!». Meredith me transportó a altas cotas de voluptuosidad y de sensualidad. Y qué decir de su emoción en ese intenso instante en que parece que por fin nos pertenecemos, cuando su boca me supo a lágrimas, cuando sentí su rostro húmedo pegado al mío sin que ella ocultase su tristeza por nuestra separación inminente. Me ha trastornado. Quería beberme todas sus lágrimas, esas lágrimas que tal vez sean las únicas que cuenten lo que siente por mí y que ella no puede expresar con palabras...

¡Ay, el día en que puedan salir esas palabras...! Tendré paciencia. Esperaré. El tiempo que haga falta.

Sigo tan lleno de ella tras esas escasas horas robadas, mágicas, vertiginosas... que no puedo reprimir las ganas de enviarle un mensaje mientras espero el bocadillo.

Nivel 1: contento. Nivel 2: colmado. Nivel 3: extasiado.
Nivel 4: Meredithizado

Espero que acabe entendiendo hasta qué punto me hace feliz. ¡Si es que le da una oportunidad a lo nuestro!

Este viaje también me ha permitido comprender algo fundamental: hasta que deje de preocuparle su trayectoria profesional, Meredith no conseguirá sentirse bien. Necesita realizarse, avanzar en su carrera, para que esté orgulloso de ella. Venir a verla en un momento de debilidad, mientras actuaba ante un público tan escaso como la vegetación en el Mar de Dunas de Tatooine, ha sido un error. Debe confiar en su talento a toda costa, vislumbrar con calma su futuro artístico. Ahora lo veo claro: ¡no puede volver a sufrir una decepción como esa! Debo tener cuidado.

Dentro de poco se va a Lille para actuar en el teatro Guillemets. La primera actuación es dentro de dos semanas. Así que dispongo de quince días para conseguir llenar la sala. Tengo que demostrarle que el verbo «amar» no es solo un verbo de estado, sino, sobre todo, de acción... Aunque ella nunca lo sepa, por supuesto.

Lille

Escena 31

Meredith
Cuenta atrás: -106 días

No paro de escribir en el tren que me lleva a Lille, mi ciudad natal. Desde el reencuentro (muy breve) con Antoine, estoy inspirada. La noche de amor, con la que llevaba semanas fantaseando, fue maravillosa. Como un sueño. Me ha hecho pensar en la conversación que tuve hace poco con Rose sobre el arte de hacer el amor y se me ha ocurrido una escena cómica para mi monólogo. Me ha parecido divertido describir la diferencia que puede haber entre la fantasía y la realidad en los encuentros amorosos. He emborronado varias páginas para dar forma al *sketch*.

[*El foco ilumina a la Señorita Juli, nuestra Julieta moderna, gran exploradora del amor.*]

¡Esta noche es la gran noche! Tienes LA cita. Esa que promete un triple salto mortal, un prodigioso carrusel de sensaciones, dejarte sin aliento y un gran escalofrío garantizado... Llevas ocho días imaginándotela. Piensas en ella mañana, tarde y noche. Haces un ensayo general treinta y seis veces al día... Como si estuvieras ahí...

[*La Señorita Juli escenifica la situación con el Elegido de su corazón.*]

Lo has previsto absolutamente todo para que el momento sea mágico.

[*La Señorita Juli hace unos gestos exagerados con los brazos cuando dice la palabra «mágico», como si fuera un prestidigitador.*]

Ya te imaginas inmersa en esa penumbra perfecta donde la presencia de una vela con olor a «brote de sensualidad» (¡Sí, sí! ¡El dependiente te lo ha asegurado!) realza tu cuerpo. Has previsto LA música para acompañar el momento. Y cuando alargas un dedo de manicura hasta el móvil, se activa la canción perfecta, un tema sublime, una auténtica «música de estriptis»; la voz de Etta James, ronca y provocadora, suelta: *I just want to make love to you.*

[*Los técnicos ponen el sonido mientras la Señorita Juli esboza sobre el escenario el principio de un tórrido estriptis. Después, para de golpe sus movimientos lascivos y recupera su triste postura habitual.*]

[*Aprieta entonces el enorme botón virtual de la realidad, que se proyecta en una pantalla detrás de ella.*]

¡La realidad es harina de otro costal! ¿Te has fijado? Enciendes la vela del charlatán... digo del vendedor de sensualidad. La mecha no prende bien y tienes que encenderla tres veces. Mientras suelta un humo acre, tu amante espera de brazos cruzados en un silencio repentinamente embarazoso. Para complacerte, se ve obligado a decir: «¡Genial!». Reconozcámoslo, la vela apesta. Ignoras ese detalle y acometes la sesión de despelote...

[*La Señorita Juli caricaturiza un estriptis fallido en su versión de la vida real.*]

Intentas quitarte las medias sensualmente pero tropiezas y te tambaleas. En el momento en que te desprendes de tus pantis como si fueras Kim Basinger, te acuerdas de tu índice de celulitis. Y claro...

[*La Señorita Juli imita la contorsión cómica de una mujer que intenta encontrar la postura más favorecedora.*]

[*A continuación se alternan secuencias de realidad y de fantasía usando el truco de activar el botón virtual: en las secuencias de la fantasía, adopta una voz grandilocuente y lírica; en las de la realidad, un tono más grave y desengañado.*]

[*Pulsa el botón de la fantasía.*]

Hacéis el amor como dioses. Tú eres una diosa increíble, adoras perderte en los ojos enamorados de tu amante, que resplandecen de admiración, mientras le vuelves loco de deseo con tu hábil contoneo.

[*Pulsa el botón de la realidad.*]

El señor está a punto de provocarte una distensión. No parece recordar que ya hace tres años que renunciaste al gimnasio. Y mientras que tú esperas lánguidamente una oleada de palabras cariñosas, él te chupetea la oreja mientras suelta expresiones guarrindongas que se pierden en un chorro de baaaaaaaaaaba...

[*La Señorita Juli exagera los efectos de la lengua para que el público reaccione.*]

[*Pulsa el botón de la fantasía.*]

Alcanzáis juntos el paroxismo con una pulsión sublime, y la voluptuosidad transciende la belleza de vuestros cuerpos enlazados...

[*La Señorita Juli escenifica la perfección del momento imaginado mediante un baile de gestos y movimientos exagerados.*]

[*Pulsa el botón de la realidad.*]

[*La Señorita Juli marca el cambio adoptando una postura corporal radicalmente distinta.*]

El señor zanja el asunto en dos coma doce segundos con un gruñido de bestia humana. De manera muy inoportuna, te viene a la cabeza un documental de animales. Con los ojos clavados en el techo, te preguntas si alguna vez llegará tu día G...

[*Pulsa el botón de la fantasía.*]

Os vais a duchar entre risas, iluminados por la llama danzarina de una vela perfumada y, bajo el chorro caliente, seguís amándoos apasionadamente.

[*Pulsa el botón de la realidad.*]

Uno de los dos sobra en la ducha. Te sientes como una sardina más que como una sirena. Intentáis pasaros la alcachofa por turnos y sonreís haciendo gestos: sinceramente, os estáis congelando. Maldices a los inventores del monochorro. ¿Por qué no han creado una alcachofa doble que permita a cada cual disfrutar del agua caliente? El chorro, por supuesto, acaba aterrizando en tu ojo. Tu rímel gotea patéticamente. Ahora pareces la víctima de una mala película de terror. O un cocker mojado, como gustes. Mientras te secas, notas un ligero dolor de garganta. De regalo: ¡has pillado un trancazo! «¿Qué? ¿Contenta?»

El tren está entrando en la estación. ¿Ya? ¡Se me ha pasado volando! Recojo mis trastos deprisa y me preparo para salir. Lille. Mi ciudad natal. Bienvenida a *Regreso al pasado*.

Escena 32

Meredith
Cuenta atrás: -95 días

Cuando les he dicho a mis padres que iba a quedarme dos meses en la región, han manifestado su alegría de una manera... bastante sutil. Por un instante, me ha parecido percibir cierta inquietud cuando me han preguntado dónde me iba a alojar.

—No os preocupéis —he contestado con un cinismo apenas disimulado—. Voy a alquilar algo con Rose. ¡No os molestaré!

Su evidente alivio apenas me ha hecho mella, estoy acostumbrada. Viven a dos minutos del teatro donde vamos a actuar y hubiera sido más práctico y barato quedarnos en su casa, pero ese hacinamiento me hubiera resultado insoportable.

Mis padres viven en un piso de la rue Jean-Sans-Peur, Juan Sin Miedo, verídico. Juan I de Borgoña, duque de Borgoña y de Brabante, conde de Flandes, de Artois, de Hainaut y de Charolais, señor de Mâcon, Chalon y otros lugares... ni más ni menos. Otros tiempos con otras costumbres: en 1407, este señor mandó asesinar al duque Luis I de Orleans, antes de que le asesinaran a su vez en 1419. Era una época violenta.

¿No lo es también la nuestra, aunque sea menos evidente?

En cualquier caso, en esta calle fue donde asesinaron mi candidez. Al menos, fue ahí donde perdí la inocencia del corazón y mi espíritu infantil.

Fue un día de noviembre. Mis padres discutían creyendo que estaban solos en casa y escuché sin querer su acalorada conversación. Por unas desafortunadas y explícitas declaraciones de mi padre supe que era una niña no deseada. Un «accidente».

Mis padres, unos comerciantes excesivamente implicados en su negocio y que ya tenían dos hijos, interpretaron mi llegada como una carga extra de la que habrían prescindido encantados. «El dinero no crece en los árboles», solía repetir mi padre con tono de reproche, como si yo fuese la responsable de las dificultades económicas de la familia, que se debían a la pésima coyuntura nacional. Tenían que hacer horas extras para salir del paso. Un tercer vástago complicaba su logística y frenaba sus ambiciones.

Además, tuve la mala suerte de tardar más de un año en dormir sola toda la noche. Otro error imperdonable con el que me colgaron la etiqueta de «niña difícil y molesta». La niña que sobra. Por lo que enseguida entendí que era mejor pasar desapercibida, y ahora me doy cuenta de que, muy pronto, ese comportamiento de mis padres sembró una terrible duda en mi interior: ¿merezco que me quieran?

Minaron irremediablemente mi confianza en mí misma.

Como personas ocupadas, siempre estresadas por las exigencias de su trabajo, a mis padres no les sobraba cariño que ofrecer. Mi situación no mejoró cuando empezaron a llegar las decepciones académicas. Lo intentaba con todas mis fuerzas, pero, por más empeño que pusiera, nunca era suficiente.

El mito de Sísifo: repetir el esfuerzo para intentar demostrar mi valía, y que el intento siempre se saldase con un fracaso. El colegio no me interesaba. Me aburría mucho. ¿Tenía el cerebro recubierto de teflón y por eso no se me pegaban los conocimientos? En cualquier caso, me sentía como una oca a la que intentaban cebar. En vano. ¿Cómo librarse de una etiqueta tan pegajosa como es la de «mediocre»?

Cada vez que vuelvo a la región, esos pensamientos negativos me hostigan irremediablemente y me siento acribillada por las numerosas heridas y humillaciones de mi infancia. Solo me apetece una cosa: ver a la única persona que en todo momento estuvo de mi lado, mi abuela Didine, como siempre la llamé, y que ahora está enterrada en el cementerio sur de Lille.

Compro de camino un ramito de flores silvestres (las únicas que le gustaban, pues no soportaba la sofisticación de otras flores más esnobs) y cruzo el gran arco de la puerta principal mientras reprimo un desagradable estremecimiento.

Camino por uno de los numerosos paseos circulares en busca de su tumba. El que ideó este lugar rizó el rizo arquitectónico, pues los caminos reproducen una tela de araña. Para sentirse como en Halloween todos los días. Los cementerios siempre me han dado escalofríos, pero este ya es el colmo. Aquí, incluso a la primavera le cuesta entrar. Aun así, la vegetación intenta caldear con sus brazos verdes ese frío amasijo de piedra y mármol.

Paso por delante de una réplica del ángel llorón de la catedral de Amiens que está apoyado en una calavera. Sé que mi abuela ya no está lejos.

Llego ante su lápida y de inmediato me invade la emoción.

—¡Didine! ¡Cuánto te echo de menos!

Deposito el ramo y me fijo en las malas hierbas que hay en la losa. Las arranco y me quedo mirando un momento las raíces negras. Las raíces... Pienso en las mías. En mis padres. En cómo se comportan conmigo. Las raíces de mi inseguridad, de mi poca autoestima. En todos esos años que intenté hacerme querer sin éxito, claro. Cada vez que me acercaba a mi madre buscando una muestra de afecto, me rechazaba. Como si tuviera alergia a mi cariño. Lo hacía de forma sutil: ponía como excusa que no tenía tiempo y siempre encontraba una razón para evitarme. Pero los niños se dan cuenta de todo.

En cuanto a mi padre, se le metió en la cabeza que era una vaga, así que juzgó que tenía que ser estricto conmigo para corregir lo que consideraba una tendencia natural a la pereza, y de ese modo sacarme de mi propia mediocridad. Se convirtió en un aspersor de mensajes negativos que herían mi amor propio sin parar. Supuestamente por mi bien, adquirió la costumbre de minusvalorarme con una retahíla de palabras demoledoras y apodos burlones: mano de hierro sin guante de seda. Una violencia inapreciable, sin moratones ni chichones salvo en el alma, que enturbió mi amor propio sin remedio.

La niña que yo era pronto llegó a la conclusión de que acercarse demasiado a ellos, afectivamente hablando, era doloroso. Así que procuré no encariñarme. Mi corazón tomó distancia, se volvió desconfiado. El amor se convirtió en una olla de agua hirviendo y creó un acto reflejo: «Cuidado, puede doler».

Todo esto me generó un tremendo conflicto interior, sobre todo en lo que a las relaciones amorosas se refiere: en el fondo tenía unas ganas locas y una enorme necesidad de sentirme querida, segura y mimada, pero, al mismo tiempo, me seguían dando ganas de poner pies en polvorosa cuando por fin estaba a punto de ocurrir. Sin ir más lejos, con Antoine: por culpa de ese pasado que no he superado bien, podría cargarme la oportunidad de ser feliz en el presente.

El pasado... Aún recuerdo cómo, para evadirme de la realidad de mi hogar, me pasaba horas tirada en la cama escuchando música y fantaseando. ¡Cuántas películas se han rodado en mi cabeza! Todas eran historias de amor o divertidas.

Observo la cruz que corona la tumba de mi abuela. Mi pobre Didine. Te imagino encerrada ahí abajo y se me hace un nudo en la garganta. El frío, la oscuridad, la reclusión. ¡No te hubiera gustado ni un pelo!

Didine. Tú fuiste la única que me dejó respirar, tan viva, tan solar. Si algún día consigo hacerle un corte de mangas a todas esas viejas heridas, será gracias a ti. ¡El día que lo consiga, abriré una botella de tres litros de granadina en tu honor! Correrá a raudales, te lo aseguro.

Me siento un momento en la tumba y saco mi Organizador de Amor. Voy al apartado «Entre yo y yo» para ver a la señora Creencia. Pienso en mi herencia emocional. La convicción de no valer gran cosa, incluso de no valer nada... ¿Está lloviendo o qué?

Me seco rabiosa la cara con el reverso de la manga. Cuánto se lloriquea en los cementerios. Deberían hacer ranuras en las cruces para poner dispensadores de clínex.

¡Cuántos momentos de desaprobación leí en los rostros de mis padres! ¡Y la vergüenza que me sepultaba entonces!

Cuánto hubiera necesitado que me mostraran su confianza, su aliento. ¡Esos gestos comprensivos me hubieran hecho sentir segura y mi sistema afectivo no se habría debilitado!

Pienso en Antoine. En la cuenta atrás que le impongo. Me cuesta creerlo, pero siento que me quiere. Esta vez es la definitiva. ¿Permitiré que esas viejas historias lo echen a perder? Una rabia sorda vuelve a surgir.

Quien ha levantado ese muro de miedo, esas barricadas tras las que me refugio, ha sido la señora Creencia. Le debo la convicción de que amar es peligroso, de que a mí no me irá bien y de que cualquier intento se saldará con un fracaso. ¿Una especie de fatalidad inevitable?

Clavo la mirada en la pequeña foto de mi abuela Didine, que parece hablarme.

—¿Eso es lo que quieres? ¿Seguir saboteándolo todo? ¿Dejar pasar la suerte?

—Soy demasiado insegura, querida Didine...

Ella frunce el ceño para mostrar su desacuerdo.

—Qué fácil. No quiero oírte decir eso. ¡La inseguridad se corrige!

—No sé cómo hacerlo y, además, viene de lejos...

—¿Y si, para empezar, dejas de compadecerte? Sécate las lágrimas. Voy a proponerte una idea para que el pasado deje de sabotear tu presente... Vas a crear un «cementerio de los recuerdos dolorosos».

—¿Qué?

—Mira, vas a crear ese lugar simbólico en un rincón de tu cabeza, y allí enterrarás las heridas del pasado.

—No lo entiendo...

—El quid de la cuestión es hacer las paces con el pasado, curar las heridas de antaño. Pero para que descansen en paz y no resuciten como zombis en tu vida actual, debes procurar visitarlas y dedicarles algunos momentos de tu elección.

—¿Por qué?

—Porque lo que las curará es el tiempo que dediques a

tratarlas con una consideración sincera y verdadera. Así pues, visitarás a la niña herida que fuiste y por fin le dirás unas palabras para consolarla y tranquilizarla.

—Pero ¿qué le voy a decir, Didine?

—Que no es culpa suya y que se merece que la quieran. Puedes imaginar que la abrazas y la colmas de los besos que no ha tenido. Dile que tiene derecho a no ser perfecta, porque nadie lo es, y que la belleza de cualquier ser humano reside en una mezcla de fortalezas y debilidades...

—¿Todo eso?

Mi abuela asiente con una sonrisa de complicidad.

—Confía en él —dice refiriéndose a Antoine—. Siento que ese hombre se toma en serio tu felicidad.

Me emociona lo que dice. Se levanta una brisa fresca y se me mete por el cuello. Ya es hora de irme.

—Gracias, Didine. Cuánto te echo de menos...

—Siempre estoy cerca de ti, ya lo sabes.

—Sí...

Me beso los dedos y los pego en la foto de mi abuela. Juraría que me seguía con la mirada mientras me marchaba.

Me cruzo con el guarda y le saludo. Más tranquila, decido hacer todo lo posible para acabar con esa rabia latente que arrastro desde la infancia por culpa de mi familia. Haré lo que sea para que no arruine mi presente y, sobre todo, lo mío con Antoine. ¡Por nada del mundo quiero que termine en el cementerio de los amores muertos!

Mis miedos y mis dudas son como el plomo. Tengo que inventar mi piedra filosofal, la que los convertirá en oro, la que mostrará las cualidades de mis defectos y las fortalezas de mis debilidades...

Escena 33

Rose

Justo cuando llega Meredith estoy enseñándole un truco nuevo a Roméo. Ahora es capaz de reconocer las formas y los colores de los objetos y colocarlos en su sitio. Aplaudo a rabiar a mi pájaro prodigioso. Pienso en la carta del Instituto Peterson, que guardé cuidadosamente y coloqué entre mis papeles sin contestar, en la que me rogaban que les dejase a Roméo para estudiar sus increíbles aptitudes. No quise saber nada, porque eso implicaría separarme de él durante meses y no tenía las ganas ni el coraje. Observo cómo mi loro realiza la tarea con una celeridad apabullante y me siento un poco culpable: ¿tengo derecho a quedármelo para mí sola, egoístamente, cuando podría contribuir al progreso de la ciencia? Además, el entorno del Instituto Peterson seguro que le permitiría hacer progresos aún más sorprendentes al estar rodeado de expertos.

Me prometo seguir pensándolo...

Meredith tiene mejor cara al volver del cementerio.

—¿Qué tal? ¿No ha sido un peregrinaje demasiado duro?

—No, no... Me ha sentado bien, pero la echo mucho de menos...

—Me imagino...

—Me voy a hacer la compra. ¿Qué te apetece cenar hoy?

Meredith abre la nevera, examina lo poco que hay, husmea cerca de la mesa y se detiene en una hoja tamaño A4 recién impresa.

—¡Vaya, parece que Pincho ha vuelto a llamar a tu puerta! ¡Está colgadísimo de ti! Un correo electrónico encantador...

—Cierto. Pero ya sabes cuál es el problema: no me gustan los hombres demasiado atentos.

—Aun así, siempre sube la moral que alguien esté enamorado de ti, ¿no?

—Sí, claro. Bueno, no lo sé. Es raro, pero me molesta más que otra cosa.

—¡Sí que es raro, sí! —bromea Meredith mientras abre la última bolsa de patatas fritas.

Me levanto para recuperar el correo electrónico de mi pretendiente.

—Pues sí, me molesta porque es una especie de desperdicio. En cierta manera, me enfada que no se trate de otra persona. Que no sea el que debe ser.

—Claro, porque sabes cómo es el que debe ser... ¡Qué suerte tienes!

Lanzo un cojín hacia donde está Meredith para que deje de reírse de mí.

—¡Lo único que sé es que no es Pincho, y no se hable más! No puedo explicarlo... ¡Paso de él!

—Sí, claro, claro... Por eso has impreso su correo. Lógico.

Dios, Meredith me saca de quicio cuando juega a ser la Sherlock Holmes de los sentimientos: ¡quiere descifrarlo todo y se cree más lista que nadie! Menos mal que su teléfono empieza a sonar y zanja esta irritante conversación. Sin que diga nada, adivino que se trata de su madre. Veo cómo le cambia la cara al instante y sus rasgos se tensan con cierta dureza. Aprovecho para guardar la hoja de Pincho en mi libreta Moleskine. No recibo tantas cartas de amor como para no conservarla.

—Sí, mamá, sí... Bueno, no sé... Muchas gracias, pero no sé si... Espera, que le pregunto...

Meredith tapa el micrófono de su móvil y me llama en voz baja.

—¡Rose!

—¿Qué? ¿Qué pasa?

—Mis padres quieren invitarnos a comer el domingo con toda la familia. Dime, ¿vendrás? No me dejes colgada, por favor...

Vaya plan... Una comida familiar para el descanso del domingo. Preferiría ir al cine. Meredith multiplica los gestos de súplica. La verdad es que, después de lo que me ha contado, no tengo muchas ganas de conocer a su familia. Me suplica juntando las manos. ¿Cómo voy a negarme? Asiento con pereza. Diploma a la mejor amiga.

Meredith me manda besos mudos mientras da una respuesta afirmativa a su madre.

—¡Gracias, querida Rose! ¡Te debo una!

—¡Me la apunto! ¡Esto te va a costar lavar los platos tres días!

—¿Dos?

—¿Tendrás morro? ¡Encima me regateas! Tres. Es mi última oferta.

—Venga, vale...

Escena 34

Antoine

Le he dado vueltas y más vueltas. Hasta perder el sueño. Y siempre llego a la misma certeza: Meredith no podrá volver conmigo hasta que se sienta más segura de sí misma, algo que solo conseguirá mediante el éxito. Nunca había caminado tanto por París: parece que le da alas a mi creatividad. Mientras me tomaba un café cerca de la fuente Stravinsky, a dos pasos de Beaubourg, he definido mi plan. El siguiente destino de la gira de Meredith es Lille, su ciudad natal... He decidido ingeniármelas para que el espectáculo tenga el aforo completo. Un plan muy ambicioso. No puedo evitar pensar a lo grande. A no ser que sea Meredith quien provoque esas ansias de grandeza. Cinco representaciones a la semana durante seis semanas. O sea, treinta sesiones, cada una con sesenta personas. Va a salirme caro. Pero me puede la dulce locura de mi estrategia. Una decisión irrevocable. Aun así, el hombre racional que soy trata de justificar sus actos: después de todo, ¿no estaba a punto de regalarle un suntuoso anillo de compromiso como prueba de mi amor? El hecho de llenar la sala, algo de lo que ella no se enterará, ¿no es una prueba infinitamente mayor? Cada vez estoy más seguro de estar actuando bien. Meredith ahora no necesita ningún anillo, sino el reconocimiento del público para avanzar en su carrera.

Una vocecita interior hace de abogado del diablo: «Sí, pero ¿de qué sirve el éxito si es prefabricado? ¡Si ella se entera, no te lo perdonará jamás!».

Se me vuelve a encoger el pecho. Efectivamente, es un riesgo enorme. Apuesto fuerte. Pero si no intento nada, estoy convencido de que puedo perderlo todo. Y eso no me lo perdonaría.

Dejo propina y me apresuro a coger el metro, apurado por ponerme manos a la obra. Según van pasando las estaciones voy perfilando mi plan. Hay que ser sutil. Que jamás de los jamases pueda dudar de que ese repentino entusiasmo del público se debe a mí...

Escena 35

Meredith

Desde que empezó la comida, me he pegado una sonrisa petrificada en el rostro. La sonrisa de circunstancias que me sirve de escudo cada vez que vuelvo a casa. Bueno, a la casa de mis padres. Aparentemente, todo va bien. Respondo con cortesía, doy las gracias, ayudo a poner la mesa. Por fuera todo es tan perfecto como esta mesa, engalanada con un centro floral de treinta y dos euros con ochenta y seis comprado en Gisèle, la floristería del barrio a la que va mi madre desde hace veinte años, con la vajilla de los domingos, los reposacubiertos de plata y los servilleteros a juego, acordes con una conversación correctísima... La panoplia de la armonía ficticia para aparentar la unión familiar. Pero en mi interior todo es mucho menos elegante. Tengo un nudo en el estómago y el plexo hecho un ovillo. El guion siempre es el mismo. Antes de llegar, racionalizo. Me digo que ya soy mayorcita, que todo va a ir bien, que puedo relativizar las cosas y asistir a esta comida como un adulto que se siente a gusto, que los recuerdos no conseguirán afectarme. Sin embargo, en cuanto estoy en familia, sobre todo con mis padres, me vence el mismo malestar soterrado. Me comporto como un autómata. No me sale ningún gesto de forma natural. Me pregunto si se darán cuenta de mi tormento.

La familia está reunida al completo.

Mi hermana Bénédicte y el señor yerno perfecto, Édouard, con sus tres hijos: Zoé, Tom y Valentine. La estampa de una familia como es debido. Me muero de ganas de rascar la superficie.

También está mi hermano Jean-Philippe, con su mujer Abigél y sus dos hijos, Manon y Jules.

—¡Qué exquisitez, señora!

«Qué pesadez», pienso yo. ¡Rose! Mi querida Rose. Aprecio el esfuerzo que está haciendo para integrarse y ser más amable de lo habitual. Me parece estupendo que se atiborre del asado permanentemente demasiado hecho de mi madre, acompañado de las sempiternas patatas cocidas con piel, que no pasaría nada por quitársela alguna vez, digo yo... Desvarío. Es este lugar.

Todos esos niños tan bien educados se levantan de la mesa para irse a jugar y montan jaleo a nuestro alrededor, para desesperación de mi madre. A mí, en cambio, me tranquiliza estar por fin con seres «vivos» y no con muñecos de cera.

—¿Tienes hijos, Rose? —pregunta mi hermano.

—Sí, una hija. Se llama Késia.

—Qué bonito.

Flipo. ¿Mi hermano le está poniendo ojitos a mi mejor amiga delante de las narices de su mujer? ¿Y esas miradas insistentes? ¿Y ese flirteo tan mal disimulado? Miro de reojo a mi cuñada y me siento mal por ella. En la habitación del fondo parece que se ha montado una buena: los niños han pasado de ser velocirraptores a convertirse en zombis devoradores de carne humana... Ella es el alma caritativa que se levanta para ir a poner orden. Mi madre empieza a quitar la mesa. Mi padre se disculpa para salir a fumar al balcón y veo cómo mi hermano se sienta muy cerca de Rose en el sofá para conocerse mejor. La espío por el rabillo del ojo. Conozco esa forma tan particular de pestañear. No parece que le disguste la maniobra. Mi hermano intensifica sus insinuaciones. ¿Debería intervenir? Mi madre me llama para que le ayude a preparar el postre. No me queda otra que dejar que continúen su danza de cortejo. Al fin y al cabo, Rose ya es mayorcita...

Escena 36

Rose

Tendría que haber hecho caso a Meredith. Trato de ocultar los ojos hinchados por el llanto calándome la gorra de lana, que no me quito ni en este bar tan caluroso. Quisiera que la tierra me tragase de una vez por todas de la vergüenza que me da haber sido tan ingenua. He estado viendo a Jean-Philippe en secreto. Se convirtió en JP demasiado pronto. JP de «jeta parlanchín». Qué hábil fue para sacudirse con unas cuantas palabras bien elegidas los obstáculos inherentes a su situación personal, para cubrirme de elogios como se cubre a una mujer con joyas, para soltar por la boca promesas como quien escupe diamantes en algunos cuentos para niños. Tiene gracia: qué fácil es caer en las trampas de Cupido, incluso en las más burdas, cuando se busca el amor desesperadamente. Tengo tanta hambre de consideración, tanta hambre de creérmelo, que me quedo atrapada en todas las tentaciones que se presentan, como una mosca atemorizada en un papel encolado. Aunque, y esto lo saben todas las mujeres, un lío con un hombre casado tenga menos de un 1 por ciento de posibilidades de terminar en una relación seria. Así que me aferré al otro 99 por ciento. Lo más divertido es comparar su actitud de los días anteriores a pasar a la acción con su comportamiento de los días posteriores. Antes: gratinado de mensajes rellenos de dulzura, surtido de cumplidos azucarados, cóctel de atenciones y consideraciones almibaradas. Después: pudin de silencio, guarnición de excusas baratas, *fondue* de estampida... Un festín de desengaños.

Estoy sacando mi decimoquinto clínex cuando una cara conocida asoma por la puerta del bar: Meredith. ¿Cómo ha sabido que estoy aquí? Frunce el ceño al verme decaída delante de la cerveza, que intuye que no es la primera.

—¡Rose! ¿Qué haces? Odio verte así...

—¿Cómo me has encontrado?

—No era muy difícil...

—No tengo ganas de hablar.

—No tienes por qué. Mira, aunque se trate de mi hermano, me dan ganas de romperle la cara...

La sonrío patéticamente, emocionada por el esfuerzo que hace para levantarme la moral. Intento poner buena cara durante dos minutos y luego me derrumbo. Mi mochila está demasiado cargada.

—¡Estoy harta, Meredith! ¡Se me acumulan los fracasos! Tengo la impresión de que es la historia de mi vida...

—No generalices.

—¿Cómo que no? ¿Es que no lo ves? Estoy abonada a los callejones sin salida amorosos.

—¡Bonita imagen! Deberías patentarla.

Sonrío a través de las lágrimas.

—¡Calla! Qué tonta eres...

—Sí, eso ya lo sabemos.

—NUNCA doy con los buenos...

—«Nunca», «siempre»... Tienes que dejar de decir eso. Y

sé justa: hay tipos buenos enamorados de ti a los que ni siquiera les das una oportunidad.

—¿Ah, sí? ¿Quiénes?

—Pues el chico ese... Pincho. El que te mandó un ramo de cruasanes... A mí me parece una joya.

—¡No es culpa mía que no me guste!

—Cierto, la atracción es inexplicable... Pero por lo menos admite que tienes más éxito del que dices.

—De nada me sirve gustar a los que no me interesan...

Doy un trago a la cerveza y me muestro desesperadamente contrariada. ¿Adónde va a ir a parar esta conversación?

—Y en tu opinión, ¿cuál es la razón de que las cosas no funcionen como te gustaría en el amor?

—No lo sé... Es como si los hombres nunca me tomasen en serio. Como si me vieran como «una chica para pasar un buen rato». Una diversión, ¡eso es lo que soy para ellos!

Ya está. Noto que llega otra descarga de lágrimas.

—¡Rose!

Meredith intenta consolarme como puede.

—¡Eres una mujer magnífica, una amiga maravillosa, una artista con mucho talento y una madre formidable! Puede que no estés mirando en el sitio adecuado.

—¿Qué quieres decir?

—Has pasado demasiado tiempo fantaseando con el hombre ideal, has imaginado demasiado sus cualidades, has concretado demasiado los criterios de selección... Si estuviera a tu lado, ni lo verías.

—¡Déjalo ya!

Me encojo de hombros, pero sus palabras se abren paso en mi cabeza.

—Y si me lo permites, voy a decirte algo más...

En el punto en que me encuentro, Meredith puede hacerlo. Estoy tan hundida que estoy dispuesta a escuchar todo tipo de consejos.

—Creo que también deberías revisar un poco tu actitud con los hombres...

—¿O sea...?

El camarero nos trae unas patatas fritas caseras y mira de reojo el rostro devastado que yo intento tapar con una mano.

—¿Conoces el dicho «siempre se quiere lo que no se tiene»?

—Sí. ¿Y?

—Bueno, pues eso también sucede en las leyes de la atracción entre hombres y mujeres. Si te das demasiado rápido, pierdes el atractivo. Y te conozco: tiendes a quemar etapas, cuando en realidad todo se cuece en los preliminares... Y no me refiero a los sexuales, sino a las virtudes del «presexo», que es donde se explaya el sentimiento amoroso. Tontear, no mostrarse por completo enseguida, tener momentos de silencio, como esos tan preciosos en el teatro o en la ópera... Un hombre necesita tiempo para respirar, para no sentirse «acosado» de entrada por una mujer que parece necesitarle a todas horas.

—¡Me parto contigo! ¡Cuando una está enamorada, se muere de ganas de ver al otro! Necesita su presencia todo el tiempo...

—No he dicho que no sea complicado. Para mí también lo es, ¿sabes? Solo constato que conceder a los hombres momentos para replegarse resulta bastante eficaz para que pongan en orden lo que sienten. Si quieres un hombre enamorado, tienes que convertirte en la dueña de sus pensamientos.

—¿Quieres decir: «fingir que te da igual»? No creo mucho en esa estrategia...

—No se trata de fingir, sino de contener un poco los famosos arrebatos compulsivos que les hacen salir pitando.

—Vaya, vaya... Parece que has estado trabajando en tu Organizador de Amor, ¿eh?

Meredith coge un montón de patatas. Al ver cómo da cuenta del bol, no puedo evitar hacerla rabiar un poco.

—¿Y tú eres la que sabe cómo gestionar los arrebatos compulsivos?

—¡Por supuesto! —exclama escupiendo cachitos de patata.

Tras lo cual, agita un dedo lleno de grasa delante de mi nariz para seguir con su lección.

—Y voy a decirte, querida Rose, que basta con que cambies el centro de atención.

—Ajá.

—La idea es mantener la mente ocupada con actividades complementarias, ¿entiendes? Tal vez incluso inventándote rituales liberadores...

—¿Algo como hincharse a patatas y beber cerveza?

Meredith me lanza una mirada falsamente enfurecida.

—¡Me refiero a rituales virtuosos!

—Dentro de dos minutos estarás hablándome de ir a correr, meditar o pintar sobre seda...

Hace un gesto de consternación: sin duda soy un caso perdido. Un hombre acodado en la barra que habla con un amigo llama mi atención.

—¿Y si la terapia consistiera en tratar el mal con el mal? —ironizo.

—¡Ni hablar! ¡Dieta estricta! Cura desintoxicante de tres semanas, como mínimo... De menú, un poco de saludable soledad y una indispensable altura de miras.

—¿Te refieres a subir al séptimo cielo?

—No te soporto —dice mi amiga levantándose.

Antes de irme, echo un último vistazo al hombre de la barra, no sin cierto pesar. «¡Dieta!», me susurro a mí misma. Pero, conociéndome, Meredith se ha olvidado de una cosa: en los regímenes, siempre hay que tener cuidado con el efecto yoyó...

Escena 37

Meredith

Unos días después, al volver de la compra me encuentro a Rose metiendo cosas en un bolso, como si se fuera de viaje.

—¿Qué haces?

Se sobresalta un poco, no me ha oído llegar.

—Eh... Voy a estar fuera tres días, querida...

—¿Qué? ¿Y los ensayos? ¡Te recuerdo que empezamos las representaciones dentro de cinco días!

—Lo sé perfectamente, Dith, lo sé... Te prometo que no habrá ningún problema. Estamos preparadas de sobra. Nos hemos curtido con todo lo que hemos actuado en Marsella, ¿no crees?

Me acerco a mi amiga para olfatear qué está maquinando. La cojo del brazo.

—Rose, ¿qué andas tramando?

Intenta quitarse mi mano de encima, en vano. Lanza un profundo suspiro.

—No pasa nada, Meredith. Te lo juro. Es solo que...

—¿Qué?

Trato de transmitirle confianza con la mirada para arrancarle la confidencia. Termina por soltarlo.

—Necesito dinero, ya está. No aguanto ver tan poco a mi hija y, además, ¡le he prometido que la próxima vez que vaya la llevaré a Disneyland! Pero estoy sin blanca, Meredith... ¡Y no puedo esperar a cobrar dentro de un mes!

—Rose... ¿Qué se te ha ocurrido hacer?

Rose es una gran experta en apañárselas con planes estrafalarios.

—No te preocupes por mí. Es algo que está muy bien, es muy seguro...

—¡Ahora sí que me estoy preocupando!

No dice nada y sigue preparando el bolso, más decidida si cabe. Se lo arrebato para llamar su atención.

—Rose, ¿me escuchas?

Se afana en recuperarlo, pero salto como una cabra por el cuarto para dejarlo fuera de su alcance hasta que hable.

—¡Devuélveme mis cosas!

—¡Cuando me cuentes tu plan de mierda!

—¡No es ninguna mierda! ¡Incluso pagan muy bien, si quieres saberlo!

—¡Eso es precisamente lo que me preocupa! ¡Vamos, escupe!

Se cansa de la persecución, termina viniéndose abajo y se deja caer en la cama, que sube y baja dando algunos botes. Cruza los brazos detrás de la cabeza y pierde la mirada en el techo para esquivar la mía.

—He aceptado participar en unos ensayos clínicos.

La información se abre camino hasta mi cerebro.

—¡Rose, no! ¿En serio vas a hacer eso?

—Sí. Es justamente lo que quiero hacer.

—¿Has pensado en los posibles efectos secundarios?

Rechaza la hipótesis con un gesto.

—Qué va, todo está muy controlado ahora.

Me doy cuenta de que está minimizando el riesgo.

—¿Por qué no me lo has pedido? Si juntamos lo que hemos ganado, quizá puedas pagar el viaje a París y la visita a Disneyland con tu hija.

Me mira emocionada pero se mantiene firme.

—¡No, no! Ya te cuesta llegar a fin de mes, como para que me ayudes. Te aseguro que me las voy a arreglar. ¡Tres días en el hospital, unas muestras de sangre y dos días de ensueño con mi hija!

Conozco bien a Rose. Sé que nada le hará cambiar de idea. Y percibe hasta qué punto me afecta. Se levanta y viene a darme un abrazo.

—¡No te preocupes! ¡Ya te he dicho que todo va a salir bien!

Tengo miedo por ella, como por una hermana mayor. Lo nota.

—¡Qué sensible eres, Dith! ¡No seas tonta! Disfruta de los tres días que no voy a estar. A mi vuelta dirás: «Mierda, ¿por qué no habré aprovechado más el espacio?».

—No creo que pueda... —refunfuño—. ¿Cuándo tienes que estar allí?

—Dentro de una hora.

La ayudo a terminar el equipaje, triste por tener que resignarme a dejarla vivir una experiencia que hubiera preferido ahorrarle. Apenas me mira cuando se marcha. Para esquivar las dudas.

—¡Venga, adiós! ¡Hasta pronto! Y no se te ocurra zamparte toda la reserva de *schokobons*. He contado cuántos bombones hay antes de irme.

Suelta una carcajada y me deja allí. Pero por su mirada furtiva, por el brillo de sus pupilas, sé que no las tiene todas consigo.

Me dejo caer sobre la silla de la cocina y aparto los cruasanes que he comprado. No tengo hambre. Roméo parece que necesita consuelo y se acerca.

—Hola, colega. ¿Tú también te sientes abandonado?

No tardaré mucho en verlo todo negro si no salgo de aquí. Recojo mis cosas y decido ir a la biblioteca municipal de la rue Édouard-Delesalle. Meto en el bolso el Organizador de Amor y mi preciada Moleskine, donde voy anotando las ideas para mi próximo espectáculo. Pienso en Rose y hasta dónde está dispuesta a llegar para sacar algo de pasta, y todo porque no conseguimos triunfar, porque nuestro espectáculo no termina de arrancar. Aprieto los puños y siento que una determinación desconocida crece dentro de mí. Me corre por las venas y llega hasta mis puños, donde la sangre late con más fuerza, con todo el vigor de mi inquebrantable voluntad para cambiar las cosas. La rabia de pelearme para conseguirlo. Tengo que hacerlo y punto. Y para ello no hay ningún misterio, sino solo una solución: arremangarse. Un 1 por ciento de inspiración y un 99 por ciento de transpiración: ¡gracias, señor Edison, lo tendremos en cuenta! Cojo el bolso, meto el cruasán para luego, una botella de agua y el paquete de tabaco, y bajo corriendo los seis pisos.

En la calle, el aire fresco de abril me sienta bien. Caminar no solo me tonifica los músculos, sino que me aclara las ideas. Pienso en Rose. En ese curro de cobaya de ensayos clínicos para ayudar a la investigación. Tengo sentimientos encontrados. Por un lado, es algo que contribuye a que la ciencia avance, sin duda. Pero, por otro lado, me preocupan los posibles riesgos para mi amiga. Me viene a la cabeza un interesante artículo que leí hace poco sobre el progreso de la nanotecnología y la biotecnología. Y las posibilidades que se abren en el futuro son impresionantes: ¡pastillas inteligentes! Sistemas en miniatura que se implantarán y que serán capaces de ir diseminando poco a poco por el cuerpo sus preciados productos. Cápsulas que se programarán a distancia mediante corriente eléctrica de muy baja intensidad. Por ejemplo, dosis controladas de insulina para diabéticos... ¡y muchas más aplicaciones valiosísimas que serían de ayuda en los tratamientos crónicos!

Me llega un mensaje de Antoine. Me arranca una sonrisa. Desde la escena en el teatro Acrostiche, ha comprendido mi temor a que solo me quiera por mi físico. Ahora se ha pasado al otro extremo y no se atreve a hacer la menor alusión erótica...

> Tu voz por teléfono ayer... Tu boca es una excelente jardinera: las cariñosas palabras que siembras forman en mi interior un jardín de una frondosidad inaudita. Veremos si la hermosa rosa de nuestro amor huele a primavera...
> A.

Mi querido Antoine... ¡Cuánto tuvieron que dolerle mis reproches sobre tus mensajes subidos de tono! Y ahora me impresiona ver cómo cambia a un registro lírico-poético que parece de otra época para satisfacerme. Tiene la voluntad de seducirme... Sí, pero... ¿cuánto va a durar? Siento un escalofrío y no es por el aire fresco de abril: los viejos temores ventean y se cuelan por mi cogote como malignas corrientes de aire.

La señora Miedo se fuma un pitillo en una esquina de la calle y se ríe al verme. ¿Y si un día ya no soy atractiva para Antoine? ¿Llegará ese día, en que él tenga la odiosa sensación de haberse cansado de mí? ¿Seré entonces como uno de esos juguetes que se dejan de lado?

Pienso que la nanotecnología debería inventar urgentemente unas cápsulas de PPA: Pastillas contra la Pérdida de Atracción. ¡Harían que la pareja mantuviera un nivel constante de hormonas del deseo y del afecto! La cantidad justa y gradual para evitar la erosión del tiempo, la monotonía y la costumbre.

No están mal esas pastillas de PPA. Debería escribir un *sketch* para la Señorita Juli. Puede ser divertido...

A pesar de todo, me fustigo un rato: primero le echo la bronca a Antoine porque me escribe unos mensajes que muestran un deseo demasiado evidente, y luego me monto una película pensando en el día que deje de desearme... Observo con gran lucidez mis propias paradojas.

Llego a la biblioteca. Me encantan los ambientes de estudio y concentración. Las salas tienen mucha luz gracias a unos ventanales que dan a un bonito jardín arbolado. Admiro un momento el sauce llorón y sus largas hojas que ondean con gracia y vuelvo a pensar en mis pastillas de PPA. Interesante. ¡Por desgracia, necesitaré algo más real para que mi historia de amor sea duradera! Manos a la obra... Recorro pasillos repletos de libros alineados en estanterías de aluminio gris y me instalo en un rincón tranquilo del primer piso. Saco mi Organizador de Amor. El tema del deseo y, por ende, el miedo a que el otro me abandone en un momento dado me empujan a visitar el segundo apartado: «Entre yo y el otro».

¿Qué es «conocer al otro»? Primero, una deliciosa turbación. La incertidumbre. La búsqueda de la reciprocidad. El nacimiento del deseo. La improbable coincidencia entre dos seres. La química secreta que tantos sabios quisieran desentrañar, que tantas mentes brillantes han querido analizar para conocer su esencia. Como Jean-Baptiste Grenouille en *El perfume* de Patrick Süskind, ¿somos capaces de percibir una fragancia particular en el otro? No en términos de aroma, sino la esencia del alma, de su identidad. ¿Qué segrega la piel, más allá de las conocidas feromonas? ¿El alma tiene presencia? ¿Las ondas invisibles que irradia encuentran una caja de resonancia en el otro, o suenan huecas?

El sentimiento amoroso juega a esconderse y no se detiene si ve la oportunidad.

Los comienzos se caracterizan por la incertidumbre. ¡Esos sentimientos nuevos nos embelesan totalmente! Y cuánto sufre el corazón, al que invade una llama que es mucho más que una llama: lava, magma de sensaciones, de preguntas y de miedos mezclados con ganas irrefrenables, con deseos volcánicos. La pasión del principio arrasa con todo a su paso, incluyendo a la razón. La realidad se idealiza y cambia de aspecto. El corazón enamorado solo quiere explorar un mundo: el del otro. Sin embargo, aún se siente en territorio desconocido. No sabe muy bien dónde pisa. De ahí el malestar. Pero el sentimiento amoroso da fuerzas y el corazón se lanza a la conquista, más como un buscador de oro con grandes y locas esperanzas que como un mercenario insensible y despreocupado. El corazón enamorado está repleto de candor y de una dulce ingenuidad. Quiere creer.

Si el amor es ciego, lo es principalmente por una quimera: la de la fusión imposible. ¡Ay de quien pretenda buscar a su media naranja! La peor utopía es la más devastadora. El $1 + 1 = 1$ no existe. La fusión solo conduce al callejón sin salida de la dependencia. La casa de los amores felices apenas tiene paredes y sus ventanas siempre están abiertas.

Hojeo las cinco páginas que he emborronado con mis reflexiones en el Organizador de Amor y reprimo un bostezo. Me releo. ¿Me ayuda todo esto a incrementar mi amorabilidad? Decido que sí, que este preámbulo para clarificar los estados vitales del sentimiento amoroso es necesario para verlo más claro. Aun así, necesito un café para seguir trabajando.

En el rellano hay una máquina de café. Cuando estoy delante, veo que no puedo sacarlo con las monedas que llevo. Con las ganas que tenía de tomar algo caliente. Un hombre está esperando detrás de mí. Se percata de mi apuro.

—¿Necesita suelto? —me pregunta amablemente.

—¡Ay, sí, muchas gracias! No le digo que no... Tenga, solo llevo esta moneda de dos euros y la máquina no la acepta.

—Deje, deje, no se preocupe.

—Muchísimas gracias, de verdad...

—De nada, no tiene importancia.

Me marcho con el café humeante. Qué bien sienta. Vuelvo a mi sitio y me fijo en el tipo que me ha invitado a la bebida, sentado unas mesas más allá. Hasta ahora no le había prestado atención. Levanta la vista hacia mí y le dirijo una sonrisa de agradecimiento. Él asiente con la cabeza y se ensimisma en su trabajo.

Y yo en el mío.

Retomo el hilo de mi reflexión. Entre yo y yo, estamos de acuerdo: el verdadero problema no procede de la feliz etapa del comienzo, en la que el otro nos parece perfecto y provisto de todo tipo de virtudes, en la que el corazón embriagado atenúa los defectos y retoca ligeramente la realidad. Creo que la verdadera aventura empieza luego, cuando el amor sincero inicia su andadura. Al igual que un recién nacido desarrolla el sistema inmunitario superando pequeñas enfermedades, el amor incipiente también debe exponerse gradualmente a cosas que lo hieren para hacerse más fuerte.

El amor verdadero surge tras la etapa del desencanto.

Nos encontramos. Nos gustamos. Nos ponemos por las nubes. Y luego, pues bueno, nos desencantamos... Y es mucho mejor así.

¿Acaso hay una presión mayor que la de tener que mostrar siempre la mejor cara?

El desencanto es la prueba de fuego. Se pasa o no se pasa. ¿Lo resistirá un amor incipiente?

Sin embargo, hay cierto alivio cuando, por fin, podemos revelar parte de nuestros defectos inconfesables, construir ese lugar donde nos podemos quitar la careta, soltar lastre y, como un extenuado guerrero de la vida, aspirar al dulce reposo de ser uno mismo, sin más.

Aún aturdidos por los sentimientos cegadores de los inicios, mientras que la mente despierta y sale de una larga anestesia, nos sorprende el particular hormigueo de los verdaderos sentimientos, esos que resisten la cruda realidad. Pero la realidad envejece mal. Mes tras mes, año tras año, corre el riesgo de hundirse en lo prosaico. A la realidad le salen arrugas por la monotonía, la costumbre, los rencores que se gangrenan y las frustraciones traicioneras.

Y ahí es cuando la partida empieza de verdad. La que no quiero perder de antemano. Porque será inevitable. El lento abandono. El velado distanciamiento.

Debo de tener mala cara porque el señor de antes me mira de soslayo desde la otra punta de la sala. Le sonrío con discreción y él se enfrasca en sus libros. Me pregunto en qué estará trabajando.

Como quien no quiere la cosa, examino su fisionomía. No tendrá más de cuarenta años. Un cabello muy oscuro rodea su rostro ovalado, y sus rasgos delicados contrastan con una barba cerrada y densa. Detengo mi análisis en cuanto levanta la mirada hacia donde estoy yo.

¿En qué estaba pensando? «¡Meredith, no te disperses!»

Vuelvo a coger mi rotulador negro y reviso la página. Subrayo cuatro veces la última frase: «aceptar las reglas del juego».

Marivaux escribió una obra maravillosa sobre «el juego del amor y del azar», sin embargo yo pienso que el éxito en el juego del amor depende de muchas cosas, pero no del azar. Incluso me parece que el amor consiste, por una parte, en aceptar las reglas del juego y, por otra parte, en tener la voluntad de que perdure.

REGLA DEL JUEGO DEL AMOR: ACEPTAR QUE EL OTRO ES OTRO.

¿No es esto lo que provoca la mayoría de los naufragios sentimentales? ¿Olvidar demasiado pronto de que el otro no está hecho igual que tú, que no tiene las mismas necesidades, las mismas expectativas, que no actúa igual?

La mayor parte de las discrepancias surgen por no aceptar las diferencias. Y muchas discrepancias derivan en una ruptura inevitable...

Entonces ¿cuál es el secreto para resolverlo?

Antes que nada, la comunicación. Luego, la flexibilidad. Identificar las necesidades del otro, dejar que se manifiesten, incluso fuera de la relación si es preciso. Dejar al otro su espacio para ser libre, para ser dueño de sí mismo.

Después hay que «decidir». Subrayo con un fluorescente amarillo esa palabra. Porque sí: que el amor dure es una decisión. La de actuar sin descanso para mantener viva la llama. Esto exige tanto esfuerzo y energía como irse a correr bajo una lluvia torrencial. La lluvia son las trabas de la vida. La lluvia que pone a prueba el amor. El bonsái de los sentimientos necesita cuidados y atenciones a diario para no morir.

Me siento bastante satisfecha por el punto al que han llegado mis reflexiones. Aun así, me preocupa una cuestión: ¿cómo una relación puede conseguir un equilibro estable y próspero, evitar los altibajos y lograr una felicidad más honda y duradera? Me levanto para buscar las respuestas en la sección de Filosofía.

Hojeo algunas obras y veo desfilar las palabras de los pensadores clásicos: «hedonismo», «eudemonismo», «ataraxia»...

¡Ah, sí! La ataraxia me interesa.

> A. – *filos*. Tranquilidad, impasibilidad del alma que se ha convertido en dueña de sí misma mediante la sabiduría adquirida, bien por la moderación en la búsqueda del placer (epicureísmo), bien por la justa apreciación del valor de las cosas (estoicismo), o bien por la suspensión del juicio (pirronismo y escepticismo) [...].

Me empapo de la definición y trato de analizarla.

Esta felicidad que parece escapar de nosotros constantemente ¡es intolerable! El maravilloso concepto que desarrollaron esos filósofos es el de encontrar un tipo de felicidad que fuera más estable, en lugar de caer en la trampa de perseguir placeres efímeros, lo que conlleva encadenar fases de euforia con otras de profunda tristeza. Ellos plantean el término medio, sin excesos, con expectativas razonables. Tal vez incluso propiciar la valorización del otro por lo que es y lo que hace, en vez de centrarse en lo que no funciona y perderse en el reproche sistemático.

—Le interesa la filosofía, por lo que veo...

El hombre está a mi lado y finge consultar un libro. Espero que no sea un embaucador.

—Sí, estoy investigando una cosa...

—¿Sobre el pensamiento clásico?

Le sonrío con educación.

—No exactamente, pero sí, puede esclarecer nuestros conflictos contemporáneos. Y usted, ¿qué busca?

—Esta biblioteca es mi segundo hogar. Soy profesor de Literatura contemporánea en la Universidad de Lille.

—Vaya, pues aquí estará como pez en el agua...

—Podemos decirlo así. Si me dice cuál es su tema, podría recomendarle algunas obras útiles.

Dudo. Tiene una mirada franca y algunos consejos me serían de mucha utilidad.

—Para un trabajo personal, me interesa el tema del amor y la búsqueda de la felicidad en general.

—Qué interesante —dice sin ápice de ironía—. Le parecerá increíble, pero he escrito una tesis sobre eso.

—¿En serio?

¿Quiere impresionarme para ligar conmigo?

—Sí. Incluso tengo una idea muy personal sobre el tema...

—¿De verdad?

—Podría compartirla con usted, si lo desea.

Debe de leer en mi mirada la suspicacia de cualquier mujer a la que un desconocido aborda en un lugar público, y no parece ofenderse. Me sonríe de una manera tan tierna como encantadora.

—No lo sé...

—Lo siento, soy un patán, ni siquiera me he presentado. Laurent, encantado de conocerla.

Me tiende la mano y vuelvo a dudar. A fin de cuentas, ¿qué debo temer?

—Meredith.

—¡Qué nombre tan bonito! Es un nombre de musa...

—¿Ah, sí?

Menuda labia. Reitero mis reservas. Se percata y continúa hablando con toda la sinceridad de la que es capaz.

—Mire, no tiene por qué sentirse obligada. Simplemente me gustaría compartir con usted el resultado de mi investigación, ya que parece estar estudiando lo mismo. ¿Quizá tomando un café?

—Quizá. No lo sé aún.

—Piénseselo, ¿de acuerdo? Aquí tiene mi tarjeta.

Cojo la tarjeta y la guardo en el bolsillo de mis vaqueros. Balbuceo una despedida sin mucho entusiasmo, segura de que no voy a llamarlo.

Escena 38

Meredith
Cuenta atrás: -83 días

¿Por qué le he llamado? Realmente no lo sé... Un arrebato de curiosidad, supongo. Las ganas de conocer su tesis sobre el amor. Y, a fin de cuentas, un café no compromete a nada...

Laurent no ocultó su entusiasmo al teléfono ante la idea de esa charla, que prometía ser «jugosa», dijo. Yo tengo mis reservas. Vislumbro la fachada color café torrefacto del Magnum Café. Está sentado en una mesa un poco apartada, inmerso en profundas reflexiones, sobrevolando las notas con el bolígrafo del que cuelgan sus pensamientos.

Carraspeo para hacerme notar. Se levanta de un salto, como si hubiera resucitado, y me estrecha la mano efusivamente.

—¡Meredith! Es un placer volver a verla. Por favor, siéntese.

Me desabrocho los botones del abrigo y me lo quito sin prisa, como para ganar tiempo antes de afrontar lo incómodo de conversar a solas con un desconocido.

Pido un expreso largo. Él toma un café *crème* con un vaso de agua.

—Así que usted también investiga el tema del amor... Es una cuestión inagotable. A mí me ha llevado años desarrollar mi propia teoría...

Me entra curiosidad.

—Ah, ¿y cuál es?

—Se la voy a contar.

Observo cómo le brillan los ojos.

—¿Conoce la leyenda del corazón de cristal, Meredith?

—Eh... no...

—Es la historia de un dios desconocido del Olimpo, Glyptos, a quien Zeus encargó fabricar el corazón más duro posible cuando se crearon los hombres. Glyptos buscó el material más resistente y encontró la solución perfecta en el diamante, así que esculpió el corazón humano con esta sublime, pura e irrompible piedra.

Me dejo llevar por su voz grave.

—¿Y...?

—Un día, Zeus se enamoró perdidamente de una humilde mortal, Acacia, que significa «la que es inocente». Aunque la cortejó sin descanso durante años, la hermosa mujer se mantuvo virgen y nunca cedió a sus insinuaciones.

Laurent calla cuando el camarero nos trae los cafés, lo que obliga a mi narrador a mover los innumerables papeles que invaden la mesa.

Me mira a los ojos para ver si le invito a seguir. Le animo a hacerlo.

—Zeus estaba cada vez más enfadado. Interpretaba ese rechazo como un desprecio intolerable y no tenía en cuenta los loables y castos motivos de la mujer. Acabó convenciéndose de que la joven mortal utilizaba el rechazo como subterfugio para obtener más favores. Con la mente ofuscada por esos pensamientos tóxicos, Zeus, rabioso, estaba a punto de cometer lo irreparable: tomar a la joven por la fuerza. Cuando se disponía a llevarlo a cabo, Acacia, desesperada y aterrorizada, trató de huir y resbaló desde lo alto de un acantilado.

Zeus experimentó entonces lo que sentían los humanos cuando decían morir de pena. Acacia le había roto el corazón...

—Qué historia tan triste me está contando, Laurent.

—Y eso no es todo: para no olvidarse jamás del terrible dolor que le infligió una simple mortal y para que los hombres recordasen lo frágil que es el corazón, ordenó a Glyptos que fabricase los corazones humanos de cristal...

Suelto una carcajada.

—¡Se ha inventado esta leyenda de cabo a rabo, Laurent!

Me sonríe con cara de pillo.

—¡En absoluto! Esa es la razón de por qué nuestro corazón es tan frágil, que tantas historias de amor ha roto en mil pedazos...

Me vuelvo a reír. Una historia bonita.

—Ahora le toca a usted hablarme un poco de cuáles son sus motivos para estudiar el tema del amor. ¿Le importaría?

Definitivamente, tiene una sonrisa muy persuasiva.

Le cuento a grandes rasgos mi investigación, cómo me he convertido en una especie de Cándido del amor que se ha marchado a explorar en un *Love Tour* iniciático, lejos de los brazos de mi amado. Parece fascinado.

—Huelga decir que aún me queda mucho para encontrar las respuestas que me permitirían sentirme preparada para vivir el gran amor y estar a su altura.

—¡Válgame el cielo! ¡Una idealista!

—¡No se burle de mí! —Me río.

—¡No, no me burlo, de verdad! Yo también soy un idealista, aunque de una clase muy diferente...

—¿Ah, sí? ¿De cuál?

Laurent titubea.

—Venga, ahora que me ha contado la leyenda de Acacia, puede confiarme cualquier cosa —digo para picarlo.

Sigue dudando durante un momento; le puede mi insistencia y se sincera a media voz.

—Hummm... He resuelto el tema del amor convirtiéndome en un coleccionista de caprichos.

—¿Un qué?

Se aclara la garganta, algo incómodo.

—¿Me promete que no va a juzgarme?

—Se lo prometo.

—Se lo voy a explicar. Me he pasado muchos años buscando la postura más apropiada que adoptar con respecto al amor. Y he decidido quedarme con los caprichos para no exponerme a la posibilidad de sufrir por amor... Porque un capricho es un amor pasajero, pero está igual de vivo. Por definición no puede doler, ya que no está destinado a durar. Gracias a lo cual evito pasar al estado de la intimidad peligrosa y su mayor mentira: el mito de la pertenencia. «Mi marido», «mi mujer»... ¡quimeras ridículas! ¡En este mundo nada nos pertenece! Por tanto, me encapricho de personas de paso, me dejo llevar por los sentimientos que me provocan y me insuflo de la extraordinaria energía que generan esos amoríos, que no dejarán huella pero tampoco ninguna cicatriz. Me quedo con lo mejor del amor, es decir, como decía el difunto Malebranche: «Movimiento para ir más lejos». Por lo demás, la mayoría son caprichos platónicos...

—¿La mayoría?

Se ríe.

—Bueno... ¡Soy humano a pesar de todo! Cuando cuerpo y espíritu pueden encontrarse, tampoco me opongo.

—¿Y es feliz así?

—A mi parecer, más que la mayoría de la gente, pues no pretendo poseer nada. Disfruto con la exaltación fugaz de la belleza que siento en cada uno de esos placenteros encuentros. No me entristece ni me frustra, porque sé que la fuente de las bellezas física, intelectual y espiritual es inagotable y que el mundo está repleto de ellas, siempre que no cometamos el error de detenernos en un único objeto de deseo... Bebo de todas las fuentes, no me privo de ninguna, y así amplío cada vez más la perspectiva.

Estoy alucinando.

—Qué interesante —me conformo con balbucear.

Le miro fijamente con un brillo malicioso en los ojos.

—Y... ¿debo suponer que yo formo parte de sus caprichos actuales?

Se echa hacia atrás para apoyarse en el respaldo de la silla. Y quizá también para verlo en perspectiva.

—Es posible.

Le escruto sin reparos para tratar de adivinar sus pensamientos. La mirada es el espejo del alma. Un segundo más hubiera sido incómodo.

—¿Y qué espera exactamente de sus caprichos, Laurent?

Esboza una sonrisa enigmática, convirtiéndose en la versión masculina de la Mona Lisa.

Escena 39

Rose

Solo hace dos horas que volví del hospital. Al llegar, Meredith me ha hecho un recibimiento increíble. Su cariño me ha reconfortado después de los tres días que he pasado en ese universo frío y aséptico. Me ha acribillado a preguntas que he esquivado con cuidado para no asustarla con mi experiencia en los ensayos clínicos. He puesto buena cara delante de ella. Estoy contenta. Ha colado.

Luego me he escabullido a mi cuarto para echarme un rato e intentar olvidarme del vértigo que siento cuando hago movimientos bruscos. Me digo que, si duermo una buena siesta, todo saldrá bien en nuestra primera representación de esta noche en el teatro Guillemets. No tengo elección, así que debo asegurarme. Y más teniendo en cuenta que estoy al corriente de la intervención secreta de Antoine para que se llene la sala. No ha podido evitar confiármelo. Le he advertido del peligro que suponen esos arrebatos de ángel de la guarda: ¡si Meredith se enterase, no le gustaría ni un pelo! A pesar de todo, envidio a mi amiga por todos esos gestos de amor, además en la sombra, y espero que, con respecto a su futuro sentimental con él, elija bien...

Se me escapa un suspiro: es muy duro cargar con ese secreto. A veces me quema en los labios y me muero de ganas de contarle a Meredith todo lo que Antoine hace por ella a escondidas para mejorar su vida cotidiana, para ayudarla a ganar confianza, para que se sienta mejor con su vida... Pero he prometido no desvelar nada. Y soy una mujer de palabra.

Antoine me ha contado que, en muy poco tiempo y gracias a su red de contactos, ha encontrado dos comités de empresa de Lille interesados en el espectáculo y que está confirmado que cuarenta empleados van a disfrutar de las entradas que les ha regalado Antoine.

Así que esta noche esperamos a ochenta personas. Trago saliva a duras penas, sin saber si el malestar se debe a los nervios o al dolor de garganta.

Meredith llama a la puerta y asoma la cabeza.

—¿Estás bien, cariño? ¿No necesitas nada?

Muestro toda la convicción de la que soy capaz para engañarla con una gran sonrisa y un pulgar levantado como es debido.

En cuanto cierra la puerta, dejo caer la cabeza pesadamente sobre la almohada y me pregunto cómo voy a aguantar.

Escena 40

Meredith
Cuenta atrás: -79 días

Qué alegría ver a Rose. No solo la he echado de menos, sino que además he estado muy preocupada por ella. Afortunadamente, parece que todo ha ido bien, aunque la encuentro un poco pálida.

En lo que a mí se refiere, empiezo a tener todos los síntomas previos al estreno y, como buena hipocondríaca, estoy convencida de que perderé la voz de aquí a esta noche. Con el cuello enfundado en el pañuelo de seda de los días de mucho miedo, he bajado al supermercado para hacerme con el kit de primeros auxilios para voces fugitivas.

Por supuesto, antes he entrado en ciento siete páginas web para leer las mejores recetas milagrosas, que por otra parte me sé de memoria, pero la hipocondría nunca se calma lo suficiente. He renunciado al truco del diente de ajo rayado que hay que tragar con una cucharada de miel por consideración a Rose, mi compañera de tablas y hermana del alma.

Así que aquí estoy, en nuestra cocina americana, esperando pacientemente a que hierva el agua para preparar una mezcla con zumo de limón y sal gorda y luego hacer unas gárgaras, que siempre me han funcionado.

A lo largo del día chuparé unas cucharadas de miel con

dos gotas de aceite esencial de árbol de té. Lo bueno es que, si no consigo triunfar en el teatro, siempre podré meterme a herborista clandestina: ¡aunque no tenga el título, me lo sé tan bien que seguro que me iría de maravilla!

Se acerca la hora H y empiezo mi pequeño ritual. Una rutina que he repetido mil veces y que me ayuda a calmar los nervios: una ducha muy caliente, una estimulante dosis de belleza corporal, el maquillaje adecuado para ganar confianza y un botiquín contra todo tipo de achaques (aceite esencial antináuseas, gránulos antiestrés, caramelos de miel, amuleto contra las malas vibraciones...). Ya estoy lista.

Rose y yo salimos cogidas del brazo cargadas de ilusión, imaginando que el teatro Guillemets nos abrirá la puerta a otros y a una carrera artística más boyante.

Rose tropieza una o dos veces y maldice sus zapatos de tacón. ¿Cuántas veces le he aconsejado que se ponga un calzado plano, sobre todo teniendo en cuenta su estatura?

Cuando llegamos, el director del teatro nos está esperando. Hoy parece contento, lo que difiere de la primera impresión que tuve de él: un tipo seco hecho un manojo de nervios y con tanta empatía como agua hay en el Sahel.

—¿Qué tal, señoritas? —pregunta con un tono un poco adulador.

Contesto por Rose, inusualmente apagada, y le digo que venimos dispuestas a comernos el mundo. Él levanta una ceja, satisfecho, y se sube las gafas.

—Estupendo, estupendo, porque tengo buenas noticias: ¡esta noche tenemos aforo completo!

No disimulo mi excitación y doy un codazo a Rose para compartir la euforia que me invade. ¿Será el principio del reconocimiento del público?

—Espero que pongan toda la carne en el asador.

La pondremos. Estoy exultante. Siento cómo la adrenalina electriza cada parte de mi cuerpo. Por dentro tengo una sensación extraña, como la de una bola de fuego sumergida en un lago helado. Es el efecto del miedo mezclado con las ganas de salir a escena.

Rose parece estar muy concentrada: ha cerrado los ojos, clavada a la silla, como inmersa en una sesión de meditación. La dejo que se concentre.

Ya nos toca. Mi corazón late a toda pastilla cuando, entre bambalinas, veo la sala llena y un ambiente cálido que emana del público. El momento de salir es parecido a hacer puenting. Nunca sabes si volverás a experimentar sensaciones tan intensas cuando conoces lo que se siente. Tomo aire y, ¡hale-hop!, ya estoy ante el público. Mi público. La razón de mi existencia.

Estoy entregada. Pero al cabo de un rato tengo la desagradable sensación de que algo no va bien. Rose no está concentrada. Su actuación es floja. ¿Qué está pasando? Encadenamos los chistes. Pongo doble ración de energía para compensar y le lanzo sutiles miradas de preocupación. Empezamos el tercer *sketch*. Cuando debe darme la réplica, el público y yo aguantamos la respiración. El silencio pasa por un efecto escénico. Rose se acerca a mí vacilante. De pronto, se cae redonda y yace en el suelo, inmóvil.

El público se levanta espantado. Yo me apresuro a ayudar a mi amiga. Llamamos a un médico. Llevan rápidamente a Rose al hospital. Sobra decir que en mi cabeza reina el caos. Cuando avisan al departamento de ensayos clínicos, quitan importancia al incidente: «Pueden darse efectos adversos en las horas siguientes a la prueba. En general, no revisten gravedad». Paladeo la ironía de ese «no revisten gravedad». Me dan ganas de retorcerles el cuello. Mientras tanto, Rose está en el limbo.

Tras varias horas de espera, me informan de que solo ha sido un susto y que van a dejar a Rose en observación, nada más. Siento un profundo alivio y una alegría inmensa. Que no dura mucho, por desgracia. Al día siguiente al mediodía vuelvo al hospital para recoger a Rose. Puede volver conmigo a casa. Justo entonces me llaman por teléfono. Es el señor Bocquet, el director del teatro, con voz malhumorada. Apenas pregunta por Rose.

—No le voy a ocultar que el fiasco de ayer es catastrófico...

—Ah...

—¡La escena no pudo ser más dramática! —ironiza.

—Totalmente improvisada —pruebo a decir.

Me interrumpe con tono cortante.

—Y muy desafortunada, tanto para ustedes como para mí —zanja de forma glacial.

Guarda un silencio tan inquietante como el de un médico a punto de anunciar una enfermedad grave. Y articula con amarga solemnidad:

—¡He tenido que de-vol-ver el dinero a ochenta personas! ¿Entienden lo que significa eso?

Rose, de pie junto a mí, quiere saber qué pasa. Supongo que ve cómo se oscurece mi rostro según pasan los segundos hasta descomponerse por completo cuando cuelgo.

—¿¿Y?? —pregunta ansiosa.

—Nos han despedido.

Y rompo a llorar.

Escena 41

Antoine

Cuando oyes llorar a la mujer que amas, incluso por teléfono, siempre es algo desconcertante. No sabría decir dónde me toca, pero sí que me afecta en alguna parte muy íntima. Ese raudal de lágrimas, tan poco habitual en Meredith, me ha trastocado por completo y aún me tiembla todo el cuerpo. ¿Quién iba a prever una catástrofe semejante en su estreno en el teatro Guillemets? Cuando pienso en lo que costó que se llenase la sala, en esas ochenta personas que hubo que buscar... ¡y todo para nada! Pero lo que peor llevo es la desesperación absoluta de Meredith. La he notado a un paso de tirar la toalla, a punto de dejar su profesión. Me ha helado la sangre. Mientras escuchaba sus palabras sin consuelo, he sentido una desazón irrefrenable, una sensación muy masculina frente a los desahogos del sexo contrario: el malestar, el sentimiento de impotencia. Me tomaba por una persona eficaz en la toma de decisiones pero, frente a la gestión de una crisis emocional, me he visto como un adolescente torpe que no sabe qué hacer. ¿Encontraría las palabras adecuadas? ¿Estaría a la altura de la confianza que ella me otorgaba al abrirse, por fin, en un momento de debilidad? Viniendo de ella, tan reticente para pedirme ayuda, interpreté esa llamada de auxilio como un regalo. Para un hombre, es delicado manejar la angustia femenina. Frente a la mujer de la que estaba locamente enamorado, me sentía tan perdido como ante un rompecabezas. Recordé uno de los sabios consejos de mi querida amiga Annabelle: «Muchos hombres tienen el defecto de escucharse hablar. Créeme: un hombre que sabe ofrecer una auténtica escucha activa a su pareja, sin interrumpirla ni soltarle inmediatamente consejos o decirle qué hacer, ¡gana muchísimos puntos!». Así que, durante un buen rato, mientras Meredith se desahogaba y ensombrecía el cielo de sus perspectivas, me he mordido la lengua varias veces y me he cosido los labios para no intervenir. Escuchar. Nada más. Aportando solo lo necesario: leves señales reconfortantes y una entonación alentadora. El método parece que ha funcionado.

—Me ha sentado muy bien... hablar contigo —ha dicho al final de la conversación.

—Me alegro. No te rindas, Meredith. Ya sabes que los días pasan y cada uno es diferente. Estoy seguro de que todo se va a solucionar.

—Me encantaría poder creerte.

—Hoy lo ves todo negro. ¡Voy a llamarte mi *Black Swan*! —le he soltado para animarla.

—¿*Black Swan*? —ha farfullado por el teléfono.

—Mi cisne negro —he contestado con cariño.

—Es un detalle que me veas como un cisne, ¡aunque sea negro!

La he regañado un poco para que deje de compadecerse de sí misma. Tengo la sensación de conocer sus recursos mejor que ella. Y sé que sabrá usarlos para reponerse, pase lo que pase. Ojalá estuviera tan convencida de ello como yo.

—¿Me prometes, precioso cisne, que recuperarás el lustre de tus blancas plumas?

Por fin se ha reído y ha prometido hacer el esfuerzo.

—¿Sabes qué? ¡Voy a llamar al director del teatro! —le he dicho.

—¡No lo hagas, por favor! Va a mandarte a paseo.

—¿Cómo lo sabes?

—Lo sé y punto. El tipo es un bulldog.

—Meredith, dame su número. Solo voy a intentar hablar con él...

—Pierdes el tiempo.

Sin embargo, algo en su voz me daba las gracias.

Nos hemos mandado un abrazo muy fuerte por teléfono. Mi memoria sensorial trata de rememorar su piel de terciopelo bajo mis dedos. Hemos colgado.

Me he quedado mirando al vacío durante unos largos minutos y luego he dado vueltas por el salón pensando cómo resolver la situación. He cogido el teléfono.

El señor Bocquet ha respondido de inmediato. En cuanto he nombrado a Rose y a Meredith, su voz se ha teñido de resentimiento. Por segunda vez en el día de hoy, he puesto en práctica la teoría de «la oreja amiga», lo que ha mejorado la predisposición del director hacia mi persona. Por desgracia, aunque apreciaba mi amabilidad, insistía en que no había nada que hacer. Que *Las tiparracas* habían tenido su oportunidad pero que su fracaso le había costado mucho dinero. Entonces he sacado un as de la manga. Y, aunque no me guste decirlo, el dinero quizá no dé la felicidad pero hay que reconocer que permite arreglar muchas situaciones.

—Señor Bocquet, le propongo una solución amistosa. Estoy dispuesto a pagarle las ochenta entradas en su to-ta-li-dad.

Separo claramente las sílabas para que sus tímpanos se empapen. De pronto parece receptivo.

—¿Y a cambio de qué?

—De que las vuelva a contratar para que cumplan con las fechas del espectáculo previstas inicialmente.

No tardó mucho en aceptar.

—Me gustaría, no obstante, pedirle un favor...

—¿Cuál?

—No les diga bajo ningún concepto que he pagado para arreglar las cosas... Es más, para que parezca más creíble que les da una segunda oportunidad, dígales que acepta volver a contratarlas a cambio de otra fecha para recuperar la actuación que tuvo que anularse. ¿Está de acuerdo?

—Sí, es factible...

—Gracias, señor Bocquet.

Cuelgo, empiezo a sentirme más aliviado.

Me instalo en la mesa del salón con una calculadora y un bloc de notas. Esta historia está empezando a salirme muy cara, pero me da igual. Haría cualquier cosa por llevar una bonita sonrisa a la cara de Meredith.

Decidido, agarro otra vez el teléfono y marco el número de mi banco.

—Hola, buenos días. Soy Antoine Delacour. ¿Podría hablar con Sandra Magnieri, por favor? Sí, espero... ¿Sandra? ¿Qué tal? Necesito hacer una transferencia de mi cuenta de ahorros a mi cuenta corriente, por favor. Muchas gracias.

Mientras espero, hago garabatos en el bloc de notas. Muchas volutas, arabescos, pétalos... Como si cualquier cosa que hiciera para contribuir a la felicidad de Meredith me pusiera de buen humor.

Escena 42

Meredith
Cuenta atrás: -77 días

Cuando cuelgo, un montón de clínex usados yace a mis pies. Siento una repentina vergüenza por haberme desahogado llorando con Antoine. A decir verdad, no esperaba que me aliviase tanto. Pero es como si me hubiera quitado un peso de encima y ahora tengo un ataque de gratitud hacia Antoine. Pienso en sus palabras. En el *Black Swan* que le he inspirado, un cisne de plumas oscuras. No habrá tardado mucho en descubrir mi predisposición natural a desanimarme enseguida, a compadecerme de mí misma, a dramatizar... Hay que tener en cuenta que me gusta enfocar mis defectos y grabar mis cualidades con letra microscópica en un grano de arroz.

De momento no me considero digna de que me vean como un precioso cisne blanco, como en el cuento de Andersen. Todavía conservo los estigmas de patito feo profundamente enraizados. Saco el Organizador de Amor y, en la parte «Entre yo y el otro», anoto una resolución: «¡Procurar no sobrecontaminarle con mis problemas, a riesgo de contagiarle mi mal humor!». Me prometo a mí misma discernir hasta dónde es conveniente que me abra para compartir mis preocupaciones y en qué momento debo colocar un saludable muro de hermetismo.

Cuando estoy recogiendo los clínex para ir a tirarlos, se me acerca Roméo con gesto confuso.

—¿Estás trrrrrriste? ¿Estás trrrrrriste? —insiste.

Me quedo desconcertada durante un momento. ¿Cómo consigue percibir las emociones? Acaricio al pájaro y voy al cuarto de Rose mientras termino de secarme los ojos, hinchados por el llanto.

—¡Hola! ¿Estás bien?

Está tumbada en la cama mirando el techo y empezando la segunda bolsa de patatas fritas. Vaya pregunta más tonta.

—Oye... ¿No es una pasada que Roméo me pregunte si estoy triste?

—Ah, ¿te lo ha dicho?

—Sí...

Rose se queda pensativa.

—Sí, me había dado cuenta... Es increíble. Es como si supiera reconocer y nombrar las emociones básicas.

—¿Es normal en un loro?

—No creo, no... Hace tiempo, el Instituto Peterson me pidió que les dejase una temporada a Roméo para que estudiaran sus aptitudes, pero no he tenido el valor de separarme de él...

—Claro, lo entiendo... ¿Sabes? He estado hablando por teléfono con Antoine.

—¿Y qué tal?

—Va a intentar hablar con Bocquet. Pero conociendo al tipo, es una batalla perdida, en mi opinión.

—Ni idea. Ya veremos... En fin, ¡mientras esperamos, podemos hincharnos a patatas!

Se ríe bajito, sin creérselo demasiado.

—No, gracias. Se me ha ocurrido algo para entretener-me... Voy a salir. ¿Quieres que te traiga algo?

—No. Tengo todo lo que necesito con las reservas de patatas fritas.

La dejo a merced de su pequeño placer de regresión salada y bajo a la tienda de bricolaje que hay unas calles más allá, a la sección de manualidades.

Compro un lienzo de algodón de tamaño A3, un tubo de pintura acrílica de color negro, un rotulador permanente negro de la marca Posca, una bolsa de plumas blancas decorativas, una grapadora de pared, papel de calco, un lápiz 2B y otro HB. Me marcho satisfecha con mi botín.

Lo he pasado tan mal durante las últimas horas que tengo la imperiosa necesidad de evadirme.

Cuando regreso al piso, ya he afinado la idea y abro el portátil para encontrar la imagen deseada. Tecleo en el buscador: «dibujo cisne silueta». Me sale inmediatamente lo que quiero. Elijo el cisne que más me convence, hago un copia y pega de la imagen en un documento y la amplío para que ocupe todo el espacio. Imprimo. Solo me queda calcar la silueta del cisne sobre el lienzo. El lápiz 2B, más blando, para emborronar la parte trasera del calco. El lápiz HB, más duro, para marcar el contorno del cisne.

He esbozado el proyecto en mi Organizador de Amor: voy a pintar el fondo exterior en negro para que el cisne destaque en blanco, los diseñadores gráficos lo llaman «calado».

Con el rotulador negro, voy a dibujar «territorios aleatorios»: unas «zonas» en el interior del cuerpo del animal delimitadas por líneas negras. Rellenaré algunas con dibujitos y diseños sencillos, a merced de la imaginación y la creatividad. Las otras, con palabras que simbolicen mis acciones y compromisos para, por fin, convertirme en el hermoso cisne que espero ser. Tengo clara la línea de actuación y la apunto en rojo en el Organizador de Amor: «¿De qué estoy orgullosa?».

Redacto una lista de ideas en el apartado «Entre yo y yo». Desde las cosas más pequeñas a las más atractivas. Me parece la forma más evidente de subir mi autoestima.

Pinto el fondo negro para resaltar la silueta del cisne y, mientras se seca, decido fumarme un cigarrillo en el microscópico alféizar que hace de balcón. Hace que se me irrite aún más la garganta y su sabor agrio me da una sed espantosa. Me veo dando caladas a ese pitillo de punta grisácea y me cuesta encontrar un sitio para aplastarlo en el cenicero atestado de colillas que se han ido amontonando día tras día. Algo bastante asqueroso. De pronto, se me enciende una lucecita: ¿dejarlo no sería una primera buena razón para estar orgullosa de mí?

Cuando retomo mi actividad artística, estoy emocionada y animada a la vez. Tengo miedo, pero también ganas. De atreverme. De ver de lo que soy capaz. Y sobre todo de no aplazar más esas decisiones que, aunque no parezcan gran cosa, suponen un fuerte compromiso y ponen en marcha la rueda del cambio positivo. Por tanto, en una de las zonas interiores del cisne escribo artísticamente con la mano algo temblorosa: «Dejar de fumar». Me aparto un poco para ver cómo queda. ¡Es alucinante lo alentador que es este ejercicio! Me divierto completando más zonas con bonitos dibujos asimétricos: una parte con gruesas rayas blancas, otra con círculos pequeños, otra con una especie de pétalos... Queda genial.

En ese momento, Rose aparece por allí.

—¡Vaya! Qué chulo es eso que estás haciendo. ¿Has decidido cambiar de oficio? —bromea—. ¡Buena idea! Ser actriz es un asco...

—Qué va, solo me estoy divirtiendo.

—Bueno, haces muy bien... —Se estira con pereza, tiene ojeras y la tez apagada—. ¿Quieres que te prepare un té?

—¡Me encantaría! Gracias, querida.

Oigo el hervidor a lo lejos. Grapo las primeras plumas alrededor del bastidor para improvisar un marco. Estoy bastante contenta del efecto que produce.

—¡Ya está listo! —avisa Rose.

—¡Voy!

Garabateo las ideas que se me ocurren en mi Organizador de Amor.

Otra razón importante para estar orgullosa de mí sería hacer realidad mi proyecto de monólogo. Anoto en una parte del cisne: «Hacer realidad...». ¡Yo me entiendo!

También debo aclarar esto en el apartado «Entre yo y el mundo».

Para que el proyecto arranque, tengo que ser más precisa. No se sueña un objetivo, sino que se visualiza. Es conveniente detallar todas las etapas para su realización.

Establecer un plan de trabajo concreto de acuerdo con una pregunta muy sencilla: «¿Cuántas horas al día voy a poder dedicarle?».

Ponerme una fecha límite: «¿Para cuándo debo terminar de escribir el espectáculo?».

Saber a quién presentarle el proyecto. Tengo que localizar a potenciales productores y directores. «¿Cómo me pongo en contacto con ellos? ¿Quién me puede ayudar?» (Hacer un mapa mental de mis contactos.)

Los objetivos secundarios se encadenan en mi cabeza. Se está urdiendo un plan de acción bajo mi pluma entusiasta.

Rose me llama para tomar el té.

Eh... ¡Al final no voy a tener tiempo!

Escena 43

Rose

El señor Bocquet nos ha vuelto a contratar y hemos hecho todas las representaciones previstas en un principio. Meredith no conoce los entresijos del asunto. Más vale que nunca lo sepa. Yo, que estoy en el ajo, sé que Antoine ha ido demasiado lejos esta vez pagando la devolución de todas las entradas. También sé que se las ha ingeniado para que hubiera un público considerable en cada representación. Me parece excesivo. Desde que nos conocemos, nunca le había visto así. Tan colado por una mujer. Qué suerte tiene Meredith. Pero ¿se da cuenta? Antoine, claro está, no quiere que ella sepa nada de esta increíble ayuda, que ella debe interpretar como un golpe de buena suerte. Sí, he entendido perfectamente su argumento: desea que Meredith recupere la confianza en sí misma, a cualquier precio. Y tengo que reconocer que no se equivoca: nuestro éxito, aunque sea ficticio, le sienta genial y veo que se ha puesto las pilas con un futuro proyecto secreto del que no quiere hablar de momento, ni siquiera a mí. Es como si ese fuego interior, esa pasión insaciable por el teatro, se hubiera apoderado de ella. Sin duda, lo lleva en la sangre. Por mi parte, hay momentos en los que no estoy tan segura. Tantos años pasándolo mal, tratando de llegar a fin de mes, con esos cachés ridículos, esas audiciones fallidas... A veces me pregunto cómo sería llevar una vida más ordenada, sin correr de un lado para otro, sin tener que aprovechar cualquier oportunidad para mantenerse a flote.

Me encantan las tablas, pero busco la de salvación. Estoy harta de luchar por sobrevivir en la balsa de la Medusa.

Eso es lo que ando pensando cuando el tren llega a París. Busco caras conocidas entre la multitud y, de pronto, la veo: ¡mi hija! Corremos una hacia la otra y se lanza a mis brazos. ¡Mi pitusa! Me la como a besos, meto la nariz entre su pelo, la huelo como una gata hace con sus crías. Le hago cosquillas y oigo embelesada su risa, que tintinea en mis oídos como cascabeles. Mi madre se ha quedado al margen y me mira con el brillo jovial de sus días buenos. Me acerco. Nos besamos con una contención que no empaña mi alegría por verlas. Mi madre insiste mucho en ayudarme a llevar un bolso, así es ella: le gusta hacer cosas. Es inútil resistirse.

Respiro profundamente el aire contaminado de la capital. ¡Cuánto he echado de menos esta maldita ciudad! Mi madre ha venido con un coche más viejo que Matusalén. No dejo de volverme durante todo el trayecto para mirar a mi hija en el asiento trasero. Mirar lo bonita que es. Recorrer con los ojos cada detalle de su tierna carita. Su nariz perfecta. Tan fina. Su boca, perfilada como el pétalo de una rosa. Sus encantadores dientes de leche. Sus ojos, que me fascinan como el agua clara de un lago que brota de lo más profundo de unas montañas sagradas...

—Mamá, ¿cuándo vamos a ir a Disneyland?

Sonrío. No pierde el norte. «Tienes razón, la vida son dos días.» Si le hiciera caso, iríamos ahora mismo.

—Dentro de dos noches, mi amor. El domingo. ¿Vale?

Parece algo decepcionada por no ir hoy. Luego reflexiona y debe de pensar que, al fin y al cabo, no es tanto tiempo.

—¡Genial, mamá!

De pronto, el coche hace un ruido raro. Me sobresalto. Mi madre suelta un taco. Sale humo por el capó.

—Tenemos que parar —mascula apretando los dientes.

Pone el intermitente y se detiene en el arcén. Luego sale hecha una furia para abrir el capó y ver qué pasa. Bajo deprisa la ventanilla.

—¡Mamá! ¡No salgas así a la autopista! ¡Ni siquiera te has puesto el chaleco reflectante!

Siempre ha sido imprudente e impulsiva. Ya sabía yo que nada podía transcurrir con normalidad. Me hierve la sangre. Su negligencia ha estropeado este momento. Porque, una vez más, no ha hecho la puesta a punto al coche. Pero mi madre tiene la irritante manía de desatender las «vulgares cosas materiales» para centrarse en problemas más «elevados»... Lo espiritual, las almas, los cuerpos astrales y todo lo que tenga más o menos que ver con su trabajo de vidente cartomante. Por lo que el motor de un coche es la última de sus preocupaciones.

Mientras tanto, estamos fastidiadas. Abro la guantera para coger un par de chalecos. Me pongo uno y me doy la vuelta hacia Késia.

—¡Tú no te muevas de aquí! ¿Vale, cariño?

Asiente sin rechistar y se queda quieta. Nadie diría que es hija mía.

—¡Mamá! ¡Ponte el chaleco!

—¡No! ¡No sirve para nada! Déjame en paz...

Se lo pongo a la fuerza haciendo caso omiso de sus protestas. Abro el maletero.

—¿Y ahora qué haces? —dice molesta.

—¡Pues busco el triángulo de seguridad! ¿Has visto lo rápido que pasan los coches a nuestro lado?

—Buah... Siempre estás dramatizando. Te pareces a tu padre...

—Oye, no me hables de él, por favor. Pero ¿qué andas haciendo ahí, mamá?

La veo toquetear el motor.

—¡Deja eso!

Se obceca. No tengo más remedio que insistir.

—¡Mamá! ¡Para! Vamos a llamar a la grúa, ¿de acuerdo?

—No hace falta, voy a...

—¡No! ¡No vas a hacer nada! ¡Voy a llamar ahora mismo!

Lo digo en tono categórico y consigo zanjar el debate. La obligo a meterse dentro del coche y llamo al seguro. Tardarán al menos una hora en llegar. El fin de semana empieza bien. Y yo que quería llevar a Késia en coche a Disneyland...

Escena 44

Meredith
Cuenta atrás: -66 días

El señor Bocquet ha aceptado darnos una segunda oportunidad. Aunque tenemos que hacer una representación más gratis, para compensar la que interrumpió el percance de Rose. Da igual: al menos hemos evitado la catástrofe de que esas fechas se anulasen, algo que a nuestra agente le habría sentado fatal. El hecho de que ella nos despidiera no mejoraría nuestra situación artística, que no es que sea magnífica.

He quedado varias veces con mi coleccionista de caprichos. Cuando le pregunté qué esperaba de mí, su respuesta me sorprendió mucho y me impresionó: nada.

Ese «nada» es mucho. Me ha hecho pensar una barbaridad. Hasta ahora, los hombres que he conocido siempre esperaban algo de mí. Unos proyectaban su deseo sexual en mí y querían poseerme, poner otra cruz en su lista de conquistas. Otros deseaban salir conmigo para exhibirme porque tenía buena presencia. Y otros, sabiéndome servicial y espabilada, siempre tenían algún favor que pedirme. En fin, jamás de los jamases había conocido a alguien realmente desinteresado.

Por tanto, con la conciencia muy tranquila, he aceptado pasar largas horas con Laurent, el coleccionista de caprichos, intrigada por un personaje tan extraño, atípico y poético.

Creo que también quería descubrir el secreto de su serenidad.

¿Cómo consigue estar tan tranquilo ante cuestiones relacionadas con el amor, con la vida, que a mí me hacen temblar como una hoja a merced del viento?

Me lo pregunto en este día de finales de mayo, con un tiempo bastante bueno. Laurent me ha llevado al LaM, el museo de arte moderno que está cerca de Villeneuve-d'Ascq. Paseamos por el jardín, abandonados a un bucólico deambular, y nos damos de bruces con una escultura de Calder, *Croix du Sud*, un impresionante móvil anclado al suelo y que despliega en el aire unos brazos de hierro que se balancean con el viento.

Esta escultura es la representación exacta de lo que siento en este momento, de mi relación con la vida: una paradoja constante entre las ganas de estabilidad y la necesidad de movimiento. La estabilidad que calma, pero también la que paraliza, que me asusta en tanto que puede dejarme estancada. El movimiento implica una dinámica, que puede ser positiva cuando obliga a salir de la zona de confort, fomenta la audacia que siembra el germen del éxito y empuja a superarse a uno mismo, o negativa cuando nos impide parar y nos hace estar nerviosos y dispersos.

Observo ese ballet de formas geométricas que mecen los golpes de viento y pienso que no quiero dejarme llevar por la vida al azar, dejar mi destino en unas manos invisibles, sometido a unas fuerzas aleatorias.

En este preciso momento entiendo que una vida que me pertenece es una en la que yo elijo. En la que conseguir lo que deseo no depende de la suerte o el azar.

Observo de nuevo la obra de Calder. Pienso que este gran artista nos entrega mediante sus esculturas un mensaje secreto sobre el equilibrio absoluto. ¿No será esa mezcla de estabilidad y movimiento la armonía que todos buscamos?

—¿Te importa si hago un croquis rápido? —pregunto a Laurent mientras saco mi Organizador de Amor.

No ve ningún inconveniente, por supuesto. Esbozo la escultura en el apartado «Entre yo y el mundo». Y añado algunas leyendas simbólicas. La sólida base negra encarnaría todos los elementos que hay que poner en marcha para conseguir una verdadera estabilidad vital. Estabilidad afectiva y emocional. Esforzarme para estar en paz conmigo misma y conseguir el equilibrio interior. Hacer de mi espíritu un lugar acogedor donde apetezca estar. ¡Me gusta la idea! Sonrío al pensar en cómo embellecer día a día mi remanso interno. Las flores frescas serían la recopilación de esas pequeñas cosas que alegran la vida cotidiana; los cuadros serían cada uno de esos momentos de la vida en que fui feliz o me sentí orgullosa de mí. En ese hogar también colocaría mobiliario refinado, sencillo. Cada «mueble» sería uno de mis valores fundamentales. Esos valores en los que no doy mi brazo a torcer. Los que surgen una y otra vez: primero la libertad; luego, la creatividad, el humor y el placer; después, la generosidad, el abrirse a los demás, la valentía... Cuando «mi hogar» esté bien amueblado con cosas buenas y bonitas, podré salir de mí. Para ello debo encontrar un puerto de amarre en el mundo exterior. Elegir a las personas valiosas con las que quiero contar. Tener un medio de subsistencia que me permita sentirme segura. Saber dónde vivo.

Eso en cuanto a la estabilidad. Pero una vida donde solo hubiera esa parte provocaría sin remedio el anquilosamiento del alma. El aburrimiento, la frustración. ¡De ahí la importancia de la parte dinámica, ligera, imaginativa, en movimiento! La parte de imprevistos, de espontaneidad, de intuición, e incluso de instinto, de irracionalidad... Todos tenemos un punto de locura y genialidad. Descubrir y explotar los talentos ocultos, que a veces son tesoros enterrados que hay que sacar a la luz. La realización personal no es algo subsidiario, sino que debe ser el hilo conductor de nuestra existencia.

Sin interrumpir mi arrebato de inspiración, Laurent observa cómo escribo en mi Organizador de Amor. Eso es lo que me gusta de él. Ese respeto. Ese cuidado constante por tener el gesto adecuado.

Una vez más, soy consciente de cuánto estoy disfrutando de este deambular carente de presión. Aunque Laurent haya confesado que se ha encaprichado de mí, eso no entraña ninguna tensión, ninguna insistencia para obtener lo que sea. Me doy cuenta de esa delicadeza y me emociona.

Disertamos sobre cuál podría ser la mejor actitud para vivir el amor de la forma más serena y dichosa posible. Él sigue explicándome la suya. Se detiene cerca de un grupo de narcisos que acaban de brotar de la tierra y a los que bañan los tímidos rayos del sol de primavera. Me coge del brazo para que yo también me pare, cierra los ojos y vuelve hacia el sol su rostro sereno y relajado. Sus dedos se deslizan por mi brazo y me coge de la mano. Parece un gesto tan natural que no me ofendo. Y no quiero romper el encanto de un momento tan bonito. Nos callamos un instante, totalmente inmóviles, con los sentidos alerta. Escuchamos el suave piar de algunos gorriones ocultos. Sentimos cómo un viento seco y frío nos acaricia las mejillas, el sol nos calienta la piel. La tibieza de nuestras manos enlazadas, que solo quieren darse un momento de paz y de afecto. Cuando volvemos a abrir los ojos, parpadeamos por el efecto de la luz. Y al cruzar la mirada, nuestras sonrisas se rozan.

Seguimos paseando en silencio. Le miro de refilón y constato que parece feliz.

—¿Sabes, Meredith? La vida de la gente sería mucho más alegre si aprendiera a aceptar los momentos amorosos con la misma sencillez con la que nos llega la luz del sol. La recibimos tal como viene, sin hacernos preguntas. Lo que mata el amor son las expectativas y la presión que las acompaña. Querer. Poseer. Vigilar. Frustrarse. Tantas expectativas tensan las relaciones. Siempre por la misma y única razón.

Le escucho atentamente.

—¿Ah, sí? ¿Cuál? —pregunto con curiosidad.

—Querer poseer un único objeto de deseo, apostar todo por él. ¡Cuánta presión cargas sobre sus espaldas! Te encaminas sin remedio hacia todo tipo de frustraciones y dejas escapar la posibilidad de una felicidad más apacible y, por otro lado, más dichosa.

—¿Qué podemos hacer entonces?

—Mírame a mí: estos días estoy saboreando la felicidad de mi encaprichamiento por ti... Aunque no eres mi único capricho, como puedes comprender. Tengo múltiples caprichos a la vez para no quedarme con ninguno. No tengo un amor. Siento amor por muchas cosas que me llenan, me emocionan y me hacen feliz. Mis caprichos no son solo humanos. Me encapricho de temas. De lugares. De formas artísticas. Estoy enamorado del amor y de la belleza. No soy polígamo, sino poliesteta. Aferrarse a una única forma de amor, a un único ser, es lo que lo estropea todo, ya que la probabilidad de que el amor se desvanezca en cualquier momento es inmensa. Y la desilusión, inevitable...

Se entristece súbitamente.

—Lo viví una vez. Y no quiero volver a experimentar un dolor así...

Es la primera vez que se abre y me hace una confidencia más personal. Me pregunto cómo sería esa mujer que le hizo sufrir tanto...

No puedo evitar ponerle una mano en el hombro para consolarle.

—Lo siento mucho, Laurent...

—No tienes por qué. Pasó hace mucho tiempo...

Se da la vuelta y nos quedamos cara a cara. ¿Es por la dulzura del momento, por la cercanía que ha provocado esa confesión? Me acaricia la mejilla con el pulgar y se inclina para besar mis labios inmóviles. Me quedo paralizada, como esperando algo. ¿Y el impulso de detenerle? Sus labios cálidos envuelven los míos. Me sorprenden. No deberían ser tan agradables. Odio que sean tan agradables. Sin embargo, ese beso y su dulce sabor a prohibido me provocan un profundo malestar. ¡Tengo que alejarme! ¡Huir!

Le aparto casi con violencia. Se echa hacia atrás, sorprendido por lo brusco de mi gesto.

Suelto un «lo siento» teñido de pánico y salgo corriendo sin atreverme a mirarle a los ojos por última vez.

Corro como un rayo por los senderos hasta la salida. El nombre de Antoine me martillea los tímpanos como pequeñas descargas eléctricas de culpabilidad.

Escena 45

Rose

¿Ha notado que estaba en París? ¿Este chico tiene antenas? Sea como fuere, por una maravillosa casualidad, recibo una llamada de Pincho. Otra vez él, siempre él. Con todos los meses que han pasado desde nuestra breve aventura, sin visos de continuidad por mi parte, y él insiste contra viento y marea, a pesar de mi gira y de mi actitud de «puerta cerrada». Ahora me llama para preguntarme qué tal estoy, como si tal cosa. Como no es el mejor momento para ponerme borde, le explico nuestra penosa situación. Reacciona de inmediato y, como un irreductible caballero andante, se ofrece para ir a recogernos.

—Bueno, la grúa está de camino...

—¡Da igual! Será mucho más cómodo si os llevo yo...

Protesto débilmente, pero no he dudado demasiado entre volver dando botes en una incómoda grúa o en el espacioso coche de mullidos asientos de Pincho.

Késia, mi madre y yo le recibimos como nuestro salvador. Incluso se le ha ocurrido traer un termo con café para nosotras y unas galletas para la niña, que se abalanza sobre ellas como si llevara días sin comer. Es lo que tiene el estrés. La grúa llega por fin y, entre los latosos papeles que hay que rellenar y el remolque, aún pasa media hora antes de que los operarios se lleven el trasto.

Pincho nos deja en casa de mi madre y, claro está, le invitamos a cenar. Abre los ojos como platos en cada habitación ante la impresionante parafernalia esotérica que inunda la casa. Yo estoy tan acostumbrada que no me doy ni cuenta, pero es cierto que puede ser sorprendente. Velas de todo tipo, incienso, una lámpara de sal, una colección de cartas del tarot, una pequeña bola de cristal, un péndulo de sanador, algunos frascos de ungüentos con propiedades misteriosas...

Carraspea para disimular cierto embarazo. Es adorable. Para romper el hielo, le digo que de cena tenemos caldo de ojos con salsa de cerebro. Se queda parado una fracción de segundo como una imagen congelada y luego suelta una risa tímida. ¡Pobrecillo! Me reprendo en silencio por chincharle de esa manera.

Késia no es más considerada que yo y aprovecha que tiene a mano un invitado sorpresa para convertirlo en su cobaya de juegos. Mientras preparo la cena con mi madre, veo a Pincho prestándose de buena gana a los tiránicos imperativos de mi pitusa. Debo decir que disfruto. Al final de la velada, tiene a Késia en el bote. Sentados uno junto al otro en el sofá, le habla como lo haría con su peluche. Entonces le confía su pequeño drama: «Sin el coche de la yaya y con la huelga de transportes, ¿podrá mami llevarme a Disneyland?». Las lágrimas amenazan con brotar. Pincho se adelanta.

—¿Y si os llevo yo?

La mirada de mi pitusa empieza a brillar de un modo peligroso. A sus cinco años, no puede entender lo que significa que nos lleve. ¡Y que no lo hace solo por sus bonitos ojos! No me apetece deberle nada a un pretendiente que, hasta que se demuestre lo contrario, he rechazado de pleno. Pincho ha tenido que percibir mi malestar, porque se las arregla para que nos quedemos solos en la cocina y así poder tranquilizarme.

—Si lo propongo es porque me apetece hacerlo, ¿vale? No te compromete a nada.

¡Qué amable es! Y mi hija se pondría tan contenta... ¿Cómo negarme?

Escena 46

Meredith
Cuenta atrás: -54 días

Rose ha vuelto encantada de su fin de semana en París. Al pedirle que me contara algo más, se ha mostrado bastante evasiva. Pero al final ha terminado largando todo sobre Pincho y, cuando he hecho amago de burlarme de ella, por poco se enfada. Ha negado categóricamente sentir algo por ese chico, pero reconoce que es muy amable y le agradece que hiciera posible pasar el día en Disneyland con su hija. Y no se hable más.

—¡Ya te he dicho que es un a-mi-go!

Cuando se enfada, me hace gracia ver cómo le sale el acento criollo, aunque no quiera. No he insistido más.

—¿Y tú? ¿Qué tal el fin de semana sin mí?

Me he sentido muy cobarde por no atreverme a contarle lo que pasó con Laurent. Desde entonces él ha intentado ponerse en contacto conmigo una docena de veces. Me da vergüenza. Mucha. Yo, que odio que me obliguen a cortar por lo sano, sin dar ninguna explicación. Pero, en este caso, no acepto los hechos. Porque sería hipócrita decir que no respondí a su beso. No tengo valor para hablar con él. De todas formas, nos vamos dentro de cinco días. Alice, nuestra agente, me ha llamado y nos ha propuesto un rodaje en Londres.

Pongo al corriente a Rose. El proyecto es una serie y, por

una vez, tenemos papeles secundarios con cierta visibilidad. Dos ejecutivas francesas que trabajan para una multinacional. En un primer momento se entusiasma y, de inmediato, su cara se ensombrece.

—Piensas en Késia, ¿verdad?

—Claro... Me fastidia dejarla otra vez.

—Pero ¿no decías que se lleva muy bien con tu madre?

—Sí, pero... ¡No creo que sea bueno para ella que yo viaje todo el tiempo!

Procuro ahuyentar sus preocupaciones diciéndole que Londres es la última etapa de nuestra gira y que después podrá quedarse tranquilamente con su hija.

—¡Imagínate lo orgullosa que va a estar Késia de que su madre salga por la tele!

Rose sonríe y empieza a animarse.

—Sí, tienes razón...

—Y seis semanas con todos los gastos pagados, más un caché decente... ¡esto no se puede rechazar!

Asiente, vencida y convencida. Descorchamos una botella y nos reímos acompañadas por las burbujas y nuestros sueños de gloria.

Los últimos días en Lille pasan volando. Ni siquiera vuelvo a ver a mis padres y me limito a llamarlos por teléfono, algo de lo que mi madre se queja, pienso que para guardar las apariencias. Con el tiempo, he aprendido a leer entre líneas. La víspera de mi marcha, pienso que no es muy considerado irme así, sin decirle nada a Laurent.

¿Le envío una nota? Pero ¿qué le digo? ¿Que siento haberle besado? No sería verdad. ¿Que lo nuestro se acabó? Creo que ya lo sabe. Entonces ¿qué? Acabo en una librería de viejo, ante una preciosa colección de libros en miniatura de cinco centímetros de alto. Uno de ellos son ilustraciones de expresiones sobre el amor. El libro resulta minúsculo entre mis dedos y me cuesta pasar las páginas. Junto a cada expresión hay una miniatura con motivos ornamentales. «Tener un flechazo», «hacer la corte», «perder la cabeza», «salirse el corazón del pecho», «ir de picos pardos»... Me detengo en la página de «hacer tilín». Creo que ya sé lo que voy a escribir en la nota que lo va a acompañar.

Pido al librero que lo envuelva para regalo. Y me voy con mi sorpresa liliputiense.

Querido Laurent:

Qué bonita es la expresión «hacer tilín». El sonido que hace una campanilla, una vibración parecida a la que se siente cuando se está enamorado. La manera en que tú «me haces tilín» no es amor tal y como suele entenderse. Pero sé, en cualquier caso, que lo que desprendes resuena en mi interior. ¿Se puede decir «resonamos bien»? Espero que, en algún lugar de tu bonita colección de caprichos, hagas un hueco para mi recuerdo...

Un abrazo muy fuerte,

MEREDITH

No sé su dirección. Decido dejarle el paquete a la bibliotecaria, que le ve a diario.

—¿Se lo dará, por favor?

Salgo aliviada del imponente edificio, con la sensación de haber hecho lo que debía. Laurent, mi coleccionista de caprichos, me ha permitido escribir un bonito capítulo del *Love Tour*. Ahora hay que pasar la página de Lille. ¡Londres, allá voy!

Escena 47

Antoine

Le he dado a Meredith el contacto de mi amigo Nick Gentry. Es un artista inglés que, desde que le conocí hace quince años, ha tenido una trayectoria alucinante y hoy goza de fama internacional. Pasé casi un año en Londres con el famoso programa Erasmus. Éramos cinco estudiantes compartiendo un piso que, en aquella época, nos parecía Bizancio, pues la sensación de libertad y el fervor juvenil todo lo embellecen. Tres chicos y dos chicas, y ninguno estudiábamos lo mismo. Nick cursaba sus estudios en el Royal College of Art, el equivalente a nuestro Bellas Artes en París. Nos caímos bien desde el principio y reconozco que, en parte gracias a él, aquel año en Londres se convirtió en un recuerdo inolvidable. Como era el único nativo del grupo, nos enseñó todos los sitios de moda, los lugares y los planes insólitos, el Londres *underground*: bohemio, artístico, inspirador, a veces turbulento y decadente. Porque, cuando salen de su guarida, los ingleses saben divertirse muy bien.

Por eso, cuando Meredith me habló del rodaje en Londres que le había comunicado su agente, pensé en él inmediatamente. Me inquieta la idea de que esté allí sola con Rose. Me las imagino aventurándose en los sitios más recónditos de la ciudad y me pongo nervioso pensando en mil peligros.

Así que le he pedido a mi viejo colega, por los viejos tiempos —pero también por un buen encargo de obras para la oficina—, que cuide de mi amor y de su amiga Rose. Es una tarea sencilla: pasar un poco de tiempo con ellas, enseñarles los alrededores, aconsejarles sitios chulos... Saber que hay un amigo que, como si tal cosa, les echa un ojo me tranquiliza. Por supuesto, le he dicho a Nick que actúe con suma discreción. Si Meredith se entera, seguro que le molesta una barbaridad.

Por teléfono estaba muy emocionado por conocer a «mi novia». Por supuesto, se ha metido conmigo: mi petición, que revela mi faceta superprotectora, me coloca en la casilla de los amantes «muy pillados».

—*You have a goddamn crush on her!** —se burló.

Le hacía gracia, claro. Cuando me conoció, yo era bastante ligón, y sí, rompí muchos corazones, sin duda por «ese punto indomable» que volvía locas a las chicas. No lo hacía a propósito: en aquella época de mi vida, me daba igual seguir o no con una mujer. Por mi juventud y mi físico, era tan arrogante como para creer que siempre habría una que sustituyera a otra. No había ningún tipo de presión o desafío, solo juego, una excitante caza: porque eso es lo que era, una caza que dejaba de ser interesante en cuanto concluía la conquista. Mi corazón no estaba disponible. Se reducía a una simple función orgánica. Sí, lo reconozco, estaba teledirigido por mi sexo, Eros me invadía por completo. Algunas mujeres se pillaban unos cabreos monumentales por lo que consideraban una total falta de sensibilidad. «Una polla en lugar de corazón» fue la réplica más hiriente. Sin contar la copa de vino que me tiraron a la cara. Amaba a todas las mujeres y

* «¡Estás loco por ella!»

no amaba a ninguna. Así de sencillo. Mis ambiciones, las ganas de triunfar en mi carrera, copaban toda mi atención.

¿Debería reírme o tener miedo por lo que Meredith está haciendo conmigo? No lo sé. Eso tampoco lo controlo. Tal vez sea lo más inquietante para alguien como yo: no poder esconderme tras cosas racionales, tranquilizadoras, tangibles. Con Meredith me he tirado de cabeza a la piscina de las emociones y los sentimientos. Me ha hecho entrar en la era de la sensibilidad. Sin embargo, como todo lo que no controlamos, me aterra. Soy un principiante de las emociones puras. Y, por primera vez en mi vida, temo no estar a la altura. Pero ¿tengo elección? Estoy en manos de Meredith. «Pillado» pero feliz por haber caído en esta deliciosa trampa, y víctima voluntaria...

Londres

Escena 48

Termino de hablar por teléfono con Antoine y miro el trozo de papel donde he garabateado el número de Nick Gentry, su amigo londinense, que nos pondrá al tanto de lo que se cuece en la Big City. Juraría que Antoine estaba preocupado, y ese puntito paternalista me irrita. Como si no pudiera apañármelas sola. Odio que los hombres nos tomen por cositas delicadas. ¡Me revienta!

Pero trato de ser razonable. Antoine lo hace con buena intención. Y conocer a alguien aquí, en Londres, puede ser muy valioso.

—¿Qué? ¿Novedades? —pregunta Rose, que sale del baño con el pelo enrollado en una toalla a modo de turbante, como una sultana.

—Ah, no... Era Antoine. Me ha dado el teléfono de un viejo amigo que vive aquí y que podría enseñarnos los alrededores.

—¿Un viejo amigo? Hummm... ¡Qué interesante!

Pongo los ojos en blanco.

—¿Ya, Ro? ¡Eres terrible! No sé nada de él, no lo he visto en mi vida. Y, además, lo de hacer de carabina no me parece muy excitante... No sé si llamarlo, la verdad.

Rose barre con un gesto mis reservas y sigue con su idea.

—¿Cómo se llama? —pregunta con tono categórico.

—Nick. Nick Gentry.

—¡Suena bien! Vamos a ver...

Se lanza a por el portátil para buscar información. La dejo que alimente su delirio y aprovecho para hacerme un té. Poco después, se oye un silbido que no proviene del hervidor.

—¡Mira, mira! ¡El tipo está como un tren!

Rose tiene los ojos pegados a la pantalla y veo que su mente desbocada ya está montándose la película.

De todas formas, me intriga la excitación con la que mueve el ratón para pasar todas las imágenes del famoso Nick. Descubro su cara. Bueno. Vale. Lo admito. *Full screen* de buenorridad.

La Wikipedia es la mejor aliada de la indiscreción. En un par de clics nos enteramos de un montón de cosas sobre este artista contemporáneo de fama internacional. Nick Gentry, nacido el 29 de mayo de 1980, o sea treinta y ocho años. Rose se queda extasiada ante su foto. Hay que decir que el efecto del blanco y negro es insuperable. Los contrastes son espléndidos. El equilibrio entre sombras y luz, perfecto. La luz ilumina su perfil izquierdo y deja en penumbra la mitad del derecho. Un morenazo con una mirada intensa del color del lago Ness, ojos enigmáticos, rasgos finos y uniformes, barba afeitada al ras de forma estudiada que esculpe el armonioso contorno de su rostro.

—*Is that for real?** —exclama Rose, boquiabierta ante esa foto soberbia.

Me encojo de hombros y hago como que su físico no me impresiona lo más mínimo.

* «¿Es real?»

—¡¡No me puedo creer que Antoine te mande a esta bomba atómica de carabina!!

—Pues sí...

—¿Está loco o qué?

Ya está. ¡He perdido a Rose! Está *on fire.** No voy a aguantarlo... Le clavo la mirada para dejar las cosas claras.

—Rose: amo a Antoine. Así que no me interesa, ¿vale? Sí, está tremendo. Pero una cara bonita no lo es todo...

—¡Habla por ti! Bueno, ¿le vas a llamar o qué?

Veo que no vale la pena discutir nada con ella. Rose me presionará hasta que Nick Gentry sea nuestro guardaespaldas oficial. Y a poder ser, si fuera por ella, que las guarde muy de cerca.

Marco el número. Tras algunos tonos, durante los cuales intento ignorar un leve pudor que me corta la respiración, una voz responde al otro lado.

—*Hello?*

Me lanzo a la piscina de mi primer *chat* en inglés. Rose me da codazos para que ponga el altavoz.

—*I was expecting your call!***

Ah, pues vaya. Si estaba esperando que le llamase, todo está en orden, ¿no? Leo entre líneas el gran aprecio que le tiene a Antoine y lo contento que está por hacerle este favor. Ante tal nivel de entusiasmo, me imagino la cantidad de tonterías y locuras que debieron de hacer durante ese año de Erasmus. En mi opinión, si me imaginase la mayor juerga posible, estaría lejos de hacerme una idea. Tengo una pizca

* «¡Va fuerte!»
** «¡Esperaba tu llamada!»

de celos que ignoro de inmediato. Quedamos con Nick Gentry esa misma tarde en su galería.

—*So that we'll get to know each other better!**

—*Deal!*** —exclamo resignada, con la mirada de Rose encima de mí.

Cuando cuelgo, Rose da rienda suelta a su excitación mientras que yo no me inmuto: un contraste sorprendente entre nuestros caracteres.

—Pero ¿has oído qué voz? Ronca, profunda...

—¡Relájate, mujer!

No escucha nada, como una niña hiperactiva.

—¡Y ese acento *british* tan sexy! ¡Me vuelve loca!

—Oye, *miss Groupie*, en vez de pensar en el señor *Charm*, ¿qué tal si trabajamos un rato en nuestros papeles de la serie? Te recuerdo que aún nos queda bastante...

El ambiente se relaja por fin. Creo que Rose acaba de recordar el número de líneas que debe aprenderse de memoria, en inglés además. Es un jarro de agua fría. Nos ponemos tapones en los oídos y en la habitación se forma un extraño ballet en el que deambulamos, con los textos en la mano, mientras susurramos nuestras líneas como unas graciosas autómatas. Entretanto, Nick Gentry nos vigila desde la pantalla con su presencia hipnótica.

---

* «¡Así podremos conocernos mejor!»
** «¡Trato hecho!»

Escena 49

Meredith

Dirección: barrio de Mayfair. Rose se ha puesto su uniforme *killthegame*: minifalda y botas altas de tacón. Yo, en cambio, voy con vaqueros y un jersey azul. En el metro no para de parlotear y detecto los síntomas de la excitación típica previa a la conquista. Lo que más gracia me hace es lo rápido que se ha olvidado de mi hermano y cómo ha metido esa breve aventura en el rincón de los romances que han acabado mal. Debo decir que me alivia que se haya malogrado esa relación: ya me imaginaba mil y una complicaciones, convencida de que no era en absoluto el hombre que necesitaba mi amiga.

Nos bajamos en Bond Street Station. Al igual que en París, el metro está a reventar a cualquier hora. Por la calle, algunos hombres se dan la vuelta para mirar a Rose, que es imposible que pase desapercibida con su estatura, su largo abrigo de piel, sus enormes aretes, su paso firme, sus hermosos ojos brillantes y su gran boca. Exuberante: eso es lo que define todos sus atributos.

Llegamos frente a la Opera Gallery. Letras doradas con una bonita tipografía clásica: se trata, en la clasificación Thibaudeau, de una Elzevir con bellos rasgos triangulares, muy apreciada en la tradición de los impresores y el mundo de las artes gráficas.

Vacilo un instante al empujar las puertas de cristal bordeadas por unas anchas molduras negras de diseño, algo intimidada por el ambiente lujoso de esta clase de sitios. El inmenso lienzo que se expone en el escaparate marca la pauta y me impresiona su impacto visual. Se trata de un retrato de dos metros por tres, tan espectacular que me cuesta apartar la mirada. El retrato de una mujer que, extrañamente, se me parece. Más allá de una factura justa y precisa, de la perfección realista de su ejecución, la obra resulta llamativa por el soporte elegido: una acertada disposición de antiguos disquetes de ordenador reciclados que sustituyen al clásico lienzo y se transforman en un soporte artístico vanguardista. Con qué belleza ha dispuesto Nick Gentry los disquetes, que se reparten magistralmente por la superficie según su color para formar las zonas de luz y de sombra oportunas sobre el rostro.

Estoy estupefacta.

Rose me tira de la manga: tiene prisa por entrar.

—¿Qué haces? ¿Vamos?

Bajo de las nubes y empujo las puertas de la Opera Gallery conteniendo la respiración.

Camino por unas baldosas oscuras de un material noble, puede que hormigón encerado, muy de moda, y mis pasos resuenan de una forma particular en el silencio casi monacal de esta especie de templo del arte. Las obras destacan sobre las paredes blancas y me agrada la escenografía sobria y efectiva.

En una de las paredes, esta pintada de negro, destaca una obra especialmente inquietante. El retrato de un hombre, también sobre disquetes. El autorretratado se acerca. Mis ojos van de uno a otro. Nick Gentry se para delante de mí y me tiende la mano. La estrecho afectuosamente.

—*Hey, Nick. Glad to meet you!**

¡Qué guapo!, leo en los ojos de Rose. Tiene toda la razón.

Nos enseña la galería, disculpándose por no hablar nuestro idioma, y nos presenta a la directora. Él está aquí como en su casa, se nota enseguida. Alabamos su trabajo.

—*Really? You like it?***

—¡Por supuesto que nos gusta! Lo raro sería lo contrario...

Rose se queda subyugada delante de una *light box*: un retrato femenino hecho a partir de negativos de películas fotográficas colocado dentro de una caja retroiluminada. Un efecto fascinante.

Por mi parte, me cautivan todos esos retratos sobre disquetes, como si quisieran dejar traslucir los misterios de la personalidad. Como si cada uno de los disquetes que componen el rostro encarnase una faceta. La faceta clara o la faceta oscura, las partes de lo que somos, nuestras zonas de luz y nuestras zonas de oscuridad.

Pienso en la complejidad de cada persona. ¿Qué es lo que construye la personalidad? ¿El resultado de una historia personal que nos ha moldeado? Como todos esos disquetes o fragmentos de películas fotográficas que utiliza Nick Gentry para crear sus retratos, cada uno de nosotros se construye sobre ese conglomerado de recuerdos grabados, sobre la memoria viva de nuestro pasado y, sin duda, esas vivencias son las que poco a poco dibujan el contorno de nuestro yo...

¿Qué secretos encierran esos disquetes? Nunca lo sabremos. Siempre estarán sepultados en la obra de Nick Gentry. De la misma manera, cada personalidad alberga una parte

---

* «¡Hola, Nick! ¡Encantada de conocerte!»

** «¿De verdad? ¿Os gusta?»

misteriosa. Es difícil hackear la verdad más íntima del otro. ¿Hasta qué punto accedemos al corazón del otro, sin envoltorios ni máscaras? ¿Cuántas capas de intimidad debemos atravesar antes de palpar la esencia de la verdadera personalidad?

La alteridad. El arte de comprender al otro con todas sus diferencias... Eso es lo que ando pensando cuando se acerca Nick, interesado en conocer mi opinión sobre su trabajo.

—Me encanta lo que haces. Me hace pensar en mi propia investigación...

—¿Ah, sí? ¿Sobre qué estás investigando?

—Sobre el amor.

Leo en su rostro que busca la relación entre mi tema y sus obras. Se lo aclaro.

—Quien dice «amor» dice «alteridad»: el otro es otro. ¿Qué es lo que hace que dos personalidades diferentes puedan llevarse bien a lo largo del tiempo? ¿Qué facetas van a ser compatibles? ¿Cuáles van a fallar? Tu trabajo me hace pensar en todo eso...

—*Interesting*...

En su mirada se ha encendido un destello de curiosidad. Me animo a desarrollar mi teoría.

—En una pareja, al principio, una luz favorecedora ilumina la personalidad y destaca las partes más atractivas.

—¿Los puntos fuertes?

—*Exactly!* Mira, cada estructura de personalidad es parecida a un cuadro. Como en la pintura, hay una «personalidad predominante» al igual que en un cuadro hay un color que lo es. Cada personalidad es única, pero podemos reconocer algunos tipos generales con características específicas muy fáciles de identificar.

Me lanza una mirada penetrante.

—*What are yours?**

¡Está muy equivocado si piensa que le voy a revelar así como así los rasgos generales de mi persona!

Me hago la loca y me aparto deslizándome bajo una sorprendente instalación suya: *Spire. Vintage film negatives, trailers and microfilm reels suspended from hanging fixture. 650 x 120 cm.*

Se trata de un enorme y extraño rayo formado por películas fotográficas antiguas que baja desde el techo y que retroilumina desde arriba una gran circunferencia de luz. Me meto en el círculo que forma en el suelo y levanto la vista, fascinada por la ondulación sutil de las películas fotográficas, que vibran con las historias que cuentan. Nick entra conmigo en la instalación. Espera que le siga contando mi teoría de las personalidades.

—*So what?***

Siento cierto reparo ante esta proximidad fortuita.

Le aparto con delicadeza para ampliar mi espacio vital.

—Bueno, pues los rasgos generales de mi personalidad son la espontaneidad, la creatividad, la diversión... También el ser un poco indómita... Por ejemplo, odio que me agobien.

Salgo de la instalación y le dejo allí. Me sigue de cerca.

—¿Y qué tiene que ver con la relación amorosa? Imagina a una persona que necesita ser libre y respirar... No podría salir con alguien demasiado simbiótico, que desborde empatía.

—*Of course...****

---

  * «¿Cuáles son las tuyas?»

 ** «¿Y bien?»

*** «Por supuesto.»

—De la misma forma, a una personalidad muy sociable le costaría mucho tener como pareja a alguien introvertido que apenas deja traslucir sus emociones. Esas caras que son como espejos sin azogue, ¿sabes?

Rose se une a nosotros. La directora de la galería la ha acaparado y la noto algo molesta.

—*Shall we go for a drink?**

Creo que a ella también le gustaría tener un rato de conversación de Nick.

Él parece decepcionado por tener que interrumpir una charla que por lo visto le interesa. Pero es lo bastante educado y conciliador como para aceptar la propuesta de Rose. Además, llega en el momento preciso. A mí también me apetece tomar algo.

Nick nos lleva a un bar que conoce bien. No muy lejos de la galería se encuentra el Duke of York, un pub con la típica fachada negra y dorada, y unos sólidos ventanales con cuarterones. En el interior se respira un ambiente íntimo y apacible. Me encanta. Observo maravillada las plantas colgantes del exterior, así como el letrero antiguo, una forja de época con el retrato *old style*** de quien deduzco es el mismísimo duque de York.

Una vez dentro, nos acomodamos en una de las mesas de madera oscura y cálida. Recorro el lugar con la mirada y escudriño a los clientes, acodados en la barra o repartidos por la sala. Me divierto contando los tiradores de cerveza: ¡más de diez! ¡Cuánta variedad! Este sitio me tiene más que hechi-

---

* «¿Vamos a tomar algo?»
** Al estilo antiguo.

zada. Nick pide una Guinness y nosotras *pints of lager*, cerveza rubia.

Rose ataca sin demora a nuestro nuevo amigo. Se ponen a hablar sin orden ni concierto. Sobre todo ella. Nick se muestra algo reservado y me pregunto si no se sentirá agredido por los embates conversacionales de Rose, lo que me hace pensar en el apartado de mi Organizador de Amor que apenas he tocado: «Entre yo y el otro». Decido sacarlo para anotar algunas ideas.

—*Do you mind?**

Nick parece sorprendido pero no tiene reparo en que tome algunas notas. Me mira por el rabillo del ojo mientras Rose continúa con su bombardeo de palabras entusiastas acerca de su trabajo como actriz y lo contenta que está de pasar un tiempo en Londres, una ciudad maravillosa.

Escribo en mayúsculas en mi cuaderno una frase sobre la importancia de mejorar la comunicación en la pareja que leí hace poco en http://www.process-com.es: «La manera en que decimos las cosas es tan importante como lo que decimos». Me interesa mucho la herramienta que ha creado el estadounidense Taibi Kahler para mejorar el entendimiento en las relaciones, parece lúdica y accesible. Pone el foco en los diferentes tipos de personalidad, sus características predominantes, las necesidades básicas que hay que satisfacer para tener «buena energía positiva»... Pero también en las posibles situaciones de estrés específicas de cada tipo. Al reconocerlas, tanto en uno mismo como en el otro, nos adelantamos y evitamos discusiones repetitivas que gangrenan la pareja... A veces se trata de riñas tontas que se extienden como un incendio forestal por haber elegido mal las palabras, una ento-

* «¿Os importa?»

nación desafortunada, un gesto que se malinterpreta. ¿Y si las claves para que un amor perdure fueran una mejor comprensión mutua y una mejor comunicación? El arte y la manera de hablarse y comprender al otro con sus diferencias. Diferencias en la manera de actuar, en las necesidades, en las expectativas. Es gracioso que, en los albores de una relación, busquemos qué tenemos en común con el otro, mientras que es igual de importante distinguir lo que nos diferencia para calibrar hasta qué punto estamos dispuestos a aceptarlo. *Be able to deal with it.** La pareja, al igual que una obra plástica, debe buscar la armonía aprendiendo a «componer». Las personalidades chocan o se fusionan de maravilla, como los colores bien elegidos.

Dibujo a vuelapluma una tabla con dos columnas pensando en Antoine. Columna derecha: ¿cuáles son las necesidades de Antoine en la relación? Columna izquierda: ¿cuáles son mis necesidades? ¿Nuestras necesidades se compenetran? ¿Cómo puedo satisfacer algunas de las mías yo misma, sin que Antoine deba cargar con ellas? También decido hacer una lista con mis frustraciones: por ejemplo, nunca me ha pedido que le recite mis textos, lo que interpreto como una falta de interés por mi trabajo. Otro ejemplo que puede parecer tonto: nunca ha querido acompañarme al mercadillo los domingos por la mañana, y yo adoro deambular por los puestos, sus aromas, perfumes, colores sugerentes, me gustan los vendedores bromistas y la fauna humana en movimiento, hambrienta de sentidos. ¿Y cuando rechaza al vendedor ambulante de flores? Es una tontería, pero me gustaría que me regalase una... Me doy cuenta de que no me faltan ejemplos y de que la lista podría alargarse con facilidad.

* «Sé capaz de asumirlo.»

Entonces constato una evidencia: un hombre no puede adivinar mis apetencias, mis deseos, si no los formulo claramente. Me lo anoto en rojo y lo subrayo: «Pedir las cosas de forma directa». De buenas maneras, por supuesto. Pero descargar al otro evitándole las adivinanzas y las inevitables peloteras que derivan de frustraciones que no se han expresado bien. Lo llamaré «los fuegos mal apagados».

Nick no deja de mirarme mientras escribo en mi Organizador de Amor. Noto que a Rose le molesta que parezca interesarse más por mi «yo silencioso» que por su «ella locuaz»...

—¿Qué? ¿Has terminado ya de escribir en ese cuaderno? Si te molestamos, nos lo dices.

—No te enfades, Rose, ¡ya lo dejo, te lo prometo! Solo quería apuntar una idea.

Mi gran sonrisa diluye su enfado. Pienso en la legendaria impaciencia de mi amiga... Me da una idea para un nuevo personaje de mi espectáculo: un experto en *contouring* de personalidad que no solo define los contornos de esta, sino que, sobre todo, puede ayudar a redefinirlos para realzarlos. Me imagino una escena tronchante donde ese personaje petulante —interpretado por la Señorita Juli— arenga al público para convencerle de que necesita un buen exfoliado de los rasgos de personalidad poco agraciados, y de los milagros de iluminar hábilmente las cualidades propias para encontrar al alma gemela. ¡Una clase sobre la plasticidad del ser! Un desvarío cómico que puede funcionar...

Nick Gentry me saca de mis ensoñaciones y vuelvo al pub.

—¿En qué estás pensando?

—En nada...

—¡Tenías pinta de estar en las nubes! —dice divertido.

—Venga, Nick, ¿cuándo nos vas a enseñar los *places to*

*be in London?** —pregunta Rose para volver a tomar las riendas de la conversación.

Parece estar dispuesto a hacer de guía. Rose y yo no disimulamos nuestro entusiasmo. Cuando nos despedimos, ya somos amigos de toda la vida. Un poco más tarde, por la noche, recibo un mensaje suyo:

Me ha encantado conocerte. Me ha inspirado mucho nuestra charla. También tu personalidad. ¿Me dejarías que te hiciera un retrato? Besos
NICK

Me sonrojo un poco, halagada pero también algo cortada.

—¿Tienes un mensaje? —me pregunta Rose, que ha oído el tono de la notificación.

—¿Eh? Ah, no, no era nada... Publicidad...

No voy a contárselo. A fin de cuentas, podemos ser amigas y tener secretillos entre nosotras, ¿no?

---

* Los «lugares imprescindibles de Londres».

Escena 50

Meredith

Como no empezamos a rodar la serie hasta dentro de una semana, disponemos de algunos días para disfrutar de Londres como turistas. Nick ha cumplido su palabra: se ha prestado a hacer de guía y nos ha enseñado algunos sitios de moda. Y Rose, que desde su fin de semana en Disneyland se gasta un humor un tanto regresivo, ahora tiene un nuevo capricho lúdico: probar un juego de escape. Los juegos de escape, una actividad de ocio que está causando furor, desafían a los participantes a salir de una habitación en la que están encerrados mediante la resolución de distintos enigmas en un tiempo limitado. Rose ha insistido tanto que Nick y yo hemos acabado cediendo. Así que ahí vamos, camino a Caledonian Road, al clueQuest, una sala de escape. Nos cruzamos con hordas de adolescentes enloquecidos y algunos padres sobrepasados tratando de calmar a la tropa. Los empleados nos reciben amablemente y nos ponen al corriente. Nuestra misión: ¡salvar el mundo! Escucho un tanto distraída una historia de espías que han desaparecido, un agente doble al que tenemos que descubrir y un maligno Pr Blacksheep cuyo plan infame debemos desbaratar. Rose, Nick y yo estamos frente a una puerta amarilla y negra —ambientación de película de suspense—, que se abre para permitirnos entrar. Nuestro instructor nos muestra el *back to reality button*, el botón para salir de la habitación en caso de pánico. La puerta se cierra con un golpe seco que me sobresalta. ¡Yo, que odio quedarme encerrada! ¿En qué estaba pensando para hacer caso a Rose y meterme en este berenjenal? Ahora estamos presos los próximos sesenta minutos. Rose está muy metida en el reto y se lanza a por las primeras pistas. Yo, en cambio, no tengo la misma reacción. Mi vertiente claustrofóbica ha hecho acto de presencia. Voy a tener que evadirme de alguna manera. Solo tengo un recurso disponible: la imaginación. Me reengancho automáticamente al tema que acapara mi pensamiento desde hace semanas y en el que trabajo arduamente: el amor. Es curioso: por asociación de ideas, esta habitación me lleva a pensar en la muerte de la relación cuando esta se convierte en una prisión asfixiante... Como cuando sentimos una especie de claustrofobia, precisamente. Veo a Nick participar en el juego con una Rose radiante y entusiasta. Es encantador, sin ninguna duda. Pero ¿qué me parecería si estuviésemos pegados las veinticuatro horas del día, todos los días, durante años? Acabaría siendo algo insoportable, seguro... Entonces ¿cuál es el secreto del amor duradero? La primera imagen que me viene a la cabeza, sobre todo en esta habitación ciega cerrada a cal y canto, es construir ventanas. Y dejar siempre una abierta.

Eso es lo que pienso que hay que evitar a toda costa: el amor que encierra. Pienso en la protagonista de mi espectáculo, la Señorita Juli. ¡Sería divertido imaginarla participando en un juego de escape con un guion que podría llamarse *Independance Love*! Su objetivo sería burlar las trampas de la dependencia afectiva resolviendo los enigmas de Cupido... Lo que permitiría, por qué no, encontrar las alas de Cupido, que han desaparecido. ¡Encontrar las alas del deseo! ¿No es una idea hermosa? Y las alas del deseo, ¿acaso no son una metáfora de la libertad? (Deseo) = (Libertad). Cuando muere la libertad, el deseo también. Una de las respuestas para evitar que una relación acabe enquistada y replegada sobre sí misma sería no cercenar los deseos del otro, no cortarle las alas pese al temor de que eche a volar. ¿Qué significa esto? Atreverse a confiar. Y, aún más, asumir el riesgo de que algún día quiera cruzar esa puerta y, si llega ese día, no se lo impediremos si eso es lo que desea y lo que le hace más feliz.

Porque querer recluir al otro dentro de la relación no solo es ilusorio, sino sumamente tóxico. Ser demasiado posesivo mata el amor y te vuelve loco. Que tu bienestar y tu felicidad dependan de otro es un error que se paga caro. La dependencia afectiva ejerce una presión descabellada en el otro y le carga a la espalda el peso de unas expectativas desproporcionadas. El auténtico grial es la autonomía afectiva, pienso. Pero ¿cómo llevarlo a la práctica?

—*Yes, we found a new clue!** —grita Rose, loca de alegría—. Meredith, ¡baja de las nubes! ¡Sal de tu rincón, mujer!

Me acerco y finjo entusiasmo.

—¡Estamos a punto de resolver el enigma!

Nick me mira de reojo. ¿Se dará cuenta de lo lejos que estoy de aquí, perdida en los abismos de mis pensamientos? Le dirijo una enigmática sonrisa. Él parece desconcertado. Me vuelvo a ensimismar, al cuerno el juego. ¡Yo también tengo que enfrentarme a un reto enorme si quiero averiguar el misterio del amor duradero!

Sigo con mi reflexión: la única manera de no caer en la dependencia afectiva es que cada cual asuma la responsabilidad de satisfacer sus necesidades, creo. Y sobre todo de multiplicar los motivos de su felicidad. Tengo que hacer una lista

* «¡Hemos encontrado otra pista!»

267

en mi Organizador de Amor: ¿qué motivos para ser feliz dependen solo de mí?

Sin embargo, ¿no es un sinsentido pretender amar sin necesitar al otro? ¡Por supuesto que necesitamos al otro! Como siempre, lo acertado será el término medio. ¿Cuándo necesitamos al otro de una forma sana y normal? ¿Cuándo nos atrapan nuestras propias disfunciones y tendemos al exceso? Es curioso observar que el «vacío» es lo que crea el «exceso», la actitud excesiva: exceso de exigencias, exceso de presiones, exceso de reproches...

Hasta que prestamos la suficiente atención a nuestras viejas heridas —falta de amor, de consideración, de seguridad...— y no hacemos lo necesario para tapar las grietas de nuestro vacío afectivo, este funciona como un aspirador que nos succiona hacia una tristeza o una angustia más o menos intensa, más o menos consciente, más o menos reprimida. ¡Qué pena! Pienso en mi infancia y me prometo hacer lo que haga falta para cubrir las brechas, empezando por acudir en cuanto pueda a un profesional para trabajar en mi persona... Cueste lo que cueste.

—Pareces muy pensativa, ¿va todo bien, Meredith?

Nick se acerca y me pone una mano en el hombro. Me conmueve que se interese por mi estado de ánimo.

Me avergüenza un poco no participar en el juego con mis amigos. Creo que es hora de que me involucre. A fin de cuentas, ¿no es la solución a la que he llegado para dejar de rumiar sobre el amor? ¡Salir de mí misma! Implicarme, participar, actuar. Una obviedad, en cuanto se pone en práctica. Mis preguntas existenciales se esfuman rápidamente. Rose, Nick y yo pasamos un rato divertido y emocionante y, cuando por fin resolvemos juntos el reto, nos recorre una corriente de amistad y de complicidad que nos proporciona una alegría absoluta.

Escena 51

Rose

¡Cuánto me gusta esta ciudad! Londres está hecha para mí. La creatividad bulle en cada rincón y sospecho que nunca dejará de sorprenderme. Ayer mismo estaba paseando con Meredith cerca del barrio de Waterloo y nos topamos con el Leake Street Graffiti Tunnel, también llamado Bansky Tunnel en honor al famoso artista británico conocido por sus grafitis. Me quedo boquiabierta con este templo del arte urbano, que recubre las paredes por completo, y me fascina ver cómo se entrelazan los colores, las formas, los efectos gráficos y de luz, que son alucinantes.

Tras un rato de contemplación artística, Meredith y yo hemos seguido callejeando por el barrio. Aún palpitaba en nuestras retinas la exposición que acabábamos de ver en ese túnel cuando nos hemos encontrado con algo más sorprendente aún: un hombre tumbado en el suelo con un mono manchado de pintura y concentrado en algo diminuto que aún no podemos identificar.

—¿Qué está haciendo? —susurro a Meredith.

—No tengo ni idea...

No se atreve a preguntarle. Yo me muero de curiosidad y doy el paso.

—Disculpe, señor. ¿Le importaría decirnos qué está haciendo? —pregunto.

El hombre se incorpora apoyándose en un codo sin levantarse del suelo. Espero no haberlo molestado... Compruebo con alivio que está dispuesto a contestarme con amabilidad. Incluso parece alegrarse de que le haya preguntado. Como un autómata al que se echa una moneda en el sombrero, cobra vida de repente para explicarnos su iniciativa.

—Me llamo Ben Wilson. Soy artista callejero y he decidido darles una segunda vida a los desechos de la ciudad...

Estiramos el cuello para ver la obra en la que trabaja. Me doy cuenta de que es... un chicle usado que está convirtiendo en una minúscula obra de arte. ¡Es alucinante que consiga pintar sobre una superficie tan pequeña!

Le pregunto si está a la venta, pero me explica que su iniciativa no tiene ánimo de lucro. Es reivindicativa, pues quiere denunciar el tratamiento de los residuos urbanos... Le damos las gracias por la explicación y le felicitamos calurosamente antes de seguir nuestro camino.

Me alegra haber podido manifestarle nuestro reconocimiento. Sé lo importante que es para un artista sentirse comprendido y apoyado en lo que hace. Cuando se debate sobre la finalidad del arte, siempre me quedo pensativa. El arte no es más que la expresión de nuestro suplemento de alma. ¿Acaso el arte no es necesario por cómo trasciende las emociones y las eleva a otra dimensión distinta a la racional y productiva? El hombre de los chicles transforma lo feo, lo usado, lo masticado, en belleza, color y creatividad, ¿no es maravilloso?

—El hombre de los chicles... Qué tipo tan increíble, ¿no?

—Totalmente... De hecho, me ha dado una idea...

Desde hace semanas, Meredith va a todas partes con su cuaderno, ¿cómo lo llama, por cierto? ¡Ah, sí! ¡Su Organizador de Amor! Lo saca siempre que puede para apuntar todas las ideas que se le ocurren.

—No me digas que vas a anotar algo otra vez...

—Hummm...

No me escucha.

—¿Y qué estás apuntando? Dímelo, al menos...

—Todo esto me ha hecho pensar en el desgaste de las historias de amor, que acaban como los chicles que se han masticado durante mucho rato: sin sabor. Muchas historias terminan en la papelera a las primeras de cambio, como esos chicles. Mientras que, en el fondo, al igual que hace el hombre de los chicles, basta con esforzarse un poco, con seguir creyendo en ella, para darle una segunda vida a la relación.

—¿Adónde quieres llegar exactamente?

—¡Es muy sencillo! ¡La lección del hombre de los chicles es que el desgaste de una pareja no es una desgracia en sí misma! ¿Me sigues?

Lo que más me gusta de Meredith es su faceta idealista. Le sonrío con cariño mientras sigue defendiendo la posible existencia de un amor duradero.

—¡Sí, Rose, sí que es posible! Mira: los que de verdad quieran pueden inventar y reinventar su relación a poco que la piensen como una especie de obra de arte. ¡Si en el amor nos dejásemos llevar por la misma fuerza de un artista, nos guiarían las ganas de crear belleza, de exaltar lo intrascendente, de abandonarnos a una energía creadora positiva! Y mandaríamos al cuerno la fatalidad, el tiempo que pasa, el desgaste, la costumbre...

He aquí una revolucionaria. Me hace reír esta Meredith, mi Pasionaria del amor.

—Me da la impresión de que este tema te inspira... ¿Tú has conocido a muchos hombres que le hayan dado otra oportunidad a una historia, que le hayan dado tiempo a que muera y renazca de sus cenizas, como el ave fénix?

Toco un tema delicado. Tiene muchas ganas de creer en ese gran amor duradero. Percibo que le molesta que intente desarmar su tesis.

—Vale, es verdad. Aún no he conocido a ningún hombre así, que crea que un amor puede resistir al tiempo y escapar a su destino de chicle gastado... ¡Pero eso no significa que no exista!

—No te enfades, querida. Me gusta mucho tu idea del chicle con sabor duradero... Seguro que existe en alguna parte...

—Calla, ¡lo dices para contentarme!

—¡Pero, bueno! ¡Te noto más animada! ¿Sabes? Me han hablado de un sitio genial donde podemos ir a relajarnos un poco... ¿Te apetece?

Protesta de cara a la galería, pero está de acuerdo en descansar un rato en algún sitio. Nos encaminamos al barrio de Mayfair...

—¿En qué lío me vas a meter ahora?

No le cuento nada. Cuando llegamos, disfruto del primer espectáculo: ¡la cara que pone Meredith! Me parto de risa con su gesto cuando nos dan unas parkas con forro de pelo y manoplas. Me lo paso genial. Refunfuña hasta que entramos en el bar, esculpido totalmente en hielo. Ahí ya no dice ni mu. Se ha quedado de piedra. Le ha impresionado la magia del Icebar. No puedo reprimirme y bromeo con ella:

—Hay otra solución para conservar un amor para siempre...

—¿Ah, sí? ¿Cuál?

—¡Que hiberne congelado!

Se ríe sin ganas y brindamos con vasos de hielo por el gran amor y su anhelada llama eterna.

Escena 52

Meredith
Cuenta atrás: -40 días

Llego tarde, como siempre. Londres es una locura para ir de compras. Creo que me voy a dejar el sueldo aquí. Salgo a toda prisa de Westminster Station cargada de bolsas —Rose volverá a reñirme— y programo en el GPS del móvil la Millbank Street, donde está el estudio de grabación de la serie en la que actuamos Rose y yo. Es el primer día y reconozco que estoy de los nervios, aunque nuestro papel no sea nada del otro mundo: apenas unas líneas, nada muy complicado. Pero no puedo evitarlo: quiero hacerlo bien y dejar en buen lugar a mi agente, que nos ha recomendado. La asistente de dirección nos ha citado una hora antes para prepararnos. Sesión de maquillaje, peluquería y vestuario. Me encantan los preámbulos del rodaje. Es un lujo pasar por las manos de tantos profesionales, gracias a los cuales cambiar de aspecto se vuelve un juego de niños. Una niña: en eso me convierto cada vez que me meto en un personaje nuevo. Evidentemente, este no es el papel de mi vida. A fin de cuentas, solo es una serie de tercera, para pasar las tardes en paro o griposas. Rose y yo somos dos ejecutivas, las interlocutoras de la filial francesa de una multinacional, que hacen un viaje de negocios a Londres para cerrar un contrato importante. Yo tengo que seducir al jefazo para que el asunto se resuelva a nuestro favor, pero caigo en mi propia trampa y me enamoro del tipo. Todo un melodrama. Pero me da igual. Tengo un papel y eso es lo único que importa.

Cuando estoy a punto de meterme corriendo en Abingdon Street, paso por delante del Big Ben y levanto la vista hacia la magnífica Elizabeth Tower, la torre del reloj del palacio de Westminster, sede del Parlamento británico. Me detengo, asombrada: tres operarios se mueven por la inmensa esfera del reloj, suspendidos en el aire como unas marionetas enloquecidas. Son manchas rojas y negras que alteran el orden gráfico de esa esfera dividida con rigurosos números romanos. ¡Qué escoba tan extraña! Fascinante.

—*Amazing, isn't it?**
—¿Disculpe?
—*You seem fascinated, lady!***

Un señor con traje oscuro me mira sonriendo. Deduzco que es el responsable del trabajo de los expertos que limpian el reloj.

—*Sorry. I didn't want to disturb.****
—*Not at all, love!*****

Esto es algo que me encanta de nuestros amigos anglosajones: su tendencia natural a llamar *love* a todo el mundo. Una costumbre lingüística encantadora.

El jefe de los operarios tiene un aspecto bonachón y enseguida me cae simpático.

---

* «Impresionante, ¿verdad?»
** «¡Se ha quedado impresionada, señora!»
*** «Disculpe, no quería molestar.»
**** «¡En absoluto, querida!»

*—What an incredible job you've got there!**

*—Yes, amazing, indeed!***

Observa a su equipo con mirada orgullosa y no se resiste a explicarme brevemente lo importante que es su tarea en esta pieza fundamental del patrimonio británico: que el Big Ben resplandezca con un brillo a la altura de su prestigio. Su bigote oscuro se mueve mientras habla y, vete a saber por qué, eso me pone de buen humor. ¿Será porque me recuerda al divertido bigote de espuma blanca de los anuncios antiguos de cerveza? Le doy las gracias por la conversación y me despido afectuosamente antes de continuar mi camino. Me hace un gesto con la mano mientras me alejo.

Rose me recibe en el vestíbulo del estudio y noto que está a mil.

—¿Qué narices has hecho? ¿Has atracado a la reina de Inglaterra o qué? —dice al ver todas las bolsas—. Te recuerdo que ahí tenemos un rodaje. ¡No estamos de vacaciones!

Entre bastidores, se ve que aún no estamos en Hollywood. El camerino es microscópico. El personal ha dejado tiradas sus cosas por ahí, incluso en el suelo, por falta de espacio. En la mesa reina un desorden indescriptible. Una lata de refresco, una plancha de pelo, las sobras de un desayuno apresurado, unos tubos de maquillaje semidifuntos y una colilla aplastada en una taza de café, aunque esté prohibido fumar.

La chica que llega para ocuparse de nosotras nos saluda sin muchas ganas. Por sus ojeras violáceas, adivino el ritmo infernal de las jornadas, el estilo de vida poco saludable, el

* «¡Hacen un trabajo increíble!»
** «¡Sí, es fantástico!»

275

desfile de rostros que hay que maquillar en una serie como esta, que funciona si es rentable. Una «producción» en sentido estricto.

No digo nada cuando me tira con fuerza del pelo para el moldeado, ni cuando veo que sale un poco de humo del secador, demasiado cerca del mechón. Me mancha el vestido con un chorro de base de maquillaje que sale disparado del tubo. «*Shit!*» es su única disculpa. Me clavo las uñas en las palmas de las manos y me juro a mí misma que llegará el día en que mi destino como artista será otro y trataré con personas más cuidadosas y consideradas... Luego le toca a Rose, que recibe tres cuartos de lo mismo.

Saco mi Organizador de Amor y en la parte de «Entre yo y el mundo» apunto lo importante que es tener estímulos reales para activar el cambio. Sin embargo, mi éxito profesional condiciona muchísimo mi éxito sentimental. Porque, para querer al otro, necesito quererme a mí misma y estar orgullosa de mí. Grabo esta escena en mi cabeza para recordar lo que ya no quiero vivir. Abro las manos y veo las marquitas rojas que me han dejado las uñas. No debo olvidar escenas de este tipo ni estas pequeñas humillaciones para no perder de vista el objetivo final: triunfar.

Una vez listas, Rose y yo repasamos nuestros diálogos. No pasarán a la historia... La trama no puede ser más simple. En ese momento no me podía imaginar que unos días después me esperaba una mucho más increíble y digna de una película, no en el estudio sino fuera, en la vida real.

Escena 53

Meredith
Cuenta atrás: -30 días

Llevo diez días repitiendo el guion: cojo el metro hasta la estación de Westminster y camino hasta el estudio, pasando por delante del Big Ben. Y cada día me encuentro al señor del bigote, el jefe del equipo de expertos que continúa con su tarea. Nos hemos acostumbrado a saludarnos y hablar un ratito. Me he enterado de que se llama Benjamin, como el ingeniero Benjamin Hall, cuyo nombre está inscrito en la campana. «*I was bound to do that job, wasn't I?*»,* me dijo guiñándome un ojo con gracia. «*Indeed!*»,** le respondí de inmediato.

La cuarta mañana, milagrosamente, llegaba con veinte minutos de antelación, así que hablamos un poco más. Benjamin me pregunta qué estoy haciendo en Londres. Le hablo del papelito en la serie, de mi trabajo de actriz... y, sobre todo, de mi verdadero proyecto: el monólogo que estoy escribiendo. Al cabo de un rato, le he contado más sobre mis proyectos que a mis propios padres. Qué extraña es la vida a veces. A él le pica la curiosidad y me pregunta de qué va mi espectáculo.

---

* «Estaba destinado a hacer este trabajo, ¿no crees?»
** «¡Sin duda!»

—*Love... It's about love.**
—*Oh, lovely!*** —exclama.

Le parece un tema interesante. Atemporal. Él es un mago del tiempo. Yo, una exploradora del amor, que quisiera eterno. Observa el majestuoso reloj que nos contempla y le inspira una reflexión.

—Querida amiga, no sé si el tiempo juega a favor de las historias de amor... Muchos piensan que no. ¡Yo llevo treinta y cinco años casado con la misma mujer y nunca la he engañado! Tal vez el secreto esté allí.

Señala con la mano a sus hombres, colgados en el vacío, y se explica.

—Crear momentos suspendidos en el tiempo, *my dear*. O sea, momentos atemporales. Instantes preciosos que se escapan de lo cotidiano, de lo trivial... Lo que cuenta no es la cantidad de tiempo que se pasa junto al otro, sino el tiempo de calidad que se le ofrece. Por eso, de vez en cuando, hago de mago del tiempo para mi amada esposa...

—Qué bonito... Pero, Benjamin, ya sabes que para nosotras, las mujeres, el paso del tiempo no supondría un problema si pensáramos que nuestros hombres nos seguirán queriendo a pesar de las huellas que deja en nuestro cuerpo. No recuerdo quién era la actriz que dijo: «¡No me maquilléis las arrugas! Me ha costado años tenerlas...».

—*You're right, dear.**** Pienso que cualquier mujer puede seguir siendo maravillosa con arrugas, a poco que brille su interior. Los hombres no se van por las arrugas, sino por la aridez del corazón, ¿no crees?

* «Del amor... Trata del amor.»
** «¡Ah, estupendo!»
*** «Tienes razón, querida.»

—Sí, es verdad. La sonrisa y el brillo de la mirada son el reflejo de las cosas hermosas que habitan en el corazón.

¡No me puedo creer que haya tenido una conversación tan profunda con un desconocido en plena calle! Benjamin me encanta. ¡Es todo un personaje! Le estoy sonriendo imbuida en sus inspiradoras palabras cuando mis ojos se fijan en un incidente brutal que sucede en mi campo de visión, justo enfrente de mí. Un enorme todoterreno que se sale de la calzada y se nos echa encima. Apenas me da tiempo a que se me escape un grito. En un acto reflejo, agarro a Benjamin con todas mis fuerzas para apartarnos y salir de la trayectoria de ese coche enloquecido. Los gritos de otros transeúntes quedan silenciados por un estrépito ensordecedor: el vehículo acaba de estrellarse contra un pilar y la parte delantera se ha quedado empotrada.

No entiendo qué acaba de pasar, pero me vuelvo hacia Benjamin para ver cómo se encuentra. Le he hecho un placaje contra el suelo digno de una jugadora de rugby profesional y creo que está aturdido. Soy la primera sorprendida por esa inesperada fuerza.

—*Are you hurt? I'm so sorry!**

Parece que le duele el brazo. Se me llenan los ojos de lágrimas aunque no quiera. Poco después todo se llena de curiosos y llegan la policía y las ambulancias. Me hacen preguntas, pero extrañamente el inglés ya no me sale. Debe de ser por la conmoción. Se hacen cargo de Benjamin y, antes de que se lo lleven, con la mirada un poco perdida, me da las gracias. Al caer se ha golpeado la cabeza y en el brazo tiene

* «¿Estás bien? ¡Lo siento mucho!»

un gran corte que sangra, además de algunas contusiones. No parece muy grave, pero el médico de urgencias quiere que le hagan una radiografía de cráneo. Aún tiemblo.

Varias hipótesis se agolpan en mi cabeza. ¿Un terrorista? ¿Un drogado o un alcohólico irresponsable? ¿Un depresivo con tendencias suicidas? Quizá lo sepamos más tarde... Cuando suben a Benjamin a la ambulancia para llevárselo al hospital, le meto en la mano mi número de teléfono.

—*Give me news, please, Benjamin!**

Las puertas de la ambulancia se cierran tras su sonrisa y me encuentro ahí plantada frente al Big Ben, que me observa desafiante, se burla de mí y me recuerda que no soy inmortal. De golpe soy consciente del tiempo que pasa y que ya no vuelve, de la importancia de disfrutar de cada instante, porque no sabemos lo que sucederá después. Me emociono pensando en Antoine, por estos minutos que transcurren lejos de él. Cojo el teléfono y le llamo.

---

* «¡Por favor, mantenme informada, Benjamin!»

Escena 54

Antoine

Me tiemblan las manos cuando termino de hablar por teléfono con Meredith. Lo que acaba de sucederle me da escalofríos. A la vida le gusta robarnos el balón de vez en cuando para recordarnos sus reglas del juego: nada dura para siempre, todo es efímero. Los que se comportan con la vida como terratenientes se arriesgan a caer desde lo alto un día u otro. Porque, sí, estamos de alquiler. La vida da, la vida quita. Coge lo que le pertenece, como una jungla salvaje.

Meredith no estaba como siempre. Me preocupa. Me he ofrecido a coger el primer tren para ir a verla, pero se ha negado. Quiere vivir este barbecho sentimental como si preparase nuestras tierras para la mejor cosecha. Visto así... Luego me ha propuesto una cita; se le había ocurrido una idea. Parecía sobreexcitada. Electrizada. Como si el percance que acaba de sufrir le hubiera provocado unas irrefrenables ganas de vivir, como si al ser consciente de lo incierta y frágil que es la existencia, lejos de asustarla, le hubieran entrado ganas de saborear el momento presente y embriagarse de él. Me ha preguntado si yo podía volver a casa. He querido saber por qué, pero no me lo ha dicho. Le he contestado que sí a ciegas. Tenía que estar localizable en una hora.

He puesto como excusa una urgencia familiar para irme de

la emisora y, en el coche, he ido zigzagueando por las atestadas arterias de la capital para ir más rápido. Nada más llegar a casa, me he metido en el baño. Me he peinado con especial cuidado. Me he rociado con loción para después del afeitado. Algo estúpido, porque ella no lo va a oler. Pero me basta con saber cuánto le gusta ese olor. Me he puesto su camisa preferida y me he quitado la corbata. No le gusta que la lleve. Me sirvo nervioso una copa de vino. Da igual que sea por la mañana. Por fin suena el teléfono. Su rostro aparece en la pantalla. Siento una punzada familiar en el pecho. No me explico por qué su cara me produce semejante efecto. ¿Por qué la suya y no otra?

Creo que nos hemos emocionado. Pero ¿no es eso estar vivos? Comprendo de inmediato dónde está y me quedo sin habla. Meredith. Meredith y su eterna chispa de locura. Está en una habitación de hotel. Y empiezo a adivinar en qué juego me quiere meter. Sujeta el móvil con el brazo extendido y lo pasea a su antojo mientras me habla con voz cálida y acariciadora. Detrás de ella, veo que ha echado las pesadas cortinas opacas para oscurecer la estancia pero, aun así, un destello de luz se abre paso y proyecta unos finos rayos dorados sobre su cuerpo. Su cuerpo... El deseo hace su aparición. Se instala sin vergüenza. Incluso se acomoda con ganas. No tenemos intención de desalojarlo.

De rodillas encima de la cama, Meredith se ha soltado el pelo, que le cae despeinado sobre la camisa. Entreabierta. Más que entreabierta. Entrever el nacimiento de sus senos me sobresalta, pero trato de disimularlo. La videollamada continúa su recorrido. Veo la carne color crema de sus piernas, ya desnudas, y los pies ovillados bajo su esculpido trasero, enfundado en un precioso tanga de encaje rojo: una de esas prendas cuya venta debería estar prohibida, pues no dejan indemne.

El móvil regresa a su rostro y no le quito ojo a sus labios, que murmuran palabras inconfesables. Unas ganas insoportables, abrasadoras, de besarla en la boca, a ella, a la que no tiene rival en hacer del beso un arte. Me pregunta si estoy dispuesto a seguirla en esta experiencia sensual. No necesita esperar la respuesta. Estoy enganchado a la historia en imágenes que me envía su teléfono y para mis adentros le dedico una plegaria de agradecimiento a santa Tecnología.

Meredith se desliza con gracia bajo las sábanas. Me tiene subyugado cuando se aparta un poco la camisa y muestra un seno perfecto que despunta en el sutil juego de claroscuros impuesto por la penumbra. Hipnotizado, miro cómo su mano comienza a acariciar ese pecho descaradamente turbador. De vez en cuando levanta el móvil hasta su cara y jugamos a sostenernos la mirada, casi a desafiarnos, a calibrar el grado de excitación del otro por la intensidad del brillo de los ojos. Ella gana esta pelea sensual. Se muerde el labio a traición, el mismo que vislumbro hinchado, enrojecido por las sucesivas mordeduras, y en el que su lengua ha dejado una deliciosa huella brillante.

La fiebre se apodera de mí. Ahora su brazo se aparta del cuerpo y se coloca en perpendicular a un lado para dejarme ver el movimiento de su espalda, que se arquea a medida que su placer aumenta. Las líneas curvas de la parte baja de su espalda me vuelven loco. Como una muchacha ansiosa, Meredith me está desabrochando el corazón. Como osadía final, franquea la última barrera decorosa y me regala su placer más íntimo, del que participo como un espectador incrédulo. El deseo al desnudo, la cruda sencillez de su abandono, hace mella en lo más hondo de mi ser.

Nos quedamos en silencio unos instantes, una presencia a pesar de la ausencia, en un indescriptible momento de cómplice intimidad.

Una hora después de colgar, recibo un mensaje suyo:

> Nunca había vivido un momento suspendido en el
> tiempo tan bonito como este. M.

Un poco más tarde, por la noche, le contesto:

> Has visto qué palabra empieza con nuestras iniciales?
> Antoine, Meredith. AM. ¡Amor! Pero, después de lo de
> esta mañana, no me atrevería a hablar de un amor
> verdadero... Sino más bien de un amor mimoso, como la
> canción de Michel Polnareff

Cuando le escribo, modero lo que siento. Para no asustarla. El tono es jovial, feliz. En cambio, un volcán entra en erupción en mi interior. Meredith, Meredith. ¿Qué conjuro me has echado? En mis oídos resuena la música de Screamin' Jay Hawkins. *I Put a Spell on You*. Yo también tengo ganas de gritarlo. Y con la misma rabia: «*I put a spell on you because you're mine*».* El saxo embriagador. La voz ronca que grita ese *I love you* que sale de las entrañas. Falta más de un mes para que acabe este dichoso experimento. ¡Un mes aún! ¿Por qué el tiempo no pasa igual cuando se ama? Esos reencuentros que parecen no llegar nunca, ese maldito tiempo que nunca discurre, como la paradoja de Zenón y la flecha que jamás da en el blanco: en un segundo la flecha recorre diez metros con un blanco situado a veinte metros. Al cabo de un segundo, la flecha sigue a diez metros

---

* «Te echo un conjuro porque eres mía.»

del blanco. Cuando pasa medio segundo, la flecha recorre cinco metros, por lo que aún le quedan otros cinco. Luego, cuando pasa un cuarto de segundo, la flecha recorre dos metros y medio y aún le quedan otros dos y medio que recorrer, y así sucesivamente.

Así vivo esta espera absurda. Esta desagradable sensación de que la cuenta atrás nunca acabará y que, cuanto más se acerca el final, más lejos me parece que esté.

Me fijo en la revista de psicología que está encima de la mesa y leo el test que propone en la portada: «¿Estás enamorado?». He tirado cuatro euros a la basura. Para dar una respuesta, primero tiene que haber una pregunta...

Escena 55

Meredith

Benjamin me llama unos días más tarde. Se deshace en agradecimientos y su sinceridad me emociona. Sobre su estado de salud: salvo por algunos rasguños, está bastante bien y lo que más le afecta es el pavor que sintió... Benjamin insiste en darme las gracias de una forma especial. Ofrecerme algo único. Intento convencerlo de que no me debe nada. Pero no hay nada que hacer. Me propone algo que considera un honor y un gran privilegio. Una experiencia que pueden vivir muy pocas personas: subir al Big Ben escoltada por su equipo de expertos. Reconozco que es una propuesta fabulosa y muy emocionante. Primero le doy las gracias afectuosamente. Después, me entran las primeras dudas.

—*Are you sure it would be safe?**

—No vas a correr ningún riesgo: la seguridad es total y mi equipo te vigilará de cerca. Por supuesto, puedes decirle a un amigo que venga contigo, si prefieres estar acompañada.

¿Cómo voy a rechazar un momento que promete ser tan mágico? Mucha gente hace puenting o se tira en paracaídas, pero ¿cuánta sube al Big Ben? De todas formas, me quedo

* «¿Seguro que no es peligroso?»

más tranquila si viene alguien conmigo. Se lo digo a Rose sin pensar. Le parece una locura. Se niega categóricamente.

—¡Ni en sueños! ¡Anda ya! ¿Quieres que me quede colgando como un salchichón a más de noventa metros del suelo? ¡Estás loca, querida Dith!

Refunfuña entre dientes en criollo, lo cual es definitivamente mala señal. No insisto y pienso en una alternativa. No hay mucho donde elegir. Nick Gentry me parece la única opción. Le llamo por teléfono. Está sorprendido, le halaga que piense en él y, en definitiva, está *absolutely delighted.** Al parecer, le chiflan las sensaciones fuertes. Cuelgo con una respuesta afirmativa. Ya está. Todo organizado: ahora sí que no tengo escapatoria.

Quedamos dos días después, ya que se prevé que haga buen tiempo. Unas condiciones óptimas.

Llego con antelación. Benjamin me recibe cariñosamente, me ofrece un café y me presenta al equipo. Todos me saludan y me tratan con mucha consideración. Me rodea una aureola de, según él, un acto de valentía, pero para mí solo es un acto reflejo de protección ante un peligro.

Nick llega tan sonriente y relajado como nerviosa estoy yo. En realidad me muero de miedo y siento pinchazos en el vientre. Pero ya no puedo echarme atrás.

Benjamin nos presenta orgulloso a «su» Big Ben con una ternura cuasi paternal.

—Os pondréis el equipo arriba.

Así que empezamos a subir escaleras hasta llegar al campanario. Me sirve para comprobar que ya es hora de:

* «Encantadísimo.»

1. dejar de fumar,

2. empezar a hacer deporte,

3. abandonar las patatas fritas Salt & Vinegar y las cervezas.

¿Cuál es el secreto de Nick? Ni siquiera parece cansado... Yo, en cambio, parezco una olla exprés tras los 335 escalones (sí, los he contado; incluso he dibujado palitos mentalmente, como los que hacen los presos para contar los días). Por fin llegamos a la cúspide. Me apoyo un segundo en un murete para recuperar el aliento, que el estrés hace cada vez más corto.

—*Are you OK?* —se inquieta Benjamin.

Nick mira hacia donde estoy y yo me pongo derecha bruscamente con una gran y falsa sonrisa. Quiero quedar bien.

—*Yes! Sure!* —finjo con un entusiasmo forzado.

Seguimos. El equipo nos ayuda a ponernos el utillaje y soy toda oídos cuando nos explican las normas de seguridad. Ya es hora de lanzarnos sobre el gran reloj. Nick nota mi miedo y me coge de la mano para darme valor. Le dirijo una sonrisa pesarosa.

—¡Va a estar genial, ya verás! —titubea en francés.

—¡Anda! ¡No sabía que hablases mi idioma!

—*Un tout petit peau* —contesta Nick haciendo un gesto para indicar cuál es su minúsculo nivel juntando el pulgar y el índice.

Me río. ¡Está muy gracioso hablando de esa forma tan desastrosa! Benjamin se queda con nosotros para vigilar la experiencia.

—¡Seguid mis instrucciones y todo saldrá bien!

—¡OK!

No me arriesgo a hacerme la aventurera...

Desde esta altura, el aire frío me azota el rostro y me deja sin aliento. Nick se tira el primero. Admiro su soltura. Ya está enganchado a la aguja de los minutos, que tiene una longitud de más de 4,2 metros. Le aplaudimos y levanta el pulgar, tiene una cara radiante. Me toca. Ya no puedo echarme atrás. Además, no quisiera quedar mal delante de Nick. Inspiro hondo y trato de ignorar lo fuerte que me late el corazón. Tengo la sensación de que se me va a salir del pecho. ¿El arnés está bien ajustado? ¿Bien enganchado? ¿Bien asegurado? ¡Durante una milésima de segundo tengo la horrible visión de lanzarme al vacío y ver que la cuerda está mal enganchada! Tengo la garganta espantosamente seca. Y, mientras, toda esta gente está mirándome y esperando a que me lance por los aires.

—*Come on!** —me anima Nick.

Y me tiro.

Creo que he soltado un grito de cerdo degollado. Me parece que les he perforado los tímpanos. Menos mañosa que Nick, no consigo engancharme a la primera y empiezo a balancearme en el vacío, con el cuerpo oscilando de derecha a izquierda en un loco tictac. Cierro los ojos mientras grito, incapaz de calmarme.

—¡Agárrate! ¡Agárrate! —intenta decirme el equipo.

Pero no. Estoy bloqueada y sigo pataleando como un cucú histérico. *Wonder* Nick decide intervenir. Se catapulta fuera de su punto de amarre para lanzarse al vacío y acudir en mi ayuda. Con un movimiento calculado, me atrapa como un tarzán londinense y nos engancha en la otra aguja, la de las horas: 2,7 metros de alivio. Me abraza muy fuerte y sospecho que notará mis temblores, que traspasan el traje. Am-

* «¡Vamos!»

bos estamos sin aliento y nuestras bocas escupen vaho. De repente soy consciente de lo cerca que están nuestras caras. Maravillosa perspectiva de sus ojos. Íntimo panorama de emociones en vivo. No sé qué me impresiona más, si la intensidad de su mirada o las vistas alucinantes de la ciudad. La descarga de adrenalina me hace perder la razón. Trato de sacarme de la cabeza lo que creo haber percibido y sentido.

Es extraordinario ver tan de cerca las inmensas cifras del Big Ben. Según pasan los minutos, me voy calmando y me acostumbro. Benjamin quiere que nos divirtamos un poco más. Hace que nos movamos por la esfera gigantesca como si fuésemos marionetas en un improvisado teatro de títeres.

Algunas veces, cuando nuestras cuerdas se cruzan, Nick me roza la mano al pasar. En un momento dado, realiza algunas acrobacias para impresionarme y hacerme reír. Me fastidia que lo estemos pasando bien. Me asalta una pizca de culpabilidad... Me la quito de encima con un gesto inocente. Tengo derecho a que me parezca simpático, ¿no? Eso es: es muy simpático.

Al cabo de media hora empiezo a estar cansada y Benjamin pide que nos suban a tierra firme mientras su equipo se queda para seguir con la limpieza. Cuando ya me he quitado los útiles de escalada, no puedo contenerme y beso a Benjamin en la mejilla para agradecerle este momento único.

—My pleasure, love!*

Nos despedimos como buenos amigos. Nos prometemos organizar una comida pronto: ¡por la vida y por los momentos suspendidos en el tiempo!

---

* «¡Ha sido un placer, querida!»

Me marcho con Nick y permanecemos un buen rato en silencio. Hunde las manos en los bolsillos de la chaqueta y, de vez en cuando, me lanza una sonriente mirada de complicidad, que le devuelvo. En otras circunstancias hubiera catalogado este silencio de tenso pero, en este caso, es más bien distendido. Un silencio plagado de connivencia y de orgullo compartido, henchido de partículas de entusiasmo, como solo lo provocan los momentos de autosuperación. Sin embargo, tengo una espina clavada en el corazón: es una pena que no haya vivido este momento excepcional con Antoine... Un pequeño velo de tristeza empaña mi rostro y Nick se da cuenta.

—*Tired?**

—*No, no, I'm OK...***

No quiero que mi estado anímico estropee este momento. Llegamos al metro, donde tenemos que separarnos. No vamos en la misma dirección.

—Entonces ¿vas a posar para mí?

Recuerdo su mirada allí arriba, en el Big Ben, y dudo. ¿Aceptar o rechazar? Siento una profunda simpatía por Nick. Me viene a la cabeza la palabra «química». Se trata de eso. Entre nosotros hay química. ¿Qué tiene de malo? Soy lo bastante mayorcita como para saber guardar las distancias, ¿no? Además, no quiero privarme de esa experiencia...

—*Yes, sure, with pleasure!****

---

* «¿Cansada?»
** «No, estoy bien.»
*** «Sí, por supuesto, será un placer.»

Parece contento de que haya aceptado. ¿Demasiado? Seguro que me estoy montando una película. Vuelvo al piso para ver a Rose. Mientras pasan las estaciones, escucho a todo volumen *Mad About the Boy* de Dinah Washington pensando en Antoine y sonrío a los pasajeros.

Escena 56

Meredith
Cuenta atrás: -21 días

Según van pasando los días, Rose y yo afianzamos nuestra amistad con Nick y nos convertimos en el clan de los inseparables. Nos lleva a todas partes. Algunas veces a bares, como el Brilliant Corners, con una música excelente y ambiente íntimo, o el God's Own Junkyard (¡literalmente, «el mismísimo vertedero de Dios»!), donde tienen una colección de neones alucinante (con gusto me hubiese llevado para decorar mi casa el gran *Trouble* rojo, «dar problemas», ¡un neón perfecto para neorrebeldes como yo!).

Nick también nos ha llevado a infinidad de restaurantes; el más mágico creo que fue el Sarastro, su *kinky restaurant*, como él lo llama, en el barrio de Covent Garden. Entendimos lo de *kinky* —que podría traducirse como «extravagante»— cuando descubrimos su increíble decoración, con profusión de colgaduras y accesorios teatrales en una alegre mezcla de estilos tan pintorescos como el rococó, el gótico o el otomano. Cenamos en uno de los reservados y probamos la deliciosa cocina turca mediterránea. Nick, como buen guía, nos explica de dónde viene su nombre: Sarastro es el mago de *La flauta mágica*, la ópera de Mozart. El restaurante hace honor a su nombre y salimos encantadas.

—¡El sitio ideal para tener una cita! —suspiró Rose.

—*Oh yeah, for a date, it's great!**

No hace falta ser muy lista para interpretar la indirecta de mi amiga. Es evidente que con quien le gustaría quedar es con Nick. ¿Cómo es posible que no se dé cuenta? ¿O bien, llevado por su flema y pudor británicos, finge no percatarse de nada para no herir a mi amiga con un rechazo?

Por ese mismo motivo no le he contado a Rose mis «sesiones de posado» en casa de Nick. Me quedo inmóvil durante una hora mientras él crea un impresionante retrato de dos metros por tres en un soporte hecho a base de disquetes contracolados. A la vez que pinta, me hace mil preguntas para dibujar mejor el relieve de mi personalidad, porque sí puedo mover los labios. El retrato va tomando forma y su talento me deja impresionada. Creo que ha captado muy bien mis contradicciones: una mezcla de seguridad y autoestima a menudo volátiles, un carácter firme que parece no dudar de nada y tener agallas para, un segundo después, ser una mujer atrapada en sus inhibiciones, achantada, con miedo a todo y, sobre todo, paralizada por temor a decepcionar, a no estar a la altura...

Compartir cosas tan íntimas une a la fuerza. Yo también me entero de muchas cosas de sus padres, de su pasado. Cómo se hizo artista. Descubro a un chico conmovedor y con una trayectoria muy auténtica.

Salgo consternada de cada sesión, sin saber realmente por qué. No puedo negar que me atrae. Lo que achaco a llevar demasiado tiempo sin ver a Antoine. Aunque hace unos días compartiésemos un momento mágico por videoconferencia,

* «¡Sí, es genial para una cita!»

la ausencia física ya hace mella. No pensé que fuera a padecer este tipo de sufrimiento carnal. ¿Debería juzgarme como demasiado animal o como rebosante de estímulos vitales?

Nuestro trabajo llega a su fin. ¡Solo nos quedan dos días en Londres! Nick quiere organizar una velada especial, una especie de apoteosis de nuestra estancia. Se pone misterioso y nos anuncia que nos ha preparado una sorpresa.

Ha movido los hilos para que podamos entrar en uno de los clubes nocturnos más selectos de la ciudad: el Cirque le Soir.

Nick nos advirtió de que había que sacar la artillería pesada. El código de vestir es «elegante y sexy».

Cuando el portero nos permite pasar, una vez que Nick se ha identificado, Rose y yo nos sentimos como reinas. De hecho, creo que podría acostumbrarme.

La decoración me deja sin habla y me quedo deslumbrada por el ambiente tan divertido. Techos y cortinas rojos, retratos de payasos en blanco y negro, paredes decoradas con gruesas líneas verticales negras y blancas: el omnipresente espíritu del circo, ¡me encanta! Sin hablar de los juegos lumínicos, que son una pasada. Se imponía llevar *high heels,** pero a cada paso que doy con estos tacones de doce centímetros estoy a punto de torcerme un tobillo. Además, todas las mujeres parecen funambulistas caminando por un cable a treinta metros del suelo, por los zapatos de plataforma y los tacones de aguja. Aquí, es el glamour el que monta su circo particular.

Me cruzo con un payaso. Me guiña un ojo de forma ex-

_____
* «Zapatos de tacón alto.»

traña. Me aparto medio asustada, medio divertida. Nick ha reservado una mesa. Estamos en primera fila para ver las actuaciones y bailar. Antes que nada, nos aconseja el cóctel de moda: el *Punch on the road*. Una mezcla explosiva, a juzgar por el primer trago, pues mil sabores estallan en mi paladar.

—*What's in there?** —pregunto alzando la voz por el ruido.

Nick se ríe por mi cara de sorpresa y mis pupilas dilatadas.

—*It's a secret. No one can tell.***

«Claro», pienso yo. Le digo al oído a Rose:

—Ten cuidado, creo que el cóctel está bastante cargado.

Me sonríe con complicidad. Sin embargo, reconozco su mirada «noche para darlo todo». Y por cómo se come a Nick con los ojos, el «darlo todo» también le incluye a él.

Nos bebemos rápidamente nuestro primer cóctel y sospecho que no soy la única que siente cómo un calorcito agradable se extiende por el cuerpo y empieza a desinhibir todas y cada una de sus partes. Nick pide otra ronda. Cuando llevo el vaso por la mitad, se me empieza a escapar la risa. Para regocijo de Nick. ¿Qué me está pasando? A pesar de la neblina que ya han provocado los vapores del alcohol, en mi cerebro se enciende una lucecita de alarma. La señal de un peligro que no quiero ver. Me estoy divirtiendo muchísimo. El deseo irrefrenable de gustar, de seducir, me lleva de la mano y no tengo intención de soltarme. Nick está atrapado entre las dos y Rose, por primera vez desde que nos conocemos, me fulmina con la mirada como una auténtica rival. La veo inclinarse hacia Nick para susurrarle al oído palabras que le

---

* «¿Qué lleva esto?»
** «Es un secreto. No se puede contar.»

hacen reír. No me afecta. Le doy otro trago a la copa. ¿No he venido a divertirme? Divertirme y nada más. De repente aparece un tragafuegos y doy un gritito cuando escupe una llamarada por la boca, deslumbrada por el efecto espectacular que potencia la penumbra. Nick ha visto mi sobresalto y ha aprovechado para pasarme un brazo por los hombros para apaciguar mis nervios. Me gusta el contacto de sus manos cálidas sobre mi piel desnuda. Definitivamente, este *Punch on the road* es traicionero.

Rose se levanta para ir a bailar.

—¿Venís?

Una excusa fantástica para escapar de esta situación embarazosa. Los tres nos lanzamos a la pista hechizados por el ritmo electrónico. Mis ojos no dan crédito cuando aparece un conjunto de bailarinas eróticas. El ambiente se pone *hot hot*. Sin molestarnos ya en disimular, Rose y yo nos peleamos por Nick, que será para quien le seduzca con el movimiento de cadera más audaz. Tengo la lejana sensación de que ya no controlo gran cosa y me avergüenzo un poco de lo que estoy haciendo. Una encantadora de serpientes se abre paso entre la multitud y atrae a la gente. Va engalanada con una pitón alrededor del cuello. Se detiene cerca de nosotros y entiendo que me propone que me ponga la blanca serpiente sobre los hombros para una foto memorable. Miro espantada a mis entusiasmados amigos, pero insisten tanto que acabo dejando que la encantadora de serpientes coloque al animal alrededor de mi cuello sin poder evitar los temblores. Se ha formado un remolino a mi alrededor por el espectáculo. Poso para la foto y siento el estallido de los flashes. Los tres minutos se me hacen eternos. Por fin, la encantadora de serpientes me la quita de encima y me da un tíquet para recoger la foto en la tienda.

—*I want that one!** —me susurra Nick mientras noto su respiración cálida contra mi nuca.

Me estremezco y veo que tengo la piel de gallina. Me avergüenza que Nick también se haya dado cuenta, pero finge ignorar cuál es el motivo.

—*Are you chilly?*** —pregunta burlón.

—¡Eso creo! —replico ignorando mi turbación.

Rose está al borde de un ataque de nervios y, con la excusa de retocarse el maquillaje, me agarra del brazo para arrastrarme hasta el baño. En cuanto cruzamos la puerta, se me echa encima.

—¡Eh! ¿Qué coño estás haciendo con Nick?

Reacciono de forma brusca.

—¿Y eres tú quien lo pregunta?

—¡Te recuerdo que tienes pareja! PA-RE-JA. —repite deletreándolo—. Yo, en cambio, estoy soltera... ¡Y, como habrás podido comprobar, Nick me gusta bastante!

La escucho distraídamente mientras saco el pintalabios de mi bolso microscópico.

—¡Oye, solo estoy pasándomelo bien! ¿Vas a ser una aguafiestas en nuestra última noche?

Rose se peina con mano airada.

—Bueno, yo ya te he dicho lo que tenía que decirte...

Salimos y nos reunimos con Nick, quien mientras tanto se ha encontrado con unos conocidos que se han sentado en nuestra mesa. Bien. Así, al menos, habrá una tregua entre Rose y yo.

* «¡La quiero!»
** «¿Tienes frío?»

Durante un rato nos aburrimos y vamos encadenando los cócteles. Ya no respondo de nada. Por fin Nick vuelve a hacernos caso. El ambiente está aún más enloquecido. Una densa muchedumbre se agolpa en la pista, a la que nos lanzamos como si quisiéramos ahogarnos en ella. Nos tiramos de cabeza. Además, todo se tambalea. Mucho. En un momento dado, me agarro a Nick para no caerme y pongo el brazo en torno a su cuello a modo de amarra. Él malinterpreta el gesto porque, de golpe y porrazo, me besa en la boca. Los cuerpos saltan y se mueven a nuestro alrededor mientras nos enlazamos como si estuviésemos solos en el mundo.

Para Rose es el colmo. Apenas alcanzo a ver su mirada ofendida y cómo se marcha a toda prisa. En ese momento todo me da igual. Solo pienso en besar a Nick hasta el alba, a Nick y sus labios ardientes como el más dulce de los pecados.

Escena 57

Rose

Cuando por fin oigo girar la llave en la cerradura, mis dedos aprietan el asa de la maleta que tengo delante. No he pegado ojo pero, a pesar del cansancio, estoy tiesa como un palo, sentada en este sofá asqueroso donde me clavo los resortes. Horas interminables esperando el regreso de Meredith. Para ver hasta dónde llegaría en su delirio. ¿Cruzaría la línea roja?

Se queda petrificada cuando me ve y se pone colorada de inmediato. Las marcas violáceas bajo sus ojos avivan mi enfado. Cierra despacio la puerta tras ella y entra sin atreverse a mirarme. Son las siete de la mañana. Una hora que no deja lugar a dudas sobre el desenlace de la noche con Nick. Tira el bolso a un rincón y coge una silla para dejarse caer. Se hace un silencio profundo como una fosa. Solo se oye el cotorreo nervioso de Roméo, al que he metido en su transportín y golpea las alas contra los barrotes intentando revolotear. Llevo horas esperando este momento y ahora no sé por dónde empezar a describir el color de mi desconcierto, todos los tonos de mi decepción.

Veo que posa la mirada en la maleta. Entiende lo que sucede. El punto de inflexión. Por un momento me alegro de que le haga daño.

—¿Qué? ¿Te lo has pasado bien?

Mi cinismo no le hace gracia. Veo que aprieta los dientes. Un estado de tensión que afea su bonita cara.

—Lo siento, Rose. Déjame que te explique...

Va a empezar a justificarse y eso sí que no lo voy a soportar.

—¡Cállate, por favor! —le ordeno bruscamente.

No está acostumbrada a oírme hablar en ese tono y veo que se estremece.

—¡Cállate! ¡Cállate! —repite Roméo haciendo un insoportable eco.

En mi tierra, las mujeres somos así. Tenemos el corazón ardiente como el ron, pero cuando nos traicionan se vuelve duro como una roca, y entonces hay que tener cuidado con el enfado, que retumba como una tormenta que estalla. Me levanto de un salto del sofá y empiezo a recorrer la habitación de arriba abajo: quiero poner en orden mis ideas y encontrar un ápice de lucidez para soltarle lo que llevo en el corazón. Cuando creo tener la sartén por el mango, me vuelvo hacia ella y la obligo a mirarme a la cara.

—¿Por qué lo has hecho? ¿Por qué?

Lo digo casi a gritos. Veo cómo la presión le dilata las pupilas. Pero no se mueve. Lo encaja. Me molesta ese ataque de dignidad. Hubiera preferido que se rebajase. Habría sido más fácil. Continúo:

—Nick... Todo este tiempo has sabido cuánto me gustaba. La atracción que he sentido por él desde el principio. Mientras que tú... Tú te ríes de él. Que se sienta atraído por ti te hincha el ego, nada más. No sientes nada por él.

—Rose, por favor...

—¡Calla! ¡No me digas nada! ¡Para ti es muy fácil! Siempre has tenido a los tíos a tus pies. Y al pobre Antoine el primero... ¿No te basta con tenerle? ¿Los necesitas a todos?

No disimulo la mala leche de mis argumentos. A Meredith se le humedecen los ojos. Incluso se le empiezan a caer las lágrimas, despacio, inexorablemente. Me importa un bledo. Es demasiado tarde. Se ha roto el dique y mi boca descarga un torrente de lodo.

—No puedes evitarlo, ¿verdad? A este no podías dejármelo, ¿no? ¡Tienes que hacerte la princesita, que todos estén pendientes de ti y pasen de las demás!

Ella intenta hablarme, tranquilizarme, pero no la dejo. Me ha sacado de mis casillas. La veo besando a Nick. Luego me la imagino entre sus brazos y me pongo enferma. Una oscura faceta de mi personalidad sale a la superficie. Las ganas de hacer daño. Para compensar mi propio sufrimiento. Roméo está en mi campo visual pero apenas lo reconozco: tiene las plumas hinchadas, desgreñadas, está inmóvil en el transportín con los ojos medio cerrados... Pero no consigo desviarme de mi obsesión: echar en cara a Meredith sus errores.

—¿Puedes imaginarte cómo se va a sentir Antoine cuando se entere de todo esto?

Se endereza y veo cómo la angustia pasa como una sombra por su rostro.

—Deja de decir tonterías, Rose. Nunca harías algo así.

Se me revuelven las tripas. Esta discusión me da náuseas. Pero necesito hablar. Decirle todo. También lo que oculto desde hace muchos meses.

—¡Claro que se lo voy a decir! Después de todo lo que ha hecho por ti, tiene derecho a saber cómo es la mujer a la que entrega su amor antes de comprometerse para toda la vida...

Meredith se estremece. Su cara ha perdido cualquier rastro de sangre. Está blanca.

—¡Callaaa! ¡Callaaa! —chilla Roméo con un tono inusualmente estridente.

Ni Meredith ni yo le hacemos caso tal como estamos, inmersas en la mecánica de nuestro ajuste de cuentas.

—Rose, se te está yendo la cabeza... Me das miedo. Apenas has dormido, ¿verdad? Tendrías que echarte un rato. No piensas con claridad...

—Pues mira, nunca había pensado con tanta claridad. Incluso voy a darme el gustazo de abrirte los ojos y decirte lo que ha hecho por ti...

La miro con una pizca de desprecio. Ella se ha quedado sin palabras. Por una vez.

—Pobre Meredith. Estás tan centrada en ti misma que no te enteras de lo que pasa a tu alrededor. ¿No has notado nada extraño, nada excepcional, desde que empezamos la gira? ¿Crees que ganaste todos aquellos cupones por pura casualidad? ¿Crees que en cada representación de Lille la sala se llenó gracias a tu inmenso talento? ¿Crees que el director del teatro nos concedió una segunda oportunidad tras mi percance porque es una buena persona? Qué ingenua eres...

—¿De qué estás hablando, Rose?

Ahora está realmente preocupada. Sé que estoy a punto de lanzar una bomba. Veo que Roméo tiene el pico abierto y respira con dificultad.

—¡Abre los ojos, guapa! Todo lo hizo Antoine...

—¿Qué hizo Antoine?

A su cabeza le cuesta asimilar lo que le estoy diciendo. Me doy el gusto de aclarárselo.

—¡Lo hizo él! Él es tu «ángel de la guarda». Él lo dispuso todo, lo organizó todo, para que nunca te faltase dinero, para que ganaras confianza en ti misma, en tu carrera, para que estuvieses animada... ¡Porque te quiere! ¡Pobre desgraciado!

Meredith tiembla de la cabeza a los pies. Temo que me dé

una bofetada. Doy un paso atrás, consciente de haber llegado demasiado lejos.

—¡Es mentira!

—Ah, ¿sí?

Su rostro refleja toda la retahíla de mis revelaciones, el puzle que encaja, la realidad que se impone. Todo lo que ella no quería, todo lo que le horrorizaba: que no la vean capaz de apañárselas sola. Que la infantilicen. Que no la dejen demostrar su valía por sí misma...

De la rabia, tira dos vasos que hay encima de la mesa, que terminan en la otra punta de la habitación rotos en mil pedazos. Roméo suelta un chillido.

—¡Largo de aquí!

Me da la espalda. Su voz se ha vuelto ronca.

—No te preocupes, ya estaba previsto.

Mi tono es punzante, frío como la hoja de un cuchillo que le pusiera en la nuca. Yo también estoy herida. Busco en mi corazón una pizca de indulgencia hacia ella y no la encuentro. Solo hay sitio para el enfado y la decepción.

—Me vuelvo a París, Meredith, y ten por seguro que se lo voy a contar todo a Antoine. Es un viejo amigo. Le tengo mucho aprecio. Y quiero que sepa cómo eres de verdad...

Estoy a punto de coger la maleta y marcharme con el transportín lejos de aquí cuando, de golpe, me detiene un ruido sordo: Roméo acaba de caerse de la percha y yace como fulminado en el fondo de la jaula.

—¡Roméooooo!

De mi garganta brota un grito que hiela la sangre. Las dos nos lanzamos hacia el transportín.

Escena 58

Rose

Meredith y yo llevamos más de una hora esperando en esta clínica veterinaria de urgencias del centro de Londres. Apenas hemos intercambiado unas pocas palabras desde que llegamos y nos hemos atrincherado en un silencio hostil. Cuando, asustadísima, he abierto el transportín para socorrer a mi querido loro, Meredith ha dejado a un lado nuestra disputa y me ha ofrecido su ayuda. Roméo no estaba muerto. Le latía el corazón. Estaba más bien bajo los efectos de una conmoción emocional. Al llegar a la clínica, el equipo veterinario se ha hecho cargo de él. He creído conveniente informarles del carácter «especial» de mi pájaro, y que el profesor Boileau, del Instituto Peterson en París, lo ha supervisado. Tras una espera que se me ha hecho eterna, la jefa de servicio ha aparecido con cara seria, a pesar de darnos noticias bastante buenas.

—Sus funciones vitales están bien. Ha recobrado la consciencia... Bueno, si puede decirse así...

—¿Perdón?

—Tenemos motivos para creer que nunca llegó a estar inconsciente...

—No comprendo...

—Hemos podido hablar con el profesor Boileau en París. Nos ha dicho que le llame cuanto antes para explicárselo.

—Ah...

—Sígame.

La jefa de servicio me lleva hasta su despacio y le pido a Meredith que no me acompañe. Veo por su mirada que mi actitud la hiere, pero de momento no puedo actuar de otra forma.

La jefa de servicio me indica el prefijo para llamar a Francia y marco el número del profesor Boileau, que descuelga enseguida. Parece nervioso, casi sin aliento por la excitación. Me pregunto qué es lo que tiene que decirme.

—Disculpe, antes de nada, ¿me puede explicar en detalle lo que ha pasado y cómo ha ido reaccionando Roméo a lo largo de esa situación?

Se lo describo con todo lujo de detalles y me siento repentinamente culpable por no haber prestado atención a sus síntomas durante la discusión.

—Mire, tengo razones para pensar que Roméo no se quedó inconsciente sino que...

—¿Qué?

—¡Que se ha hecho el muerto!

—¿Que se ha hecho...?

Estoy aturdida. No consigo entender lo que quiere decirme el profesor.

—Rose. Usted sabe que su cacatúa tiene unas aptitudes extraordinarias. Todo parece indicar que tiene una percepción excepcional de las emociones que embargan a las personas que le rodean. Incluso podrían afectarle mucho. Imagínese... ¡Estamos hablando de empatía emocional! ¡En un ave! Pero hay una cosa que me parece más increíble todavía...

Tengo la boca seca. ¿Qué más va a decirme?

—No me extrañaría que Roméo se haya hecho el muerto por una razón fascinante: ¡dirigir la atención hacia él para detener la pelea y, de esta forma, ser el artífice de la reconciliación!

Menos mal que estoy sentada. Apenas sigo el resto del discurso. Lo único que escucho es que, ante las extraordinarias características de Roméo, el Instituto Peterson quiere estudiarlo a toda costa y me ruegan que se lo confíe durante unos meses. «¡Está en juego el progreso científico!» ¿Qué se responde a esto? Me despido de la jefa de servicio atontada, como si me hubieran dado un mazazo.

Meredith se levanta al verme.

—Ya está. Se acabó. Vuelvo a París con Roméo. Van a quitármelo.

Meredith esboza un gesto de consuelo. Lo evito. He perdido a mi querido pájaro y a mi mejor amiga. Recorro los pasillos de la clínica veterinaria refunfuñando: «Mierda de vida...».

Meredith

Cuando veo a Rose alejarse y dejarme sola en esa estúpida clínica veterinaria, me vengo abajo. El dique de lágrimas cede y lloro en silencio durante un buen rato. Me vienen a la cabeza algunas imágenes de mi noche loca con Nick, todavía borrosas por los efluvios del alcohol, el cansancio y la tristeza. No era del todo consciente de lo que estaba haciendo. Me dejé llevar por los sentidos, por un deseo incontrolable... Sí, lo reconozco. He deseado a Nick. Peor. He disfrutado con él. Aun así, ¿tenía derecho a ceder a la tentación? ¿Qué tipo de mujer soy, incapaz de reprimir sus instintos? La realidad se me echa encima como un cubo de agua fría. No ha sido una noche loca, sino un estúpido momento de confusión del que podría arrepentirme amargamente. Y Nick. ¿No he jugado con él, utilizándole para satisfacer mis deseos? No se lo merece. Seguro que le pierdo. Sin embargo, tengo una espada de Damocles mucho peor colgando sobre la cabeza: perder a Antoine. Si Rose, enrabietada, le cuenta todo, lo nuestro se acabó. Este pensamiento me oprime con tanta fuerza que me deja sin respiración. Me ahogo. Salgo de la embriaguez nocturna como de un largo túnel. La luz que aflora me ofrece un momento de lucidez excepcional. Nunca he tenido tan claro mi amor por Antoine. Me marcho de la clínica con paso vacilante y comprendo que no le he sido infiel a Antoine, sino a mí misma...

Escena 59

Antoine

Rose está en mi piso, sentada cerca de la mesa. Exactamente donde estaba Meredith hace unos meses, unos minutos antes de contarme su intención de dejarme para emprender su extraño *Love Tour*. Rose, acurrucada en la silla, ha llorado mucho y unos surcos de rímel recorren sus mejillas. Aprieta las rodillas contra el pecho y apoya los pies, tras haberse quitado los zapatos, en el cojín de la silla. No dice nada, pero afina el oído para no perderse ni un ápice de la conversación telefónica que estoy teniendo con Meredith. Me he dado cuenta enseguida de que Meredith está preocupada por su voz plana, con un leve temblor apenas perceptible, como una confesión impregnada de remordimientos. Me echa de menos. «Terriblemente», me ha dicho. Está deseando volver a París. Que todo esto termine. Ha dudado en preguntarme si había visto a Rose.

—Sí, la he visto. Anoche estuvimos cenando juntos.

Meredith ha permanecido un rato en silencio tras esta revelación. Un silencio tenso por la duda que dejaba en el aire. ¿Habría hablado Rose o no?

—¿Y...? —se ha atrevido a preguntar.

—¡Y nada! Hemos pasado un rato agradable. Me ha dado pena saber que ha tenido que volver precipitadamente de Londres por Késia. Por suerte, la niña está mejor. Qué alivio, ¿verdad?

—Sí. Qué gran alivio.

No me ha costado notar que su verdadero alivio se debía a otra cosa.

Cerca de mí, Rose escucha incrédula. Me doy cuenta de que no se lo puede creer. Pero al cabo de unos minutos veo en su mirada la confirmación de sus sospechas: no voy a decirle nada a Meredith. Jamás le hablaré de esa maldita noche.

—¿Antoine?

—¿Sí?

—Te quiero.

Meredith cuelga y me deja con esa frase que ha soltado como una bomba. ¿Por qué la dice ahora, cuando siempre había evitado pronunciarla?

Voy a tener que justificarme ante Rose. Rose, que no entiende nada. Frunce el ceño, claramente contrariada.

—¿Cuándo dejarás de protegerla, de perdonarle todo?

—No la protejo, Rose. Miro a otro lado ante un momento de confusión.

—Eres muy indulgente con ella, Antoine. Te la acabará pegando. Y ese día lo pasarás fatal.

—Estoy dispuesto a arriesgarme.

—¿Tanto la quieres?

—...

—Ni siquiera estoy segura de que sepa la suerte que tiene...

—Tal vez. Qué más da. Escucha, Rose, quiero que me hagas un favor.

Me acerco a ella, la cojo por los hombros y la miro decidido a los ojos.

—¿Qué, Antoine?

—He procurado que Meredith piense que no me has contado nada porque creo que es básico que sigáis siendo amigas.

Rose niega con la cabeza, aún disgustada por el comportamiento de su amiga.

—Sé cuánto te quiere. Eres la hermana que le hubiera gustado tener. No podéis tirar por la borda una relación tan bonita.

Rose me mira con una mezcla de burla y de admiración.

—¿Cómo lo haces, Antoine?

—¿Para?

—¿Para no guardarle rencor? ¿Para estar tan tranquilo? ¿Tan bien?

Hago una pausa antes de contestar. Y dejo escapar un hondo suspiro.

—No te equivoques, Rose. No pienses que no sufro por lo que pasó en Londres. No pienses que no entiendo lo que sientes. La herida está ahí. Si no quisiera tanto a Meredith, la odiaría. Pero quien crea que una relación amorosa o de amistad nunca pasa por momentos difíciles, se equivoca de lleno. Lo feo no son los errores, sino romper por cosas que no merecen la pena. Vuestra amistad vale demasiado como para mandarla a la mierda con la primera tontería que sucede, ¿no crees?

Ella asiente despacio.

—Rose, te lo pido como un último favor, por nuestra amistad: ¡perdona a Meredith! ¡Te lo suplico! Hazlo por mí. Ella te necesita. Y tú también a ella.

Rose vuelve a echarse a llorar. La abrazo y nos quedamos así unos largos minutos. Cuando se separa de mí, su mirada me tranquiliza.

—De acuerdo, Antoine. Lo haré por ti. Pero no inmediatamente. Aún tengo que digerirlo... ¿Antoine?

—¿Sí?

—¡Si ella no te quiere, en última instancia yo me caso contigo!

Nos echamos a reír a la vez.

—*Deal!*

Escena 60

Meredith
Cuenta atrás: -19 días

He estado unas horas ordenando el piso y luego he devuelto las llaves. *Bye, bye, London.* Doy una última vuelta por la ciudad antes de marcharme. Los últimos días han sido raros, tan sola, sin Rose. No he contestado las insistentes llamadas de Nick. No he tenido el valor. Le he mandado una carta a su taller. Él ha saturado mi contestador. Se arrepiente, se siente culpable, sobre todo por Antoine. Pero dice que la atracción por mí le ha superado y le ha pillado desprevenido. He tenido tiempo para hacer un análisis durante todas esas largas horas de reflexión. Los distintos tipos de deseo. El que me ha empujado una noche a los brazos de Nick. Pero ese deseo es como la capa superior de la epidermis: superficial. Nada que ver con lo que siento por Antoine. Estoy enamorada de él.

No regreso a París de inmediato. Aún no me veo capaz de enfrentarme a Rose, ni a Antoine. Estoy hecha un lío. Una amiga me aloja unos días en Lille. Mi hermana me invita a cenar en su bonita casa de las afueras. Aprovecho para ver a mis sobrinos. Valentine es un encanto con sus seis años, tan inocente. Esta noche soy yo quien le lee un cuento. Un cuento de princesas, por supuesto. Y de un príncipe azul. Nos apoyamos en dos cojines bien mullidos y ella se acurruca contra mí.

—Oye, tita...

—Dime, mi amor.

—Entonces ¿van a estar juntos y felices toda la vida?

Pone énfasis en la expresión «toda la vida». Le sonrío con ternura y no sé muy bien qué responderle. ¿Debemos dejar que los niños crean en el amor eterno, inculcarles desde la más tierna edad utopías que tal vez de adultos les causen desengaños y el inevitable sufrimiento?

—No lo sé... ¿A lo mejor? ¿A ti qué te gustaría?

—¡A mí me gustaría que se quisieran sieeempre!

Su enternecedora euforia y sus ojitos brillantes me emocionan.

El amor que dura toda la vida... ¿Es un cuento para encandilar a los niños? Muchos dirán que es bueno dejar que lo crean cuanto más tiempo mejor, mientras sea posible. Una tierna superchería, como Papá Noel. Beso a mi sobrina cariñosamente y apago la luz para dejarla dormir.

Bajo a ver a mi hermana y ayudarla a recoger. No quiere. Soy su invitada, así que... Me acomodo en un rincón, abro mi Organizador de Amor por el apartado «Entre yo y el otro» y me pregunto sobre el amor que dura toda la vida. Necesito pararme un momento en esta cuestión fundamental. Pienso en el beso robado de Laurent, mi coleccionista de caprichos, y luego en mi atracción por Nick Gentry. ¡Todo esto en menos de tres meses! ¡Menudo cacao mental! Me sentí tentada. Y llegué a morder un trozo de la manzana. Sin embargo, mi amor por Antoine no se ha debilitado. Incluso se ha fortalecido. Como si esos extravíos formasen parte de un proceso iniciático y me ayudasen a tomar el camino correcto hacia el amor verdadero. Pero la cuestión de fondo es de tipo moral. Prohibirse sentir deseo por otros, censurar los instintos, reprimirlos, juzgarlos, ¿no es precisamente la causa de tantos desastres conyugales?

¿No deberíamos, de entrada, reconocer y aceptar que desearemos a otros, que otros nos atraerán, y que es algo inevitable, incluso puede que sano, normal? Es cierto que la monogamia es necesaria para evitar la discordia. En aras de un orden moral pero también social. Establecer un «marco», poner reglas... Pero ¿funciona? ¿La fidelidad no es como un bonito barniz de cara a la galería? ¿Dónde empieza la infidelidad? Tener pensamientos amorosos, auténticos sentimientos por otra persona, ¿no es «engañar más» que tener una breve relación física?

Si le damos mil vueltas al problema, el primer sacrilegio consiste en pensar que el otro nos pertenece...

El segundo es querer impedirle vivir lo que tenga que vivir.

Por otro lado, ¿la monogamia funciona? El número de adúlteros indica que no. La promesa de fidelidad que se proclama en las bodas se convierte enseguida en el «juramento hipócrita».

Justo el otro día leí en una revista que uno de cada dos hombres y una mujer de cada tres admitían haber sido infieles. Y la cifra no para de crecer. Por no hablar de la cantidad de páginas web de encuentros extraconyugales... Al amor le ahoga su yugo. ¿Y eso por qué? De nuevo, por el juramento hipócrita. La fidelidad para toda la vida, ¿no es una bonita promesa heredada de una época en que la vida no duraba cien años?

Por tanto, sigo con ganas de reformular los viejos esquemas, de creer que todo el mundo debería tener derecho a inventarse su propia versión de la pareja sin obedecer a los dictados de lo «socialmente correcto». Porque ¿cómo podría repetirse la misma fórmula de la felicidad? Cada uno tiene la suya. Por marginal que sea.

Mi hermana me trae una infusión con una galleta.

—Estoy contigo en un momento —me dice al tiempo que vuelve a la cocina.

Dejo la taza tras un primer sorbo demasiado caliente y, mientras muerdo la galleta, pienso en esa idea de la flexibilización de las costumbres. ¿Desarrollar una tolerancia más flexible y una mente más abierta? Sonrío mientras me imagino cómo serían los estiramientos para mentalidades muy rígidas...

El ejercicio principal es fortalecer la aceptación. Admitir los posibles deseos del otro por «los demás», evitar que sea un tema tabú, permitir la expresión y el diálogo. Una vocecita perversa se acuerda de mí... «Meredith, sé sincera: si Antoine viniera a contarte cuánto le atrae otra mujer, ¿cómo reaccionarías?» Me he dejado fuera al enemigo número uno: los celos.

Los celos tienen que ver con el ego. Esconden mal su voluntad de omnipotencia. «El otro debe pertenecerme.» Pero amar a otro no es poseerlo. Al amor verdadero no se le puede encerrar en una jaula, sino dejarle siempre una ventana abierta.

Emborrono mi Organizador de Amor y me invento un test de la verdad.

«Si me enterase de que Antoine me ha engañado, ¿en qué grado le guardaría rencor? (0, si no le guardo ningún rencor; 10, si le guardo muchísimo rencor).»

Sinceramente, me pongo un 7.

Mi teoría sobre el juramento hipócrita no ha triunfado.

«¿Estaría dispuesta a perdonarle? (0, en absoluto; 10, por supuesto).»

Diría que 5.

Mis resultados no son muy contundentes. Me doy cuenta de que aún me queda mucho trabajo antes de acabar con esa promesa. No habría que prometerse fidelidad sino sinceridad. Porque lo principal no es mentir al otro, sino engañarse a uno mismo.

A decir verdad, los deslices no me parecen tan graves. Una pareja sólida puede pasar por ellos como por leves e inevitables zonas de turbulencias. ¿Lo más importante no es atreverse a reflexionar sobre la verdadera friabilidad de la pareja? ¿Es un amor duro como una roca o erosionado? Lo sabe el corazón. Pues el adulterio —el auténtico, el del desgaste, la amargura, la lasitud y la pasividad— no es más que el resultado de actuar como el avestruz. De no atreverse a ver la realidad: el otro ya no nos conviene, ya no nos gusta. La historia nos marchita, nos apaga, nos priva de la alegría de vivir. Nos obligamos a seguir juntos, ¿por qué razón? ¿Por los niños? ¿Por las convenciones sociales? ¿Por miedo al cambio o a alterar una organización o unas costumbres cómodas? O, peor aún, ¿por dinero?

Autoengañarse es asfixiarse lentamente. Una pequeña muerte. Si no se está bien con la pareja, no hay que engañarla. Hay que dejarla.

Dejo la escritura en suspenso cuando mi hermana se sienta a mi lado. Nos sonreímos con las tazas en la mano. Me atrevo a hacerle una pregunta que me atormenta.

—¿Estás bien con Édouard?

Me mira algo sorprendida, como si le hiciera una pregunta muy extraña.

—Claro que sí. ¿Por qué no iba a estarlo?

No insisto, pero le digo que en la cena he visto cómo se comportaba con ella. La ausencia de miradas. La indiferencia que a mí me sacaría de quicio. Y ella, sumisa ante su destino de mujer transparente, resignada a una existencia insípida. ¿Por qué debería tener miedo? Él sabe que ella estará ahí, que no se irá. Nunca se atreverá. Está tan seguro que es desconcertante.

¿Qué haría la Señorita Juli en esta situación?

No intentaría cambiarle a él, sino que ella modificaría su actitud. Creo que primero se inventaría un potenciador de sensualidad. Le echaría sal a sus encantos. Especias a sùs gestos. El atractivo es una actitud. Una actitud mental, en primer lugar. Los movimientos corporales solo son una prolongación.

No ser nunca una mujer que ha renunciado. A su feminidad. A su poder de seducción. A su autonomía.

El hombre siempre tendrá un instinto cazador. Aunque le guste la tranquilidad y la seguridad del hogar, a veces es bueno recordarle que nunca debe sentirse en territorio conquistado. El hombre prehistórico se peleaba por el fuego. Hoy este ha cambiado de forma. Nadie quiere ver cómo se apaga el fuego de su gran amor. Pero, con el tiempo, muchos se olvidan de cuánto cuidado, esfuerzo, atención y creatividad necesita esa valiosa llama...

Lo que le importa a la gente es el «cuánto tiempo lleváis juntos». Como si la hazaña se calibrase en el número de años. La única aritmética que vale para los sentimientos es cuánto le brillan los ojos al otro cuando te mira.

Al llevar la discusión a este terreno, mi hermana niega con la cabeza y pone cara de tomarme por loca.

—Mireille, ¡eres una idealista!

—Meredith, por favor —la corrijo.

—Nunca me acostumbraré.

En fin, mientras sea feliz... Me marcho agradeciéndole la deliciosa cena y vuelvo a casa de la amiga que me aloja. Pienso que ha llegado el momento de las grandes decisiones. La cuenta atrás se acaba. ¿Qué es lo que siento por Antoine? ¿Estoy lista para dar el gran salto? ¿Mi amorabilidad ha alcanzado el nivel adecuado? Exhalo un hondo suspiro. Presiento que la noche será larga...

París

Escena 61

Antoine
Día D: Fin de la cuenta atrás

Hoy es 28 de julio. Será el primer día del resto de mi vida con Meredith o el último de nuestra historia. He decidido confiar en su amor. No sé nada de ella desde hace cinco días, desde que recibí la famosa carta que ella misma depositó en mi buzón.

Me sé esa carta de memoria. La silueta de cada una de sus palabras. Decididamente, Meredith tiene habilidad para la puesta en escena. Me propone quedar hoy, a las dos en punto, en el quiosco de música del parque de Buttes-Chaumont.

Las palabras bailan bajo mi mirada.

Frente al espejo del cuarto de baño, intento borrar los estragos de una mala noche. Me afeito con cuidado, me echo en la cara la loción que tanto le gusta y que nunca volveré a oler sin pensar en su rostro junto al mío, en su pequeña nariz pegada a mi cuello para olfatearme, en un acto reflejo casi animal.

Saco del armario la ropa que con la que le gusta verme. Un estilo estudiosamente descuidado. Elegante sin parecerlo demasiado. Me desabrocho el primer botón de la camisa. A ella le gusta esta camisa y me imagino sus manos sobre mi torso; de ahí obtiene su fuerza, lo mismo que otros de los árboles. Me encanta ese gesto de conexión que tenemos. No sabe que soy yo quien saca la fuerza cuando siento sus manos moverse por encima de la tela.

Me echo un último vistazo en el espejo con ojo crítico. Me encuentro aceptable, a pesar de las ojeras. Como un enamorado cualquiera, que piensa que su historia no es como otra cualquiera, paro en una floristería. No quiero presentarme con las manos vacías. Elijo unas flores que se me recuerdan a ella. Nada sofisticadas, muy olorosas y coloridas.

Hace un día fantástico. Quiero interpretarlo como una señal de buena suerte. Me he subido las mangas y cada cierto tiempo me seco las manos en el pantalón. El amor nos pone así de nerviosos algunas veces...

Ya veo el parque, y ahora sí que no me da tregua el miedo. Se pega como un invitado molesto al que no sé cómo echar. Llevo la carta en el bolsillo y la acaricio con la punta de los dedos, como un amuleto, para darme valor: ya es hora de poner las cosas en claro y terminar con este teatro. Creo que no habría podido aguantar ni un día más.

Cruzo el parque, me pierdo un poco y a la vuelta de un camino acabo viendo, rodeado de vegetación, el viejo quiosco. Se erige delante de mí, cómplice y testigo silencioso de mi destino; un escenario improvisado para la obra de teatro que está a punto de empezar.

Llego diez minutos antes de la hora. ¿Qué son diez minutos tras seis meses esperando? Aun así, cuestan. ¡Qué largos se me van a hacer! Con el ruido de cada pisada, con cada silueta que pasa, me estremezco. ¿Es ella? Me siento un poco ridículo con el ramo en la mano. Un treintañero pijo que pasa por allí me mira divertido. ¡Qué imbécil! Escondo el ramo tras la espalda para que sea más discreto y trato de pasar desapercibido colocándome detrás de un poste. Transcurren los minutos. Hace calor.

Un hombre se acerca por el paseo central. No, parece que él también ha quedado con alguien. Lleva una rosa en la mano. Qué gracia. Nos miramos de reojo y terminamos intercambiando una sonrisa de connivencia. Parece nervioso. Es una tontería, pero me consuela un poco. Al menos, no soy el único del universo. Está claro que el tipo no es sueco. Lleva melenita, barba y aspecto hípster.

Miro el reloj. Aún faltan dos minutos para la hora. Al cabo de un momento, se acerca un hombre, nos echa un vistazo, consulta el reloj y, al igual que nosotros, se pone a dar vueltas alrededor del quiosco. Este no lleva flores. ¡Todo el mundo queda aquí, por Dios! Le observo. No tengo otra cosa que hacer. Muy rubio, con los rasgos demasiado delicados como para hacer amigos entre sus congéneres. Las 14.02. Meredith llega tarde. Pero solo dos minutos, me digo para calmarme. En cuestión de nada, llegan uno, dos y hasta tres hombres más. Todos empezamos a mirarnos con cara rara. La situación se vuelve surrealista. ¿Cómo nos habría pintado Magritte? ¿Siluetas masculinas con el cuerpo relleno de nubes, como el cielo de nuestra esperanza? Vete tú a saber...

Hablar de nervios sería un eufemismo para describir mi estado de tensión interna.

De pronto llega otro. Se aproxima, le veo más de cerca. Ese hombre es... ¡Nick! ¡Nick Gentry! Abro los ojos de par en par. El corazón me da un vuelco. Creo que a él también.

—*What the hell are you doing here?** —exclamo más fuerte de lo que hubiera querido.

* «¿Qué narices haces aquí?»

Él también tiene pinta de no entender lo que está pasando. Me mira a mí, luego al resto de los hombres y pone cara contrariada. Los otros tipos se acercan. Sienten que nuestra conversación los concierne de una manera u otra. Nick Gentry, visiblemente incómodo, balbucea algunas palabras que le obligo a repetir, como si le hubiera oído mal.

—*I've got a date with Meredith.**

—*A what?***

—*A date!****

Me sofoco. La sangre me golpea los tímpanos.

—¡No puede ser! YO he quedado con ella, Nick. ¡Yo y nadie más!

Me olvido de las buenas intenciones que me ayudaron a cerrar los ojos ante el desliz de Londres y pierdo toda la sangre fría. Esto es demasiado.

—¡Hijo de puta! ¡Pensaba que eras mi amigo! Te pedí que cuidases de ella... Y en lugar de eso, ¿qué hiciste? ¡Te la tiraste! *Bastard!*****

Le agarro con una mano y con la otra le atizo en el hombro con el ramo. Mientras le golpeo, las flores revolotean a nuestro alrededor. Los demás hombres intervienen para separarnos. Se monta un follón tremendo de machos sobrecalentados. Nick trata de decir algo.

—Antoine, *I'm so sorry!*******

De pronto resuenan varios pitidos y aparece el guarda del parque. Se hace un silencio repentino justo cuando Nick proclama:

     * «He quedado con Meredith.»

     ** «¿Cómo?»

     *** «¡Que he quedado con ella!»

     **** «¡Cabrón!»

     ***** «¡Lo siento mucho!»

*—I'm in love with her!**

Un malestar más pesado que una losa se abate sobre los asistentes. Nick murmura para sus adentros un *«It's beyond my control»*** y me dan ganas de retorcerle el cuello. En cuanto al resto, me pregunto qué hacen aquí.

Tengo una terrible intuición y tiemblo ante la idea de que se confirme.

—¿No... no me digáis que vosotros también habéis quedado con Meredith?

Su silencio es una respuesta elocuente. Me vuelvo hacia el guarda.

—¿Usted también?

—Eh... ¡Pues sí!

La cabeza me da vueltas. ¿Qué significa este odioso galimatías?

Entretanto, veo a una joven aproximarse a lo lejos. Parece una azafata, lleva un vestido anaranjado ceñido y un colorido pañuelo anudado al cuello. Se nos acerca con los ademanes de un guía que recibe a su grupo.

—¿Todos estáis aquí porque habéis quedado con Meredith?

Nos lo dice con una voz calmada y cristalina, como si nos propusiera seguirla para hacer una visita guiada. Asentimos como idiotas, demasiado pasmados como para reaccionar de otra forma.

—Por favor, seguidme —dice la azafata.

Caminamos tras ella. Dejo en el suelo mis flores del reencuentro. Con un gesto rabioso, le doy un codazo a Nick para apartarle de mi camino. Él balbucea *«sorry»* sin parar. No le hago ni caso.

---

* «¡Estoy enamorado de ella!»

** «No puedo evitarlo.»

Llegamos a un café. La azafata nos conduce al primer piso. Han puesto una gran pantalla de televisión. La estancia es agradable. La ventana de doble batiente está abierta de par en par y entra una corriente de aire fresco. En otras circunstancias, podría haber sido un momento placentero. La azafata nos ofrece unas bebidas. Tal y como estamos, las aceptamos de buen grado.

Entonces la azafata nos transmite su mensaje:

—Meredith quiere deciros una cosa.

Con mano firme —y afortunada, pues no le incumbe el drama que está en juego—, pone el vídeo. Y en la pantalla aparece la cara de Meredith.

Escena 62

Meredith
Cinco días antes

Llegué ayer a París y volví a mi piso del Distrito XIX. Los últimos días han sido de una profunda introspección. He pasado horas interminables poniendo en claro lo aprendido durante estos meses, mis proyectos, mis ambiciones, el camino que me queda por recorrer y, sobre todo, la continuación de mi historia con Antoine. Esas horas de divagaciones solitarias, que pasé caminando o sumiéndome en abismos de reflexión en terrazas de cafés, me han permitido recordar mis amores y aventuras pasados y han gestado un guion en mi cabeza. Cuanto más lo pensaba, más claro tenía que era la única manera de decirle a Antoine lo que tengo que comunicarle. Una manera que se me parece. Extravagante pero totalmente sincera.

Así que he puesto en marcha mi plan y he contactado con todas las personas que se han cruzado en mi vida y que, de un modo u otro, me han ayudado a avanzar en mi desarrollo personal sobre el tema del amor verdadero. ¿Querrían seguirme la corriente? ¿Acudirían a la llamada? En unas pocas horas recibí respuestas positivas y solo dos rechazos. La suerte estaba echada. Así que me he puesto a preparar la grabación. Para ello he emborronado mucho papel, con la intención de ser lo más justa posible. Luego, como actriz que soy, me he aprendido el texto de memoria. Me he puesto mis mejores galas, me he maquillado y me he peinado para estar guapa pero sin pasarme. Me he colocado ante un fondo bonito, una composición gráfica que quedase bien en pantalla: un trozo de una planta y un pedazo de tela colorida que rompe la línea recta del sofá negro. Todo un Matisse. El diablo se esconde en los detalles. Perfecto. Ya estoy lista. Con un dedo algo tembloroso, aprieto el botón para empezar a grabar. El piloto rojo me indica que está en marcha. Allá voy.

Muchas gracias a todos los que estáis ahí, gracias de todo corazón por venir, por haber respondido a mi llamada, un tanto desconcertante, lo admito. Os pido perdón desde ya por esta chocante puesta en escena, que os habrá sorprendido, incluso molestado a algunos. Perdón. Todo va a quedar claro, espero, dentro de un rato.

Antoine, si estás ahí, te ruego que esperes hasta el final para entender lo que estoy haciendo. Por qué he pedido a los demás que acudan en este día que debería ser solo tuyo, nuestro...

Cuando veáis este vídeo ya hará seis meses, seis meses y un día, que propuse a Antoine un peculiar experimento: interrumpir nuestra relación, dejarla en suspenso y marcharme, para que esa separación me permitiera conocer mejor mis horizontes: quién soy, adónde voy, qué debo hacer para estar a la altura de esta bonita historia de amor, para ser digna de ella, para prepararme en cierta manera. Al final he encontrado una palabra para hablar de ello. Lo llamo la «amorabilidad». Quería comprobar si era posible mejorar mi capacidad de amar...

A lo largo de ese camino, todos los que hoy estáis ahí habéis sido relevantes desde el momento en que os habéis cruzado en mi vida. Cada uno de vosotros me ha aportado algo único.

Antoine, si hoy, delante de ti, le dirijo algunas palabras a cada uno es para que entiendas de dónde vengo y cómo esas historias han construido a la mujer que soy. Y también para compartir contigo lo que esas experiencias me han enseñado del amor.

[*Me quedo un rato en silencio. Aprovecho para respirar hondo y coger fuerzas para llegar hasta el final de mi propósito. Continúo.*]

Julien, que fuiste mi amor de juventud, gracias. Estaba loca por ti. En aquella época quería ser tuya de la cabeza a los pies, dártelo todo. Demasiado. Caí en el torbellino engañoso del amor fusión, un torbellino que siempre acaba tragándote. Tú me enseñaste la primera regla del amor: la armonía se encuentra en el sutil equilibrio entre el arte de dar y el arte de recibir.

Zach y Nicolas. ¡Mis queridos gemelos! Tres veranos seguidos de recuerdos ardientes... Nunca sabré cuál de los dos fue mi preferido. Me enseñasteis la segunda regla del amor: para mantener viva la llama de una relación, nunca debemos olvidarnos de añadir desenfado, frescura, diversión y alegría. Vosotros lo teníais. La espontaneidad, la creatividad, la energía de los exploradores que recorren todos los rincones del placer, que saborean la vida como una fruta jugosa que se coge directamente del árbol un día de verano...

Cyril. Tú lo tenías todo. Belleza, inteligencia, altura. Lo tenías todo pero, al final, los celos se lo quedaron todo. Me asfixiabas por querer tenerme solo para ti. Podríamos haber pasado muchos días felices si te hubieras atrevido a curar esa herida. Me enseñaste la tercera regla del amor: nadie es de nadie. Cuando el amor se convierte en una jaula, aunque sea de oro, el pájaro muere ahogado lentamente. La libertad reside en la confianza. Cada cual debe trabajar su autonomía afectiva. Es lo único que da alas a los sentimientos.

Laurent. Tú y yo no hemos tenido una aventura si hablamos con propiedad. Tú, coleccionista de caprichos, el que has sentido por mí ha sido recíproco a su manera. Quien se ha encaprichado de verdad he sido yo, de la filosofía que te has inventado y que me ha seducido por completo. De todos nosotros, tú eres quien seguramente tenga la llave del amor feliz. Porque no reduces tu radio a un solo y único objeto de deseo. ¡Extiendes la noción de amor a algo mucho más amplio! Cuanto más avanzo, más claro tengo que el sufrimiento se debe a la obsesión, al hecho de centrarse en una única persona. A que haya alguien que acapara tu pensamiento cada minuto, cada segundo, y sufras cuando no está, cuando lo pasa bien con otros amigos o en otras actividades... Laurent, tú eres quien me dicta la cuarta regla del amor: diversificar las fuentes del amor, del interés y de la satisfacción. El amor puede tomar otras formas. Hay que multiplicar los caprichos por todo lo que puede ser bello, interesante, enriquecedor... Y apartarse del amor que encierra cuando monopoliza y que, por tanto, puede convertirse en tóxico, desgraciadamente.

Nick. Me alegro de haberte conocido. Eres una bellísima persona. Aunque no te oculto que has complicado mi *Love Tour*. Sin querer, me has puesto frente a una realidad a la que toda pareja se enfrenta un día u otro: ¿se puede desear a varias personas a la vez? La respuesta es sí, está claro. ¿Se puede amar a varias personas a la vez? Esto es más complejo, pero sí, sin duda, desde el momento en que el amor puede tomar distintas formas, además de la propia naturaleza del amor. El amor pasión, el amor razón, el amor amigo, el amor chimenea, el amor brasero, el amor apoyo... Solo hay que tener en cuenta una cosa: no se conoce a alguien por casualidad. Si tienes pareja y te topas con la tentación, intenta observar más de cerca el mensaje que ello implica. Ese encuentro es necesariamente una invitación a un viaje interior. ¿Qué me enseña sobre mí misma? ¿Qué es lo que tiene esta persona que se refleja en mí? Querido Nick, así es como me has inspirado una quinta regla del amor: cada nueva persona que me atrae, me tiende un espejo para preguntarme sobre mis deseos, necesidades y carencias.

Jean-Claude, mi guarda de la esperanza, a ti te doy las gracias por tu bondad y tu generosidad. Das mucho de ti a esos enamorados despechados y desesperados con los que te cruzas, a los que ofreces un mensaje de esperanza, a quienes tiendes la mano... El amor no es ninguna tontería y sus altibajos nos pueden hacer sentir como en una montaña rusa. El amor sacude, agita, tambalea, desplaza y a veces incluso separa... Pero lo peor es cuando muere a fuego lento. Jean-Claude, tú me has chivado la sexta regla del amor: el amor del otro nunca debe hacernos perder de vista el amor a nosotros mismos. Nadie tiene derecho a hacernos sentir bien o mal. Eso sería darle demasiado poder al otro. Por tanto, tenemos un deber para con nosotros mismos: darnos cariño, ternura e indulgencia, ¡cuidarnos a nosotros mismos como a la niña de nuestros ojos! El amor empieza a fallar en el preciso momento en que cargamos al otro con esa responsabilidad.

Antoine. Ha llegado el momento de que me dirija a ti.

[*Seguro que se me han sonrojado las mejillas. Tengo la boca seca y no sé si conseguiré que me salgan las palabras. Me humedezco los labios antes de continuar.*]

Mi amor. No me puedo imaginar lo que te atormenta esta puesta en escena. Lo único que pretendo con ella es hacer una declaración. «Mi declaración», como dice la canción de France Gall. Eres el hombre más maravilloso que he conocido. Lo que siento por ti no puede compararse con lo que haya podido sentir antes. Tras estos seis meses, largos, agotadores, agitados, al menos tengo una certeza: te quiero como nunca he querido a nadie.

Pero...

[*Bajo la mirada y dejo de hablar. Me imagino a Antoine en el piso de arriba de ese café que ya he elegido, sentado entre todos esos hombres, rivales en su mayor parte, con los ojos clavados en él, y siento que mi corazón y mi respiración se aceleran.*]

... Perdón, mi amor, perdón. Perdón por no estar lista todavía. Aún no puedo volver contigo.

[*Ya he soltado la bomba. Me siento mal. Por mí. Por él.*]

Y tampoco tengo derecho a pedirte que esperes más tiempo. Me encuentro frente a un dilema irresoluble y no puedo más que asumir un último riesgo; echarlo a cara o cruz: perderte definitivamente o volver a encontrarnos para estar juntos toda la vida. Porque de momento debo terminar mi investigación, acabar lo que he empezado. No puedo saber cuánto tardaré. ¿Cómo podría pedirte que me sigas esperando? Sería muy egoísta... Ten por seguro que, allá donde vaya, lejos, muy lejos, te llevaré conmigo, en lo más hondo de mi corazón. Pero hasta que no haya triunfado, no volveré. Necesito «ser alguien». Alguien por derecho propio. No la «mujer de». A tu manera, me has enseñado la séptima regla del amor: cada cual tiene el deber de realizarse. La mayor garantía de longevidad de una pareja es que cada uno actúe de forma que tenga motivos para estar orgulloso de sí mismo y que el otro también lo esté de él. Que sea una tarea tan humilde que resulte admirable. La amargura en una pareja ¿no empieza a aparecer cuando ya no nos gusta quiénes somos ni en lo que nos hemos convertido? Creo que cada uno es responsable de saber lo que le hace feliz, de apañárselas para llevar a cabo el proyecto de vida que potenciará su talento. Porque ¿hay algo que tenga más sentido que mostrar lo mejor de nosotros?

[*En este momento siento que los ojos se me llenan de lágrimas. Miro a la cámara de frente. Las lágrimas resbalan por mis mejillas y mi nariz. No hago ademán de enjugarlas. Estiro el brazo y el dedo para parar la grabación, detengo el gesto para murmurar unas últimas palabras para Antoine.*]

Te quiero, Antoine.

[*Off.*]

Escena 63

Antoine

Es fácil imaginarse el tsunami emocional que ha supuesto escuchar la grabación de Meredith. Es extraño pero, tras las últimas palabras, la audiencia primero ha guardado un silencio sepulcral. Un silencio que recordaré toda la vida. Y luego, justo después, se ha montado una algarabía impresionante. Todo el mundo se ha puesto a hablar a la vez. Como en un bar italiano al acabar un gran partido. En este momento, tengo la sensación de haber perdido el partido más importante de mi vida. «Derrotado» es la palabra que mejor describe mi estado. El fin de mi amor platónico. Esperaba este día como una liberación. Pero me ha hundido otra sentencia. Condenado a esperar. Me he convertido en un preso del amor. Mi delito: enamorarme de alguien nada convencional. Ahora me mete en una celda muy peculiar. De aislamiento. Lo peor de esta historia es que mi corazón es un preso voluntario. Ni siquiera intenta escaparse. Contaría los días si supiera cuántos son. Pero no. Ni siquiera sabrá eso.

Nick se me acerca. Él también tiene pinta de estar hecho polvo. ¿Se da cuenta Meredith de lo que deja a su paso?

—*I'm so sorry! All that is crazy** —murmura.

---

* «¡Cuánto lo siento! Todo esto es una locura.»

Parece sincero. Aún me debato entre romperle la cara o correr un tupido velo. A fin de cuentas, ¿de qué sirve ya que me pelee con él? Mi guerra está en otra parte. Las opciones que tengo no son como para tirar cohetes: puedo aprender a vivir sin Meredith, lo que ahora mismo me parece peor que vagar hasta el fin de los días, o puedo seguir esperándola, a ciegas, en la oscuridad de un tiempo indefinido.

Observo alejarse a Nick con la espalda levemente encorvada, como si le aplastase la noticia de la desaparición de Meredith. Yo pido otra cerveza, sin dejar de pensar en ella ni un segundo. La gran presencia de los ausentes. Poco a poco, los demás hombres se han ido marchando. Es curioso: todos han venido a darme la mano, como si presentasen sus respetos en un funeral al marido de la difunta. Tengo la desagradable sensación de que la fallecida era mi historia de amor...

Después de un trauma emocional como este, creo que, en cierta manera, el cerebro se protege. Es lo que ha hecho el mío, al menos los primeros días. Mi mente se ha atrincherado en una especie de negación, ha envuelto mi sufrimiento con una guata de incredulidad. Casi me imagino que todo esto es una broma pesada y que Meredith aparecerá en cualquier momento y se me tirará al cuello riendo a carcajadas, como tanto me gusta que haga. Yo fingiré enfadarme un poco, le diré que la broma no ha tenido gracia y ya está. La estrecharía entre mis brazos como si no hubiera un mañana, hasta olvidarlo todo. Olvidar esta pesadilla. Por desgracia, cuando abro los ojos cada mañana, el nudo que me oprime el pecho me recuerda que esto no ha sido una broma. Que la desaparición de Meredith es real. Se ha volatilizado en la naturaleza, por así decirlo.

Esta vez ni siquiera hay un hilo de Ariadna para mantener el contacto. Ni notas. Ni mensajes. Nada. Solo la hipotética promesa de que volverá y que me quiere. Es un hilo muy fino al que asirse.

A medida que pasan los días, el efecto «negación» ha ido desapareciendo y, al igual que cuando la anestesia pierde su efecto, empiezo a sentirme realmente mal. Me he convertido en una burda copia de mí mismo. En la emisora están preocupados. Me han sugerido que me coja unas vacaciones. ¡Como si fuera posible hacer esto con un gran amor!

Con estos sentimientos tan intensos solo se puede pedir una excedencia no remunerada. Y las que primero se marchan son las ilusiones. Enseguida te encuentras en una isla desierta de desolación. Solo contigo mismo, con tu pesar, con tu amargura.

La pena me ha vaciado por completo, ha absorbido toda mi energía vital. Estoy tan cansado que incluso los gestos más nimios de la vida cotidiana me suponen un esfuerzo tremendo. Ya no vivo. Sobrevivo. Es como si me hubiese caído un obús en el vientre y me hubiera hecho un agujero enorme. Como si las vísceras se hubieran salido y ese agujero lo aspirase todo. Por supuesto, tengo momentos de lucidez en los que sé que debo poner una especie de apósito simbólico sobre esa herida emocional. Y que debo fabricarlo con todo lo que tenga a mano que me haga sentir bien. Con pequeños placeres, momentos de descanso, instantes robados de paz, el cariño de algunos amigos... Pero el apósito sigue siendo muy poroso y el sufrimiento siempre acaba rezumando.

Debo decir que Rose ha sido un gran apoyo. Una verdadera amiga. Nos hemos visto mucho. Aunque esté enfadada con Meredith tras lo que pasó en Londres, estoy seguro de que echa de menos su amistad.

Incluso Nick y yo hemos acabado enterrando el hacha de guerra. ¿No estamos ahora en el mismo barco? Dos enamorados tristes y solitarios. Ha estado un tiempo en París por su exposición. Hemos cenado juntos y nos hemos tomado algunas copas. Aunque intentábamos no hablar de ella, se colaba por todas partes. Parecíamos dos gilipollas, fingiendo que habíamos pasado página y haciendo como si no nos afectase. No engañábamos a nadie.

Mi esperanza de verla ha disminuido con el paso de las semanas. Hasta encogerse como una arruga. Presionado por mi entorno, he intentado abandonar mi letargo. Para contentarlos, me he forzado a salir. Mi ex, Angélique, no se ha hecho de rogar para ocupar el sitio aún caliente de Meredith. Así que yo también he procurado ser un buen actor. Sonreía cuando ella sonreía, me reía cuando ella se reía, la besaba cuando ella me besaba. Pero en el fondo tenía la sensación de protagonizar una siniestra obra de teatro. Me sentía como una cáscara vacía. Por dentro lloraba a mares y mi tristeza era un gran pedrusco que me arrastraba al fondo lentamente...

Escena 64

Rose

En serio, que tu mejor amiga te la juegue de esta manera, *i pwak*, como decimos en criollo: duele. *Tanzantan*, ¡ojalá estuviera aquí para decirle lo que pienso! Pero a ratos consigo tomar distancia y comprendo, creo, lo que ha querido hacer. El mismo día que montó el numerito del vídeo para todos esos hombres, yo recibí una carta. Ya me la sé de memoria. Creo haberla releído ciento diecisiete veces.

Querida Rose:

Cuando leas estas líneas, ya estaré lejos. Me voy, Rose, me voy para terminar lo que empecé. Y sé que la última parte del camino debo hacerla sola. No creo que puedas imaginar cuánto voy a echarte de menos. Sí, con locura, mi chiflada y adorada amiga. Y esto no va a cambiar porque nos hayamos peleado en Londres por un tío. En cuanto a Nick, te pido perdón con todo mi corazón. Tú no le has dicho nada a Antoine, y eso es un precioso gesto de amistad. Gracias.

Sabes cuánto deseo verte feliz. Te juro que voy a montar un cuartito dedicado a Cupido y todos los días, te lo prometo, voy a pedirle que te mande a la persona que te mereces. Verás cómo funciona... Y si hace falta, estoy dispuesta a visitar a algunas hechiceras para que preparen una pócima de amor. Eso es infalible.

No sé cuánto tiempo estaré fuera, pero voy a pedirte tres cosas:

La primera es que me guardes un sitio en tu corazoncito criollo. No creerías que ibas a librarte de mí tan fácilmente, ¿verdad?

La segunda es que te asegures de que Antoine no lo pase muy mal. Si puedes, sé para él la amiga que has sido para mí. Sabré recompensarte.

La tercera es que cuides bien de ti y de tu pitusa. No olvides lo que te he dicho: verdura al menos dos veces al día, orgías de patatas fritas y bombones *schokobons* no más de una vez a la semana; con los chicos «póntelo, pónselo», y manda a paseo a todos los que se piensen que no deben tratarte como a una reina. Porque lo eres.

¿De acuerdo?

Bueno, adiós, preciosa.

Dondequiera que estés, mira siempre detrás de ti, porque un día estaré allí.

Mi aime a ou, te quiero.

Y así fue cómo Meredith se desvaneció en la naturaleza. Incluso desapareció de las redes sociales, donde cerró todas sus cuentas.

Mal que bien, la vida siguió su curso. Todos seguimos viviendo sin ella. A mí me contrató una pequeña compañía para actuar en un café-teatro parisino. Y lo mejor es que, por medio de sus contactos, Antoine me ha encontrado un trabajo estable que consiste en grabar las obras de teatro que se emiten por la radio. Un chollo para una actriz. Gracias a eso, he logrado cierta normalidad para mí y para Késia. ¡Se acabaron los viajes y las giras lejos de mi pitusa! Mi hija ha empezado un nuevo curso. Ha perdido sus primeros dientes de leche, lo que le ha dejado un hueco en la parte delantera. Y ese hueco es muy interesante: ¡hace que venga el Ratoncito Pérez! El primer diente que se le cayó lo colocamos ceremoniosamente en una cajita chula, luego la pusimos debajo de la almohada. Por la mañana, había una moneda de dos euros y un paquete de cromos para pegar en un álbum. Los ojos brillantes de mi pitusa valen más que todo el oro del mundo.

Nos hemos tenido que acostumbrar a vivir sin Roméo. Tras el episodio de Londres y ante la insistencia casi suplicante del profesor Boileau, decidí confiarle a mi cacatúa para una investigación de carácter indefinido. De hecho, el profesor Boileau y su equipo le consideran un espécimen rarísimo de inteligencia animal cuyo misterio quieren desentrañar «en nombre del progreso científico». ¿Qué decir ante eso? He tenido que ceder... De todas formas, mi pena ha sido menor al ver en qué condiciones vive Roméo: como un rey, pues recibe todo tipo de cuidados. Tiene a su disposición un inmenso espacio interior con vegetación exótica y encantadores congéneres que le hacen compañía... Nunca le había visto tan feliz. Así que me he resignado. Por otra parte, tenemos carta blanca para visitarle siempre que queramos.

En cuanto al amor, cansada de las citas por páginas web, decidí eliminar todos mis perfiles y dejar que la vida me enviara lo que quisiera. Confiar, por una vez. Me ha hecho mucho bien dejar esa búsqueda amorosa que se había vuelto obsesiva. Encontrar a LA persona. ¡Menudo quebradero de cabeza! ¿Y la presión social? Infernal. Esa pregunta que tanto temen los solteros: «¿Qué? ¿Estás con alguien?». Como si no haber encontrado el amor fuera una tara de la que avergonzarse.

Meredith, allá donde esté, ha debido de pensar en mí y ha

hecho lo que tenía que hacer con Cupido. Porque el amor ha terminado por aparecer donde no me lo esperaba.

He visto mucho a Pincho. Sí, el insistente Pincho. Le había puesto ese mote, Pincho, pensando en un aperitivo. Nunca me había planteado tener nada con él que no fuera una relación de amigos con derecho a roce y poder hincarle el diente en períodos de carestía sentimental. No me siento orgullosa, pero así de dura es la ley de la vida sin pareja.

Tengo que dejar de llamarle así de una vez por todas. En realidad se llama Henock. Desde el día de Disneyland, Késia no paró de hablarme de él. Consiguió que le adoptásemos. Y eso no sirve de nada para el corazón de una madre. Al volver a París se lo dije bien claro: «Solo seremos amigos». Él estuvo de acuerdo. Y yo bajé la guardia. No me di cuenta de que cada día estaba más presente en mi vida. Cuando estaba triste, estaba ahí. Cuando estaba preocupada por alguna enfermedad leve de Késia o por un espectáculo complicado, estaba ahí. Cada vez que lo miraba, pensaba: «No es muy guapo». Tampoco es tan alto y fuerte como me gustaría. Pero Henock tiene algo poco habitual: sabe dar. Y esta generosidad natural no tiene nada que ver con estar cachas.

Para mí, el detonante fue cuando empezó a salir con esa chica. Esa tal Béatrice. Como es natural, tenía menos tiempo para mí. También ganó confianza en sí mismo. Se permitía hacerme rabiar. Incluso me mandó a la porra alguna vez. Empezó a comportarse de manera más mordaz. Fui testigo de esta transformación desconcertante y constaté enseguida, no sin reírme un poco de mí misma, que yo también empezaba a mirarle de otra manera.

Hasta aquel famoso día de San Valentín. Aún recuerdo el regalo que le había comprado a la chica y que quiso enseñarme a toda costa. Una pulsera preciosa de cuentas de cristal que me arrancó unos entusiastas elogios que solo camuflaban una envidia soterrada.

Unas horas más tarde, llamó a mi puerta (mis amigos tienen la manía de venir a verme cuando sufren un desengaño). Estaba descompuesto. La tal Béatrice se había asustado. Sus sentimientos no estaban a la altura de los de él. Ella había tenido miedo de que su historia fuera demasiado en serio y había preferido dejarlo.

Aquella noche Henock se quedó en mi casa. No hicimos el amor. Estuvimos hablando en susurros para no despertar a Késia, tumbados uno junto al otro. Le escuché. Mucho. Luego se hizo el silencio. Vacío, no. Lleno. Pleno de significado. Nos estuvimos mirando. Mucho. Al final, nos tocamos con la punta de los dedos. Y la magia de esa conexión fue la que provocó que la balanza se inclinase. Aquella noche me enamoré de él.

Por fin mi vida pasa por una buena época. Las dificultades se mitigan y se forma un equilibrio. Casi soy feliz. Si no fuera porque sigo pensando en Meredith. Aunque no lo parezca, me preocupo por ella. ¿Qué habrá sido de ella? ¿Estará bien? ¿Habrá conseguido llevar a cabo sus locos proyectos? ¿No se perderá, tan sola, a saber dónde, persiguiendo sus quimeras?

Esas preguntas me han rondado en la cabeza durante más de dos años. Hasta hoy. Tenía cita para un casting en el Distrito IX. Caminaba a paso ligero cuando me fijé en un cartel. Por poco no se me ha desencajado la mandíbula. Era un cartel muy grande, muy original, que cubría todas las puertas del Casino de París, una mítica sala de espectáculos.

He sacado el móvil para hacer una foto y después, con las manos temblorosas, he escrito un mensaje a Antoine pidiéndole que me llamase cuanto antes.

Escena 65

Antoine

Estoy en plena grabación con un personaje importante cuando recibo el mensaje de Rose. Miro las dos fotos que me envía y tardo en entenderlo. Demasiado pequeñas. Parece urgente. Hago clic en la primera y aparece el Casino de París. ¿Rose quiere decirme que ha conseguido que le den un papel para actuar allí? Sería una noticia fantástica. Sonrío y me apresuro a abrir la segunda imagen. Es un cartel, pero no lo veo bien. La amplío con el zoom y el corazón me da un vuelco. Mi cerebro se paraliza cuando decodifico la información. Tengo la visión borrosa. Me bailan las letras del título del espectáculo. Deben de interpretar una polka, porque la cabeza me da mil vueltas.

CUPIDO TIENE LAS ALAS DE CARTÓN
Un espectáculo escrito e interpretado por Meredith Rose

Me tengo que sentar. Ha vuelto. Meredith ha vuelto. La canción de Jacques Brel resuena en mis oídos.

> *Corazón mío, corazón mío, no te aceleres,*
> *haz como si no supieras*
> *que Mathilde ha vuelto.*

Corazón mío, deja de repetir
que está más guapa que antes del verano,
Mathilde ha vuelto.
Corazón mío, deja de temblar,
recuerda que te destrozó
Mathilde, que ha vuelto.

Estoy tan conmocionado que no consigo saber qué siento. Lo que sí sé es que todo vuelve a emerger en un segundo. El sufrimiento, la espera interminable, la soledad, la crueldad de la ausencia, la pena, la esperanza que se marchita un poco más cada día...

Un extraño escalofrío se apodera de mí: siento un frío que me hiela los huesos porque se han despertado unas emociones dolorosas y, a la vez, un calor incontrolable, inoportuno, difuso dentro de mí. Meredith está viva. Al parecer, ha conseguido su objetivo: triunfar en el mundo del espectáculo.

Alguien golpea el cristal. Es mi presentador estrella. Me pregunta si todo ha ido bien en la grabación y si me ha gustado la entrevista. Mierda. No he controlado nada. No he escuchado nada. Dos minutos después, el personaje viene a darme la mano y me pregunta qué me han parecido sus respuestas. Un momento de tremenda soledad. Mi asistente ha debido de olerse algo porque viene corriendo en mi ayuda. Lo arreglamos con un refuerzo de amabilidad y elogios. Funciona.

—Antoine, ¿estás bien? —se interesa, visiblemente preocupada por mi extraño comportamiento.

Intento tranquilizarla como puedo, pero solo tengo una idea en la cabeza: llamar a Rose. Me aíslo para hacerlo.

Ella está tan histérica como yo. Me pregunta qué pienso hacer.

—Nada.

—¿Cómo que nada?

—Nada... —reitero—. Rose, ¿te das cuenta? ¡Se fue hace más de dos años! Y además... he pasado página.

—¡Antoine!

—¿Qué?

—Eso se lo cuentas a otra.

Le aseguro que sí. Me justifico. Lo he pasado fatal. Me alegro por su éxito. Pero no pienso verla. He cerrado la puerta a Meredith definitivamente.

—¿Y si es ella la que contacta contigo?

—...

¿Qué hacer si el diablo llama a tu puerta?

Escena 66

Meredith

Aunque volví a París hace unas semanas, aún no he avisado a nadie. Espero el momento adecuado. A que todo esté listo. El estreno de *Cupido tiene las alas de cartón* está previsto para dentro de tres días, con siete fechas. Un récord para una sala tan importante como el Casino de París. El espectáculo ya ha tenido bastante éxito en Estados Unidos y Canadá. Todo empezó en Nueva York, donde estuve con mi tía Lily. Aceptó ayudarme sin decirle nada a mi familia. A causa de la tristeza, me sentía muy dispersa y era incapaz de decir si había tomado la decisión correcta. Trabajé sin cesar para pulir mi espectáculo y poder presentárselo a los productores finalmente. Por supuesto, recibí varios rechazos. Y un día se produjo el milagro. Encontré a dos productores que creyeron en mí y quisieron darme una oportunidad. Un auténtico flechazo humano. Compartíamos el gusto por querer que a la gente le brillen los ojos y hacerla reír con espectáculos populares bien hechos. Ese maravilloso golpe de suerte me cambió la vida. Con el paso de los meses acabé la muda. Dejé de ser una crisálida. El éxito te transforma y elimina la aspereza y la incomodidad de la duda artística. El reconocimiento hace milagros con la autoestima.

Y aquí estoy. Renovada, con un espectáculo que ha funcionado bien y que quiere conquistar Francia. La última etapa de mi viaje. He aprovechado estos largos meses para seguir poniendo en claro lo que espero de la vida... y, en particular, del amor. Ahora sé que es él, Antoine, y que estoy preparada. Porque, básicamente, un hombre que es tu amigo más preciado, con el que te gusta compartir aficiones, pensamientos, alegrías, penas... ese amigo al que, además, deseas mucho, ¿no encaja con la definición del gran amor?

Debería estar emocionada por estar tan cerca de mi objetivo final. Pero en realidad tiemblo de miedo. Elegí la disparatada opción de marcharme sin dar noticias. ¿Habrá entendido que lo hice para no impedirle avanzar, vivir? ¿Que no tenía derecho a pedirle que me esperase de manera indefinida? He corrido el incalculable riesgo de perder a mi gran amor. He sido dolorosamente consciente hoy, a la hora de la verdad... «Lo dejaré al destino», me he dicho, fatalista.

He preparado una bonita tarjeta de invitación para el estreno de *Cupido*.

Antoine:

Se me ha hecho tan largo... Pero quiero creer que Cupido no se ha olvidado de nosotros. Que siempre ha velado por nuestra historia, a pesar de este amplio paréntesis. No he dejado de pensar en ti. Ni un solo instante. Si crees que nuestro Cupido puede volver a batir sus alas, aunque sean de cartón, te lo ruego, ven.

MEREDITH

Quise depositar el sobre yo misma en su buzón. Mientras lo metía por la ranura, dirigí una plegaria al universo. ¡Tengo la estúpida sensación de que mi vida depende de un trozo de papel!

Ha llegado la noche del estreno. Y con él, la retahíla de achaques de una artista hipocondríaca. Un dolorcito de garganta se convierte en un estertor moribundo; el nudo en el estómago, en una úlcera imaginaria; los leves temblores de manos, en un párkinson precoz.

Mientras me preparo en el majestuoso camerino, llaman a la puerta. Mi agente viene con alguien. Se me para el corazón. ¡Es Rose! Nos fundimos en un abrazo. Me echo a llorar, al cuerno el maquillaje. Las dos hablamos al mismo tiempo.

—¡Has venido!

—Oye, ¡esto no me lo podía perder, querida!

—¡Te he echado muchísimo de menos!

—¡Pues yo, nada de nada!

Me aparto para mirarla a los ojos, en los que descubro una pizca de ironía.

—¡Cuánto has tardado! Ya estaba a punto de olvidarte.

—*Bitch!*

—¡Eso tú!

Su sonrisa me tranquiliza, la amistad perdura.

Hablamos acaloradamente un rato hasta que me atrevo a hacerle la pregunta.

—¿Y Antoine? ¿Crees que vendrá?

—No lo sé. No ha querido decirme nada...

—Rose, dime la verdad, por favor.

—No lo sé, en serio. Lo deseo con toda el alma por ti.

Me envía energía positiva y me deja prepararme pero, en cuanto se marcha, siento una losa de angustia sobre los hombros. Ha llegado el gran momento. Entre bambalinas, escudriño las cuatro filas de la sala reservadas a los invitados importantes y a los familiares. Veo a Rose. Y, unos asientos más allá, a mi padre y a mi madre. Cualquiera pensaría que es normal que hayan venido para la ocasión. Pero para mí eso significa mucho esta noche. Estoy más emocionada de lo que quiero admitir y disfruto de la transcendencia simbólica de este gesto. Mi mirada termina de recorrer las filas de asientos reservados y tengo que encajar mi decepción: ni rastro de Antoine, de momento...

Noto una mano cálida sobre el hombro. Es la regidora, Fanny. Me habla mientras comprueba que el micrófono está bien puesto.

—¿Todo bien, Meredith? ¿Lista? Te he puesto la botella de agua a los pies del taburete que está en el escenario, como siempre —dice en tono amable.

Le doy las gracias y me guiña un ojo mientras se aleja.

Cinco, cuatro, tres, dos, uno... Me toca.

Salgo al escenario vacilante. Por suerte, los aplausos me dan alas. El miedo se transforma en energía, una increíble energía para agradar a la gente y hacerla reír. Estoy electrizada. Al cabo de hora y media, cae el telón y me llevo esa alegría, ese intercambio. En francés lo llaman «el pie». Me gusta la historia de esta expresión: antaño, los piratas se servían del pie para dividir el botín y repartir las distintas partes entre sus compinches; de ahí viene su significado de placer compartido, de satisfacción. Esta noche son los rostros encantados del público los que me ofrecen el tesoro.

Sin embargo, cuando vuelvo al camerino reaparece el nudo en el estómago y este no tiene nada que ver con el miedo escénico. «¿Habrá venido?» Me cambio y me desmaquillo rápidamente. Además, sé que me están esperando. Mi agente ha hecho bien las cosas: en una pequeña sala privada del teatro, se ha preparado una recepción para los íntimos y algunos espectadores privilegiados. Cuando llego, me doy un baño de elogios y felicitaciones, de halagos de todo tipo. Pero lo que más me conmueve es la emoción silenciosa en la mirada de mis padres, brillante de orgullo. Me abrazan, y esto funciona como un bálsamo maravilloso para mi vieja herida en el amor propio y mi latente necesidad de reconocimiento. Solo a ellos les fui dando noticias de vez en cuando durante mis dos años de exilio, para tranquilizarlos, y creo que la valentía y la determinación que he demostrado para concluir mi proyecto artístico les ha inspirado respeto. Hemos capeado el temporal y he notado, por ambas partes, las ganas de crear vínculos. Encontrar un lugar confortable en el corazón de los padres arregla muchas cosas... Voy de un grupo a otro para saludar a personas que me acaparan y parlotean entusiasmadas sobre el espectáculo. Hago gala de una amplia sonrisa que da el pego e intento desesperadamente sentir la alegría que debería invadirme ante un éxito semejante. Pero no. Porque «él» no está aquí.

Rose me observa. A ella no puedo engañarla. Escanea de un vistazo mi estado anímico y sabe de inmediato lo que necesito: salir de aquí. Me arrastra mientras suelta las excusas necesarias para que podamos escaparnos y al fin estamos solas, cogidas del brazo, por las calles de París. Nos vamos a tomar algo con una sensación agridulce. La felicidad de verla no logra del todo que me olvide de la ausencia del Esperado. Cuando se marcha, me mira con pena y sospecho que sabe algo que no quiere contar. ¿Antoine le habrá dicho algo? Quedamos en vernos muy pronto. Vuelvo a casa con el corazón hecho añicos.

Al día siguiente dejo otra invitación en el buzón de Antoine. Por la noche, echo el resto sobre el escenario, me entrego al público y, en secreto y por duplicado, a él. Pero nadie me espera en la salida.

Día tras día y noche tras noche repito el mismo proceso. Pero nada. Antoine no ha venido.

Es la víspera de la última función. Me queda un intento. Me doy cuenta de que no basta con una invitación. Hay que llamar más fuerte. Reflexiono y decido sacar mi última carta. En casa, me subo a una pequeña escalera para alcanzar una caja que está en lo alto de una estantería. Encuentro enseguida lo que busco. Lo envuelvo con mucho cuidado y me voy a depositarlo en el buzón de Antoine. Sin pensarlo, antes de meterlo por la ranura, le doy un beso que deja un leve rastro de pintalabios.

Escena 67

Antoine

He puesto las seis invitaciones de Meredith una junto a la otra. Forman una extraña baraja. «¿Es una buena mano?», podría preguntarme. En otra época hubiera dicho que sí sin dudarlo. Con el corazón encogido, observo la fina caligrafía con tinta negra, las bonitas letras cursivas y picudas, características de la personalidad de Meredith. Me la imagino inclinada con rostro serio escribiendo esas palabras. Leo la esperanza entre líneas. Pero la mía se desvaneció hace ya mucho tiempo.

Por un momento me enfado con ella. ¿Por qué vuelve para torturarme? ¿No me ha hecho ya bastante daño? ¿Cree que con chasquear los dedos voy a perdonarle todo y acudir corriendo solo porque por fin haya decidido reaparecer? Meredith siempre ha tenido una pizca de locura, ¡pero esto es más bien una tonelada!

En un ataque de rabia, cojo las invitaciones y las rompo. Lanzo al aire los trocitos de papel, que caen por la habitación como un triste confeti. Siento que me invade un enfado soterrado, una rabia que me incita a liarme a golpes. Doy un puñetazo en la silla, que cae de espaldas.

Tengo que salir. Necesito que me dé el aire. Me ahogo. Cojo las llaves y la cartera, que meto en el bolsillo interior de la chaqueta, salgo y bajo las escaleras a toda prisa. Veo que del buzón sobresale un paquete que está encajado. Despotrico del cartero, que se empeña en meter paquetes demasiado grandes. Cojo la llave para sacarlo de ahí.

Cuando leo mi nombre en el sobre, mis manos se paralizan. Reconozco la letra de Meredith. «¿Y ahora qué me envía?» Mi cerebro está furioso pero mi corazón está emocionado. Despacio, muy despacio, doy media vuelta y decido volver a casa. Escalón tras escalón, no aparto los ojos del paquete. Lo aprieto entre los dedos. Cuando llego, me siento frente a la mesa y acaricio el papel allí donde juraría que Meredith ha plantado un beso.

Y lo abro.

Escena 68

Meredith

Es la gran noche, es la última función. Sinceramente, no sé cómo he sobrevivido a este día. Quizá en trance. Habré dormido menos de cuatro horas, con un sueño fragmentado. Mi cabeza ha hecho lo que le ha dado la gana. Por más que le dijera que dejase de pensar en Antoine, primero por las buenas y luego cada vez de peor forma, fue inútil. Antoine se ha colado en cada rincón de la noche. Mi cabeza —una cabeza malvada, debo decir— se ha divertido proyectando la película de nuestros momentos más bonitos. Sin poder reaccionar durante el sueño, atada por el deseo incontenible de tenerle a mi lado, he visto transcurrir las secuencias de nuestros momentos felices con calidad cinematográfica y todo lujo de detalles. No ha ido a mejor a lo largo de la noche. La película para todos los públicos se ha convertido poco a poco en una no recomendada para menores. He soñado con su boca, con su torso, con sus manos sobre mi piel... Un suplicio.

«Antoine, ¿qué me has hecho?»

Cupido debe de estar partiéndose de risa allí arriba. Para recuperar mi rostro humano, me he puesto una mascarilla gourmet de tres azúcares finos con semillas de kiwi. Hoy ya tengo la sensación de estar en la cuarta dimensión, por lo que parecerse a un hombrecillo verde es lo más coherente.

He intentado comer algo antes de irme al teatro, pero mi estómago también ha decidido rebelarse. A duras penas me ha entrado un trozo de queso fresco con mermelada de fresa para no salir con el estómago vacío. ¡Solo faltaría que me cayese redonda delante del público! Meto en el bolso algunos sobres de compota para niños, mi truco «comida fácil de tragar» para los días de mucho miedo. Voy a aguantar.

Termino de arreglarme con la cabeza en las nubes, constato que el reloj corre y que me tengo que ir ya. Mi agente me llama para tantear mi estado de ánimo. Me coloco los auriculares para tener las manos libres, me pongo una chaqueta, cierro la puerta al salir y me dirijo al metro. De pronto me doy cuenta de algo inconcebible: ¡he salido sin el bolso! No puede ser... Deshago el camino nerviosísima. Mi única esperanza es la llave de repuesto que tiene el portero. Son las cinco. Llego a la portería. Los listones de madera en la ventana me indican que aún está cerrada. El portero no llegará antes de las cinco y media. Solo tengo que quedarme ahí plantada una media hora.

Podría sentarme en la escalera, pero voy a enloquecer. Salgo a la calle y empiezo a dar vueltas. Me cruzo con una chica que va fumando y, por un momento, me muero de ganas de pedirle un cigarrillo. Qué fácil es echarle la culpa al estrés. Conseguí dejarlo hace más de dos años. Caigo en la tentación. Le pido uno rogándole que me disculpe. Tampoco tengo fuego. Para fumar solo tengo la boca. Ella saca el mechero y me ayuda a encenderlo. Le doy una calada como si el cigarrillo me fuera a insuflar oxígeno. En realidad, me ahogo. Mis pulmones se habían olvidado del efecto que produce. Sigo fumando a marchas forzadas, con la esperanza de que cada bocanada aplaque mis nervios. Un cigarrillo se acaba enseguida. Me sabe a poco, pero me deja un amargor asqueroso en la boca. Solo me queda seguir esperando, sedienta, con un cenicero en la garganta.

Por fin llega el portero. Qué amable es Abdellah. Siempre dispuesto a ayudar. Se parte de risa cuando le explico lo que me ha pasado y yo me río sin ganas, por aparentar. Cojo las llaves de repuesto con la mansedumbre de un caimán y corro a mi piso a por el bolso. Qué largo se me ha hecho.

Entro en el teatro como un huracán. Mi agente me recibe afectuosamente y se da cuenta enseguida de cómo estoy. Empieza a conocerme.

—¡Necesitas un reconstituyente! Estás blanca como la cera.

Después me mira con cara rara antes de intentar aguantarse una risita.

—Meredith, creo que deberías mirarte en un espejo.

¿Y ahora qué pasa? Me asomo al espejo del camerino y suelto una carcajada. Se me ha ido tanto la cabeza mientras me vestía que me he puesto dos pendientes diferentes, y no precisamente discretos: uno grande con dijes, de color rojo y dorado, y, en la oreja izquierda, otro de oro blanco y amarillo con forma de flor.

—¡Muy original! —se mofa mi agente.

Hago un gesto de consternación, pero no se me borra la sonrisa. La habilidad de reírme de mí misma aún no me ha abandonado del todo. Mi agente me advierte de que vendrá la tele y grabarán el espectáculo.

—¿Y ahora nos enteramos? —digo sorprendida.

Es el miedo, que está desbocado.

Intento actuar como si fuera la Señorita Juli. ¿Quién sabe? Tal vez ella consiga superar el reto.

Sí, ella ha sabido hacer caso omiso de la cámara y se ha entregado como nunca. Al acabar, el público la ha aclamado en pie, alborozado. Toda la presión desaparece de golpe y deja paso a una felicidad inmensa. Tengo los ojos llenos de lágrimas.

—¡Te quiero, París!

Lo grito por el micrófono a modo de despedida y desaparezco entre bambalinas. Ya está. Se acabó.

Sé que ahora me espera lo peor de la noche. La hora de la verdad. ¿Habrá venido?

Me cambio y me desmaquillo con el corazón a mil. Voy a la sala VIP, donde mi agente ha invitado a algunos espectadores privilegiados, a amigos y también a periodistas. Tengo una sonrisa para todos y sigo la corriente, mientras me noto algo ausente. Mi agente me susurra que nos vamos en cinco minutos. Ha reservado mesa en un sitio estupendo, para celebrar como se merece la última representación con todo el equipo. Así que me disculpa ante la gente —me esperan en otra parte— y me lleva al pasillo que conduce a la salida. Un periodista con un palo selfi en la mano me sigue hasta la acera para una última entrevista. Intento poner buena cara, pero mi mirada se pierde por los alrededores buscando la presencia tan deseada. Entonces, en una fracción de segundo, pienso que estamos saliendo por la puerta de emergencia. Si él espera en la salida principal, no lo voy a ver. El corazón se me va a salir del pecho. Mi agente hace un gesto con la cabeza para invitarme a ir con él. Un coche acaba de pararse delante de nosotros. Me abren la puerta. Ya tengo un pie dentro, pero me detengo.

—¡Espera!

Me mira sin entender qué pasa.

—¿Qué sucede, Meredith?

—¿Puedes esperarme un momento? Creo que me he olvidado de una cosa... Enseguida vuelvo, ¿vale?

Me voy como alma que lleva el diablo. La puerta de emergencia está cerrada a cal y canto por fuera. Corro para dar la vuelta. Con las prisas, tropiezo y me tuerzo un tobillo. Siento un dolor punzante, pero me da igual. Necesito saberlo. Sigo corriendo como puedo. Llego sin aliento delante del teatro.

Hay gente hablando en la acera. Unos fuman, otros ríen. El buen ambiente de después de un espectáculo. Me acerco para ver mejor. No. No reconozco ninguna cara. Nadie. Estoy asfixiada, cojeo y de remate me echo a llorar. No puedo más. Todas las emociones del día surgen y me desbordan. Se acabó. He perdido la partida. Me he arruinado la vida...

Ahora sollozo desconsoladamente. Los espectadores que estaban hablando en la acera me miran con pena y uno se me acerca.

—Estoy bien, estoy bien... —miento para librarme de él.

Le aparto con una mano y muestro una leve sonrisa para que me deje en paz. Paz es lo único que quiero ahora mismo. Tumbarme y sumirme en un sueño muy muy largo... Sí, eso es lo que voy a hacer: adentrarme en la noche...

Desasosegada por esos oscuros pensamientos, levanto la vista hacia la acera de enfrente. La imagen se detiene. Me quedo de piedra. Creo que mi cabeza me está jugando una mala pasada. Me tengo que pellizcar. Al parecer, la conmoción emocional provoca fuertes visiones. ¿Es real? No lo creo. ¿Sí? ¿No? Debería acercarme.

Cruzo sin quitarle los ojos de encima. Según avanzo, se aclaran las dudas. Sí. Es real. Está ahí. Un poco apartado. En la penumbra de la esquina. Sus ojos no se despegan de los míos. Lleva en la mano la libreta que le dejé en el buzón. Es el diario que he escrito durante nuestra separación. Todos los días he emborronado sus páginas para escribirle una carta, hablarle del amor que siento por él, contarle todo lo que pasaba en mi vida durante ese doloroso paréntesis, desde los detalles más insignificantes hasta los hechos más importantes. Sí, cada día he hecho como si estuviera ahí, conmigo. Nunca ha dejado de estarlo. Todo lo que he hecho, ese insensato *Love Tour*, esa larga búsqueda de mí misma para encontrarme y ser alguien, lo he hecho por él, por amor.

Me sigo acercando con las rodillas temblorosas, sin parar de mirarle. Su mirada es tan confusa como la mía. Por fin estoy a su altura. Me abraza. Nuestros cuerpos se estrechan con fuerza. Cuando levanto la vista hacia él, me acaricia el pelo despacio y me mira con una ternura infinita.

—Ha sido un día muy largo, ¿verdad?

—Sí —murmuro—, un día larguísimo.

Un día de dos años, cuatro meses y seis días.

El Organizador de Amor
Instrucciones

Queridos lectores:

¡Os propongo revivir la experiencia de Meredith y crear vuestro propio **Organizador de Amor!** Se trata de un cuaderno clasificador con cinco apartados que os permitirá progresar en vuestra amorabilidad. «**Amorabilidad**» es el término que me he inventado para hablar de la **capacidad de amar.** ¡Porque, sí, se puede mejorar! Vivir el Amor con mayúsculas, darle la oportunidad de que os aporte la felicidad y la plenitud que esperáis.

Pero para conocer al otro de verdad, tanto en sentido estricto como literal, en primer lugar hay que conocerse a uno mismo. Saber cómo eres, quererte más, estar en paz contigo y con tu pasado. Esta exploración la llevaréis a cabo en el **apartado 1: «Entre yo y yo».**

Tras mirar en vuestro interior, os fijaréis en la segunda gran faceta de la amorabilidad: la relación con el otro. Será en el **apartado 2: «Entre yo y el otro».** El amor feliz no existe si no nos preguntamos qué es la alteridad. Tener en cuenta las diferencias y asumirlas: de personalidad, de necesidades, de maneras de actuar. Interesarse por la forma de comunicarse, por cómo se transmiten los mensajes para que se entiendan. Gestionar los momentos de tensión y las crisis. Todo lo que permite crear un vínculo auténtico y duradero.

El tercer gran eje de vuestra reflexión estará en el **apartado 3: «Entre yo y el mundo»**. Es complicado estar a gusto con la pareja si nos sentimos fuera de lugar y no hemos encontrado la manera de realizarnos. En otras palabras: el propósito vital. Sin perder de vista que el éxito es algo relativo y no tiene nada que ver con la cantidad de riqueza acumulada o el estatus social. Se trata de estar «donde se debe», donde vuestras cualidades y talentos puedan ser más útiles, de encontrar la actividad o el ámbito que sepa realzarlos y os permita dar al mundo lo mejor de vosotros.

Por tanto, los tres primeros apartados de vuestro Organizador de Amor pertenecen a la fase de análisis.

Los apartados 4 y 5 tienen que ver con la fase de aplicación.

Apartado 4: «Mis decisiones».

Apartado 5: «Mis resultados y victorias».

Con estos dos apartados entraréis en la parte «activa» de vuestro camino, por lo que es básico elaborar listas que debéis tener en cuenta. Y no os olvidéis de anotar cada etapa que superéis, cada resultado que obtengáis. Escribir esos logros os proporcionará fuerza y energía para avanzar en el camino de la transformación.

Disfrutad con vuestro Organizador de Amor: se convertirá rápidamente en un importante «objeto de anclaje», es decir, uno que materializa vuestros deseos, vuestra determinación, vuestra decisión de vivir una relación amorosa bonita y auténtica. LA relación amorosa capaz de cambiar las alas de cartón de Cupido por unas de oro.

Os deseo a todos un feliz camino y mucha felicidad.

Con cariño,

Raphaëlle

El Organizador de Amor
en la práctica

Comprar
un cuaderno
con separadores
medida A5 y dividirlo
en cinco apartados

Apartado 1
«Entre yo y yo»

La capacidad para ser feliz

¡Se ejercita! Recuerda las palabras de la abuela Didine: «Somos tan felices como queremos serlo». La felicidad también es cuestión de voluntad. ¿Estás dispuesto a hacer el esfuerzo de ser feliz?

QUÉ HACER

✦ **Practica**
Encuentra tres momentos al día para vivir pequeñas alegrías; disfruta de la experiencia siendo plenamente consciente de las sensaciones placenteras y déjala reposar. Si fijas en tu memoria las experiencias positivas de ese momento, prolongarás su efecto. Esas microacciones, repetidas día tras día, harán que tu capacidad para ser feliz recobre su elasticidad.

✦ **Medita sobre el concepto de la verdadera felicidad**
Copia esta fórmula en un papel:

$$\text{Tu capacidad para ser feliz} = \frac{\text{Capacidad de disfrutar de las cosas buenas de la vida}}{\text{Capacidad de resistir los imprevistos y las frustraciones de esa misma vida}}$$

El amor propio

A menudo nos sorprendemos de nuestra falta de indulgencia hacia nosotros mismos. Nos criticamos mucho. Nos centramos en los defectos y en lo que hacemos mal y olvidamos felicitarnos por nuestras cualidades y por todo lo que hacemos bien. Sin embargo, es imprescindible quererse para poder querer al otro.

El medidor de necesidades

Debes procurar que tu medidor de necesidades esté en su punto álgido: para sentirte con energía positiva, estas deben estar satisfechas. El entorno, las actividades, quienes te rodean, etc.: identifica qué te recarga las pilas, qué te sienta bien. Antes que nada, es preciso cuidar nuestro estado físico y mental. No es egoísmo, más bien al contrario: cuanto mejor estés, mejor se lo devolverás al mundo.

El hambre afectiva

Para lograr la autonomía afectiva es conveniente que revises tu hambre afectiva: ¿lo que el otro te aporta te llena sin problema o tienes la sensación de ser como un pozo sin fondo y nunca tener suficiente? Si este es el caso, volver a los orígenes (a la infancia) puede ayudar a entender posibles disfunciones, y si es con la ayuda de un profesional, mejor. Una situación familiar complicada, unos padres ausentes o severos... Las necesidades afectivas se pueden desequilibrar por muchos motivos. El resultado es que, en la vida adulta, crees necesitar desesperadamente al otro y dependes de él, esperas que te «alimente», hasta el punto de tener unas expectativas desproporcionadas que pueden ser asfixiantes.

El tratado de paz contigo mismo

A menudo somos nuestro peor enemigo. ¡Ya es hora de que te conviertas en tu mejor aliado! Ni que decir tiene que estar en paz con uno mismo abre el corazón y posibilita la armonía con el otro.

✦ Crea la bandera de tu libertad interior

Dibuja un rectángulo horizontal. En el primer tercio de la izquierda, invéntate un personaje totémico sencillo, a la manera del artista Keith Haring, para encarnar tu «nuevo tú» en paz consigo mismo. En los otros dos tercios, dibuja tres franjas horizontales y pinta cada una de un color que refleje tus necesidades más íntimas. Consulta una tabla de simbología de los colores para inspirarte.

Ejemplo:

Una franja azul si necesitas tranquilidad y serenidad, introspección.

Una franja amarilla si te hace falta energía, optimismo, encuentros radiantes, estímulos creativos...

Una franja negra si necesitas reafirmar tus ambiciones, poder, éxito...

Una franja roja si quieres emociones, retos, osadía...

El cementerio de los recuerdos dolorosos

Es un sitio imaginario que creas en tu mente para enterrar simbólicamente las heridas del pasado. También es un lugar de recogimiento entre tú y tú para curar tus heridas y darte el consuelo bondadoso que te ha faltado.

QUÉ HACER

✦ Visita tus recuerdos dolorosos

Para que no surjan anárquicamente en el presente, es mejor dedicarles un poco de tiempo de vez en cuando, para calmarlos. Además, esas «visitas» te proporcionarán un momento de calma, a solas, como si se tratase de una meditación reparadora.

✦ Consuélate

En esos momentos de introspección, piensa en la persona herida que eras entonces y préstale una atención sincera y verdadera. Encuentra las palabras que te faltaron para consolarla y tranquilizarla.

Las tres falsas gracias

Ya conoces a las tres gracias: tres icónicas mujeres hermosas que se han representado en multitud de ocasiones en la historia del arte. Yo me he imaginado a otras tres señoras, mucho menos agradables, para encarnar simbólicamente los miedos, las creencias limitadoras y los complejos: ¡las tres falsas gracias!

• La señora Miedo

Si quieres arreglar cuentas con la señora Miedo, debes poner tus temores sobre la mesa con mucha bondad e indulgencia y observarlos con valentía.

Ejemplos de miedos frecuentes: miedo a no estar a la altura, miedo a decepcionar, miedo al fracaso o miedo a triunfar (la presión del éxito), miedo al abandono, miedo a la soledad, miedo al compromiso...

QUÉ HACER

✦ **Haz una lista**
Anota tus peores miedos, aquellos que te impiden avanzar.

✦ **Adopta la estrategia «ni anteojeras ni avestruz»**
Mira a tus miedos a la cara, codéate con ellos, exponte poco a poco. Sé consciente de lo que te frena sin hacer juicios de valor. Acéptate con tus debilidades y tu vulnerabilidad. Una buena noticia: no eres el único, porque todo el mundo tiene su lista de miedos, solo que es distinta a la tuya.

✦ **Progresa despacio**
Ponte objetivos alcanzables para, poco a poco, ampliar tu zona de confort y ganarles terreno a tus miedos. No esperes a no tener miedo para avanzar, porque estará presente a lo largo de todo el proceso de transformación. Recuerda que, en realidad, es más fácil enfrentarse a tus temores que vivir con el miedo a tener miedo.

• La señora Creencia

La señora Creencia es quien graba a fuego en tu cerebro ideas preconcebidas, «películas malas» que refuerzan verdades erróneas: por ejemplo, que no eres digno de ser amado, que nadie te querrá con los defectos que ocultas, que no tienes suficiente talento, que no puedes ser feliz durante mucho tiempo...

QUÉ HACER

✦ **Acaba con tus creencias limitadoras**
Manda a paseo a la señora Creencia y cambia ese perjudicial discurso interior por pensamientos positivos y satisfactorios. Céntrate en lo que has logrado o sabes hacer bien, visualiza esas cosas buenas lo más a menudo posible y felicítate.

• La señora Complejo

La señora Complejo tiene una lupa de aumento. Por su culpa, sueles darle demasiada importancia a tus defectos físicos o intelectuales. Sin embargo, lo que es tan importante para ti, lo es mucho menos de lo que crees para los demás (quienes a menudo están tan pendientes de sus propios complejos que no se fijan en los tuyos).

QUÉ HACER

✦ **Potencia tus atractivos**
¡Resalta tus cualidades y tus mejores rasgos de personalidad! Describe lo que más te agrada de ti y ponte manos a la obra para realzar esas partes que te gustan.

✦ **Destierra el «calimerismo»**
Hacerse el Calimero (un antiguo personaje de dibujos animados que siempre era una víctima infeliz) sabotea el éxito de tus proyectos. Es una actitud minusvaloradora y contraproductiva que te perjudica. Encontrarás mayor satisfacción si te reafirmas y te responsabilizas de tu bienestar y tu felicidad.

El «hogar, dulce hogar» interior

QUÉ HACER

✦ **Construye un «hogar, dulce hogar» interior**

Debes construir un remanso de paz dentro de ti. Sean cuales sean las turbulencias que atravieses en el mundo exterior, puedes crear un espacio interior donde refugiarte para reencontrar la calma y la serenidad.

Puedes encontrar el camino para llegar a ese lugar en cualquier momento gracias a un ejercicio de meditación: con los ojos cerrados, concéntrate en la respiración (inspira por la nariz y suelta el aire por la boca muy despacio); así ralentizas tu ritmo cardíaco y te reconectas contigo mismo. Después, puedes visualizar tu remanso de paz interior como una casa maravillosa o como un lugar encantador y saludable. Añade elementos visuales, sonoros y olfativos a tu visualización. Cuida de ese lugar a diario para poder volver fácilmente cada vez que lo necesites.

La libreta Win-book

¿Y si empezaras una colección de imágenes diferente? La de tus pequeñas victorias y tus grandes logros. Para reforzar la confianza en ti mismo a diario.

QUÉ HACER

✦ **Microrretos y maxirresultados**

Plantéate lo más a menudo posible pequeños desafíos. Anota tus logros en tu libreta **Win-book**. Reléelos a menudo para afianzarlos y transformar de manera positiva la imagen de ti mismo.

Apartado 2
«Entre yo y el otro»

El doble yo

El otro es otro. La clave de la relación amorosa es comprender la alteridad, pues cada cual tiene su personalidad, con su propia forma de actuar, percibir y comunicar. Las disputas y las disfunciones en la relación suelen provocarlas esos desajustes. Comprender mejor al otro, con sus diferencias y sus propias necesidades, mejora mucho las cosas.

QUÉ HACER

✦ **¡Hazte un *contouring* de personalidad!**
¿Sabrías definir con exactitud el contorno de tu personalidad y el de tu pareja? Hay herramientas como la *Process Com* o el MBTI (*Myers-Briggs Type Indicator*, el indicador de Myers-Briggs), con las que puedes conocerte mejor pero también identificar con mayor detalle la personalidad de tu pareja. Es algo muy valioso para aceptar las diferencias sin juzgarlas (la forma de reaccionar, percibir o actuar), pero también las necesidades y las motivaciones particulares. Igualmente, la *Process Com* permite conocer y anticipar las reacciones en momentos de estrés, para así gestionar mejor la tensión y las crisis en la relación.

✦ **Háblale de la forma adecuada**
La manera en que le dices las cosas cuenta tanto como tus palabras. Para que te «escuchen», para que tus mensajes lleguen correctamente, debes adoptar la forma (la entonación de la voz) y la formulación (las palabras elegidas) adecuadas. Pero cada tipo de personalidad prefiere una manera de co-

---

municarse. ¿Qué es lo que funciona? ¿Que seas directo, claro y conciso? ¿Que seas alegre y cariñoso? ¿Que seas un torbellino o todo lo contrario: tranquilo y moderado, sin montar un número?

Una herramienta como la *Process Com* te guiará en el arte de crear relaciones armoniosas.

El compartimento estanco emocional

Todos tenemos nuestro lote diario de preocupaciones y contrariedades. Cuando se está en pareja, hay que saber cuál es el límite entre «compartir» y «contaminar» al otro con nuestro estado anímico. De ahí la noción de «compartimento estanco emocional».

QUÉ HACER

✦ **Encuentra un espacio de descompresión** (un lugar exterior para expresarte, una actividad física para descargar el sobrante emocional) para no contaminar la relación inútilmente.

✦ **Compartir no es descargar**
Poder confiarse al otro es básico, pero en su justa medida. Intenta identificar el momento en el que pasas al modo «descarga emocional», lo que podría contaminar al otro, porque no es su tarea ni su papel (hay profesionales de apoyo que están para eso).

✦ **Sé proactivo**
A pesar de las dificultades, es bueno mostrar una actitud abierta y positiva frente a las posibles soluciones que surjan. El otro apreciará mucho que decidas no estancarte en los problemas y que tengas ganas de mejorar las cosas.

El Independance Love

El grial es encontrar el camino de la autonomía afectiva. Destierra las palabras «poseer» y «pertenecer» del reino del gran amor. El otro nunca debe considerarse una propiedad. De la misma manera, tampoco está ahí para subsanar tus carencias; al contrario, eso puede generar mucha presión y derivar en una relación disfuncional. ¡Cuánto sufrimiento provoca responsabilizar al otro de nuestra felicidad! Es una carga demasiado pesada. Para realizar tu camino de individuación, echa un vistazo a los puntos del apartado 1.

QUÉ HACER

✦ **Ama con la distancia apropiada**
Evalúa tu autonomía con respecto a tu pareja. Haz una lista con todo lo que haces de forma independiente e identifica las cosas que no sabrías realizar sin el otro.

✦ **Empieza un entrenamiento *Independance Love***
Fíjate pequeños objetivos para continuar tu camino de individuación. Enorgullécete de tomar las riendas de las cosas de manera autónoma.

✦ **Concede espacio**
Dale al otro suficiente espacio de libertad, de tiempo personal, mediante la carta de la confianza.

El gap *de las necesidades*

Un *gap* es un foso. Y en una pareja ese foso lo cavan necesidades muy diferentes. Salvo que aceptemos el hecho de no poder hacerlo todo juntos y renunciemos a parecernos en todo a cualquier precio.

✦ **Compara vuestras necesidades**

Dibuja una tabla con dos columnas. En la de la izquierda, haz una lista con las cosas (actividades, pequeños placeres, intereses) que te dan fuerzas, te inyectan energía positiva y te alegran. En la de la derecha, haz la lista de las necesidades de tu pareja. Identifica qué tenéis en común: en concreto las que coinciden. Las otras son las que divergen.

Hablad sobre esas divergencias y llegad a acuerdos sobre cómo puede cada cual satisfacer por sí mismo sus necesidades específicas.

✦ **Cultiva el *Open Mind***

Aceptación, amplitud de miras, no juzgar. No hay que ser iguales en todo para quererse. Más bien al contrario: las diferencias aportan riqueza y complementan a la pareja. Renuncia a querer «convertir» al otro a toda costa según tus gustos y los ámbitos de tu interés.

El veneno de las expectativas

Hasta que nos responsabilizamos de satisfacer nuestras necesidades, tendemos a esperar que sea el otro quien se encargue de colmar nuestras expectativas, lo que a menudo no puede hacer (lo cual parece lógico, ya que no es su papel). Esta postura «expectante» conduce irremediablemente a la frustración y a la acumulación de reproches hacia tu compañero de viaje, a quien responsabilizas de no saber «satisfacerte».

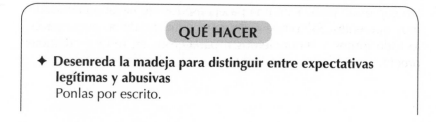

QUÉ HACER

✦ **Desenreda la madeja para distinguir entre expectativas legítimas y abusivas**
Ponlas por escrito.

✦ Comunica de manera inteligente

Se acabó el bombardeo de reproches. En lo que se refiere a las expectativas legítimas, haz una petición directa a tu pareja formulando con claridad lo que te gustaría (le haces un favor y le evitas tener que adivinarlo). Por ejemplo: «Me gustaría que este fin de semana disfrutásemos de un rato a solas sin los niños. ¿Qué te parece si salimos a cenar el sábado por la noche?» (legítimo, concreto, amable). «¡Nunca mueves un dedo para hacerme feliz!» (negativo, impreciso, infructuoso).

La tensión del deseo

El deseo es como una cuerda: si la dejadez ha tomado el control, está demasiado floja; y si no amamos «con la distancia adecuada» (dependencia afectiva, amor obsesivo, acritud, frustración...), se tensa demasiado. En primer lugar, para conseguir una correcta tensión del deseo deben sostener la cuerda dos personas. Y ambas deben ejercer la presión apropiada para crear un equilibrio armonioso. Si uno tira demasiado, el otro afloja. Si uno no tira lo suficiente, el otro lo pasa mal o se cansa.

QUÉ HACER

✦ Revisa tu situación

Empieza evaluando en una escala de 1 a 10 cuánto crees que te desea el otro. Después, anota todos los motivos por los que crees que ha disminuido el deseo entre vosotros.

✦ Recupera el deseo

- Realza tus atractivos creando un poco de misterio, cierta inaccesibilidad, un espacio propio. Haz notar sutilmente con tu actitud que no debe pensar que ya te ha conseguido.
- Puedes brillar si te cuidas y asumes tu realización personal de forma autónoma.
- Cultiva otras pasiones para no centrarte en un único «objeto de deseo» (el hombre o la mujer que amas) y no proyectar todas tus expectativas en una única persona.

La escucha real

Es el regalo más valioso que podemos ofrecer a nuestra pareja. No abundan quienes escuchan de verdad al otro y le prestan una atención y una calidad de presencia totales.

QUÉ HACER

✦ **Practica la presencia plena**
Escucha al otro sin interrumpirle. Sin dar tu opinión inmediatamente o consejos inoportunos. Empatiza con sus emociones y sentimientos. Dedícale una atención especial para que se sienta comprendido... ¡y único!

Los momentos suspendidos en el tiempo

Para mantener viva la llama del amor, lo que importa no es la cantidad de tiempo que se pasa juntos sino la calidad de esos momentos.

QUÉ HACER

✦ **Identifica cuáles podrían ser vuestros «momentos suspendidos en el tiempo»**
Haz una lista de los momentos que compartes con tu pareja en los que te has sentido «fuera del tiempo», en un instante eterno. Habla con el otro para ver cómo dejar sitio en vuestra vida a esos «momentos singulares». Hacedlos posibles.

El Cupido negro

Tus Cupidos negros son los venenos de la pareja, los que ponen en peligro su estabilidad hasta llegar incluso a romperla.
Tener celos, ser posesivo, comerse el coco...
Cada Cupido negro esconde una parte de ti que está herida y necesita que le presten atención, la respeten y la reconforten.

El juramento Hipócrita

Prometerse fidelidad es una declaración de buenas intenciones. ¡En realidad es una promesa difícil de mantener! (Lo dicen las cifras.) Es hipócrita esperar que no sintamos atracción, deseo o pulsión por otra persona ajena a la pareja. Sabemos que, desde la distancia, es una aberración. ¿Quién no necesita reafirmar su poder de seducción? ¿Quién no necesita la frescura de la novedad, vivir nuevas experiencias? Además, lo prohibido es lo que más apetece transgredir. La idea no es en absoluto «inducir a», sino aceptar que este postulado forma parte de las reglas del juego del amor. ¿Y si te atreves a hablar del tema con tu pareja? Escuchar al otro, comprender la evolución de su deseo, dialogar sobre las posibles frustraciones. La apertura mental y la creatividad permiten burlar las trampas del juramento Hipócrita...

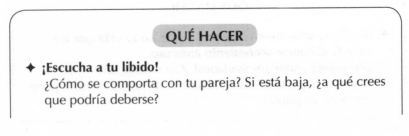

✦ **Busca el tesoro de vuestros estímulos erógenos**
¿Piensas que has perdido el camino del deseo? ¡Solo es una sensación! Investiga, abre puertas nuevas, explora otras fuentes de excitación, identifica cuáles son tus sentidos más reactivos: ¿el oído? ¿El tacto? ¿El gusto? ¿El olfato? ¿La vista? ¿Qué te estimula?

✦ **Atrévete a hablar**
Tal vez no oses decirle a tu pareja cuáles son tus deseos más íntimos. Pudor. Miedo a que te juzgue. Sin embargo, probablemente el otro esté pensando lo mismo y tal vez sufra por esa opacidad erótica. Crear un espacio de diálogo íntimo en torno a esas preguntas, con confianza y apertura mental, puede ser de gran alivio y aumentar la motivación amorosa. ¿Cómo evitar la tentación del adulterio? La vía de la sinceridad y la autenticidad demuestra más consideración y respeto por la relación que el disimulo...

El amor poliesteta

En el amor, lo que suele provocar el sufrimiento es aferrarse a una única forma de este: el amor a la pareja. En cambio, centrarse en un solo ser puede ser arriesgado y tener consecuencias nefastas (miedo a perder al otro, exceso de apego, dependencia, celos, frustraciones). La idea del «amor poliesteta» propone explorar y experimentar el amor bajo todas sus formas, es decir, amar en el sentido amplio del término. Amar la vida, el ser, la belleza, el bien, la bondad... Ser amor.

QUÉ HACER

✦ **Identifica otras fuentes de emociones en tu vida que no sean la del amor-sentimiento amoroso**
¿Personas? ¿Arte? ¿Actividades? ¿Circunstancias?
¿Qué es lo que te maravilla, alimenta tu sensibilidad, te pone los pelos de punta?

La balanza del sentimiento amoroso

La armonía de una relación se encuentra en el sutil equilibrio entre el arte de dar y el arte de recibir.

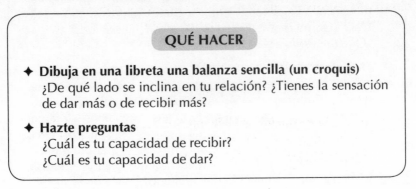

QUÉ HACER

✦ **Dibuja en una libreta una balanza sencilla (un croquis)**
¿De qué lado se inclina en tu relación? ¿Tienes la sensación de dar más o de recibir más?

✦ **Hazte preguntas**
¿Cuál es tu capacidad de recibir?
¿Cuál es tu capacidad de dar?

La juventud de la pareja

¿Quién no quiere que su relación conserve la alegría y la frescura del principio? Mantener ese hermoso clima sentimental es posible. Basta con dedicarle la energía necesaria. Como el agua hace girar un molino, tus pequeñas acciones alimentarán tu motivación amorosa y mantendrán la llama viva y fuerte. Cuanto menos hagas, menos te apetecerá hacer. Y a la inversa: cuanto más te impliques, más fortalecerás los sentimientos sólidos. Los tuyos y los de tu pareja.

QUÉ HACER

✦ **Comprueba si el pastel del amor tiene suficiente azúcar**
Observa si ahora aportas a tu relación momentos de diversión, de alegría, de espontaneidad y de creatividad.

✦ **Suelta la brida de la creatividad amorosa**
¡Toca hacer una lluvia de ideas! Haz una lista de todas las ideas que se te ocurran, sin censurar nada. Hazle propuestas al otro y disfruta pasando a la acción.

El espejo de las relaciones

Ninguna relación se produce por casualidad. Cada nueva persona que conoces te tiende, sin saberlo, un espejo simbólico que te lleva a cuestionarte tus deseos, necesidades y carencias. El otro a veces te sirve para descubrir algo o actúa como detonante para que seas consciente de lo que te pasa. Si prestas atención, claro...

QUÉ HACER

✦ **Acepta la invitación al viaje interior**
¿Qué es lo que te emociona del otro y, en realidad, es un reflejo de algo que necesitas? ¿Deseos? ¿Carencias? ¿Heridas?

El conflicto de los conflictos

Cosas que no se dicen, frustraciones, reproches, cocinado todo en una salsa de aflicción conyugal... Los conflictos se cuecen bajo una capa de grasa relacional, lo que provoca un sobrepeso de decepciones y de comerse la cabeza. La crisis no tarda en llegar. Pero puede evitarse si se cambian algunos hábitos y maneras de ser. Cultivar el arte de los acuerdos, ceder el paso a la flexibilidad, la tolerancia y la escucha. Cuidar de la relación todos los días y no esconder el polvo de los reproches bajo la alfombra.

QUÉ HACER

✦ **Vacíate poco a poco**
No esperes a expresar con tacto y cuidado esas pequeñas cosas que te molestan y evita a toda costa explotar y sufrir crisis nerviosas.

✦ **Respeta el territorio de cada uno**
Para vivir juntos en armonía hay que ser respetuoso con el espacio de cada uno. Procura que tu pareja tenga un rincón propio para sus cosas, para aislarse...

✦ **Discutid siguiendo las reglas del arte**

Estas son: sin violencia, respetar el turno de palabra y mantener una escucha empática sincera y receptiva para estudiar y comprender los argumentos y el punto de vista del otro (la sensación de que te están escuchando mitiga el enfado).

Apartado 3
«Entre yo y el mundo»

El propósito vital

La idea del «objetivo de vida» es que pienses en la trayectoria vital con la que te identificas, lo más similar a tu realidad: estar donde debes, donde tu talento y tus cualidades puedan expresarse mejor. Cuando tus elecciones vitales son coherentes con tu yo íntimo, puedes dar al mundo lo mejor de ti mismo. Ahí reside la noción de «realización personal».

QUÉ HACER

✦ **Escribe tus «listas sobre ti»**
La lista de tus talentos intrínsecos.
La de tus grandes logros.
La de los ámbitos que más te convienen. (Descríbelos en detalle.)
La de tu gente: las personas que te apoyan y las que te contaminan. (Selecciona con quién te relacionas.)

✦ **Realiza el mapa de tus pasiones**
Dibuja el mapa mental* de las actividades e intereses que más te gustan.

✦ **Expulsa lo que te frena**
Haz la lista de lo que te frena, tus resistencias, tus bloqueos. Reflexiona sobre lo que anotes o pide ayuda a un profesional para eliminarlos uno a uno. Ser consciente de ello ya permite verlo desde otra perspectiva. Para avanzar, aplica la teoría de los pequeños logros: fíjate objetivos alcanzables y gratificantes. Establece una estrategia de medios y un plan de acción concreto para materializar tus proyectos.

---

* Tutorial para hacer mapas mentales disponible en la web.

La antiprofecía del fracaso

No importa cómo haya sido tu trayectoria: el destino no existe y en cualquier momento puedes decidir que hoy es el primer día de tu nueva vida. Nunca es tarde. No escuches a quien intente decirte lo contrario. Destierra de tu vocabulario los «nunca» y los «siempre»: refuerzan creencias falsas y te convencen de que los esquemas negativos se repiten hasta el infinito. Pero ¿quién tiene el poder de modificar el curso de tu vida? ¡Tú y solo tú! Ten fe en ti mismo, haz los esfuerzos necesarios y persevera.

QUÉ HACER

✦ **¡Cambia de actitud!**
Infórmate sobre las técnicas de reprogramación mental, la neurociencia (por ejemplo, el libro *Cultiva la felicidad* de Rick Hanson),* la PNL o la terapia Gestalt o cognitivo-conductual. Pueden ayudarte mucho, ¡sobre todo si decides tomar las riendas de tu éxito! Valentía, voluntad y perseverancia, y pronto verás el resultado de tu esfuerzo.

Los motivos para estar orgulloso

Para culminar tu camino hacia el éxito es fundamental que trabajes tu mentalidad. En neurociencia ya se conoce cuál es el impacto de las valoraciones positivas en el cerebro. Es muy alentador tener motivos para sentirse orgulloso. Sin embargo, a menudo no dedicamos tiempo a recordarlos o a valorarlos. Escribirlos y tenerlos delante permite afianzarlos y, de esta manera, obtener un mayor impacto positivo. ¡Piensa en otras ideas que puedes poner en marcha y que te darán más motivos para estar orgulloso!

---

* Trad. Elsa Gómez, Málaga, Sirio, 2015.

✦ **Crea el cisne de tus logros insignia**
Una actividad de ocio creativa: busca en internet el dibujo de la silueta de un cisne y pinta el contorno negro. Cálcalo en un cartón forrado de tela. Pinta el fondo exterior para que resalte la figura del cisne. En su interior crea distintas «zonas», «territorios aleatorios», delimitados por una línea negra.
Escribe en algunas zonas tus motivos de orgullo con una caligrafía artística. En otras dibuja elementos gráficos sencillos (rayas, puntos, líneas curvas, espirales, espigas, motivos vegetales, etc.).

La rueda del cambio

Ten confianza en el proceso de cambio: en cuanto inicies el movimiento con una primera acción con valor añadido, el resto se pondrá en marcha. ¡Un cambio trae otro cambio! Solo cuesta dar el primer paso.

✦ **Visualiza tu proceso de cambio**
Dibuja o imprime una imagen de un engranaje con varias ruedas pequeñas. Debajo de cada rueda, escribe una decisión que quieres tomar y, bajo la rueda siguiente, las reacciones positivas que tendrá. Y así sucesivamente con el resto de las ruedas del engranaje. De esta forma, tendrás a la vista todas las decisiones que vas a tomar y las reacciones positivas en cadena que van a producir.

El equilibrio stabile

La estabilidad y la movilidad forman un *stabile*. Al igual que en las esculturas de Calder y sus famosos *stabile*, es interesante pensar cuál es el punto de equilibrio en tu vida entre la estabilidad (el pedestal de Calder, la parte fija anclada al suelo) y la movilidad (la parte liviana, libre y en movimiento). Un exceso de estabilidad/ seguridad puede conducir al aburrimiento, la frustración y el anquilosamiento del alma. Un exceso de movilidad puede significar una huida hacia delante, un desarraigo perpetuo, dispersión, incapacidad de comprometerse. La armonía reside en la sutil proporción de ambas.

QUÉ HACER

✦ **Inspirándote en la obra de Calder, dibuja tu propio** *stabile* **en tu Organizador de Amor**

✦ **Piensa en:**
1. Tu pedestal de estabilidad. ¿Qué necesitas para reforzar la estabilidad material, afectiva y emocional? ¿Cuáles son los pilares de la vida en los que te apoyas? ¿Qué rituales cotidianos te anclan a una realidad positiva?
2. Tu parte móvil. ¿Qué actividades, proyectos o ambiciones llevas a cabo y te renuevan, te aportan frescura, entusiasmo o creatividad? ¿Qué pequeños retos puedes fijarte para salir de tu zona de confort? ¿Cuál es tu grado de satisfacción cuando das rienda suelta a tu osadía?

✦ **Apunta las palabras clave básicas en una leyenda alrededor del dibujo del** *stabile*

Apartado 4
«Mis decisiones»

Aquí apuntarás tus compromisos y harás una lista de las tareas pendientes (*to-do list*). No olvides marcar una fecha límite. ¿Quién? ¿Cuándo? ¿Qué? ¿Por qué? ¿Para cuándo? Definir en detalle los objetivos multiplica las posibilidades de lograrlos.

Apartado 5
«Mis resultados y victorias»

Es muy importante que vayas anotando tus progresos y éxitos y los motivos para felicitarte. Puedes buscar una pegatina o un sello con el signo de la victoria para cada objetivo conseguido. Poner por escrito tus logros (tanto los pequeños como los grandes) te aportará mucha satisfacción. ¡Son tu combustible para continuar en el camino de la transformación!

Agradecimientos

Antes de nada, gracias a mis dos editoriales, Plon y Eyrolles, por haber apoyado la existencia de esta tercera novela.

A Pierre, es una suerte haberte conocido. Gracias por haber sabido darle alas a mi Cupido y ofrecerme un sitio a bordo de Editis rodeada de una tripulación fantástica. Aquí solo citaré sus nombres, pero todos saben cuánto agradecimiento y afecto siento por ellos... Caroline y Thierry, Carine y Marie-Christine, Fábrice, Sofia... ¡y muchos más! Gracias a May por su formidable trabajo con los derechos para el extranjero.

Gracias a todos por ser mi familia del corazón.

Muchas gracias también a mi familia de sangre por su apoyo incondicional, pues siempre me inspiran y me ayudan a llevar a término el increíble reto que supone escribir una novela.

A mi hermana gemela, una tierna visión fraternal del gran amor.

A mi madre, Claudine (sí, Claude el rutinólogo y la abuela Didine son guiños en su honor), una conexión única, un vínculo sagrado.

A los hombres de la familia: a Régis y a nuestra bonita relación. A mi padre François y a mi hermano Christophe, a mi cuñado Philippe. Sentir que están orgullosos de mí me emociona y me anima a continuar.

A Paule y a Didier, por su cariño incondicional.

A los niños de la familia, que tantas alegrías me dan: a mi hijo Vadim, Joë y Nina, Émile, cuya aparición aquí me hace feliz, porque ellos escriben unas páginas preciosas en mi vida...

A Nick Gentry, por haber aceptado que la realidad entrase en la ficción prestando su nombre y su trayectoria artística a la novela.

Pero mi mayor agradecimiento es para vosotros, queridos lectores, que me hacéis el honor de seguirme y me dais tanto, con vuestros magníficos mensajes, que alimentan todos los días mi pluma de escritora...

Descubre tu próxima lectura

Si quieres formar parte de nuestra comunidad,
regístrate en **libros.megustaleer.club**
y recibirás recomendaciones personalizadas

Penguin
Random House
Grupo Editorial

 megustaleer